草业科学研究系列专著

# 中国荒漠特有植物绵刺资源保护与利用

高润宏　金　洪　主编

科学出版社

北　京

## 内 容 简 介

绵刺作为阿拉善特有植物，是我国二级珍稀濒危植物，不仅是阿拉善荒漠主要的饲用植物、生态维系植物，同时也是重要的种质资源植物。本书从绵刺资源利用与保护的角度出发，在研究绵刺生物、生态学特性基础上对其环境胁迫响应、种群遗传多样性、种群动态、自组织恢复行为、保护对策和资源价值进行分析，为绵刺保护和利用提供理论依据。

本书适用于从事生物学、生态学、资源学、林学、草地和荒漠的教学、科研人员，以及地方相关生产部门的工作者与高校学生。

**图书在版编目(CIP)数据**

中国荒漠特有植物绵刺资源保护与利用/高润宏，金洪主编. —北京：科学出版社，2010
(草业科学研究系列专著)

ISBN 978-7-03-027896-8

I. 中… II. ①高… ②金… III. ①蔷薇科–资源保护–中国 ②蔷薇科–资源利用–中国 IV. Q949.751.8

中国版本图书馆CIP数据核字(2010)第107819号

责任编辑：韩学哲 李晶晶/责任校对：张小霞
责任印制：钱玉芬/封面设计：耕者设计工作室

科学出版社 出版
北京东黄城根北街16号
邮政编码：100717
http://www.sciencep.com
骏杰印刷厂 印刷
科学出版社编务公司排版制作
科学出版社发行 各地新华书店经销
*
2010年6月第 一 版 开本：B5 (720 × 1000)
2010年6月第一次印刷 印张：11
印数：1—1 800 字数：227 000

**定价：60.00元**

(如有印装质量问题，我社负责调换)

本系列专著是内蒙古农业大学草业科学国家重点学科、草地资源教育部重点实验室、草地资源可持续利用科技创新团队、内蒙古草业研究院和内蒙古自治区草品种育繁工程技术研究中心建设项目的成果，并由其资助出版。

# 序　　言

《草业科学研究系列专著》是内蒙古农业大学草业科学国家重点学科和草地资源教育部重点实验室等建设项目的重要成果之一。该重点学科和实验室源远流长，底蕴深厚。从1958年建立我国第一个草原专业开始，半个世纪以来，他们立足于内蒙古丰富的草地资源，经过几代人筚路蓝缕，开拓前进。《草业科学研究系列专著》就是他们在草业科学教学和研究的漫长道路上，铢积寸累的厚重成果。

这一系列专著涉及了牧草种质资源与牧草育种，牧草栽培与利用，草产品加工，草地生态系统，草地资源监测、评价和合理利用，草原啮齿类动物防治等众多领域。尤其在牧草远缘杂交、雄性不育、冰草转基因以及草地健康和服务等方面，取得了很大成就，赢得了国内外学界认可。

我国是草地资源大国，草原面积占国土面积的41.7%，居世界第二位。草原与森林共同构成了我国生态屏障的主体。草业"事关国家生态安全和食物安全，事关资源节约和环境友好型社会建设，事关经济社会全面协调可持续发展"（杜青林，2006，《中国草业可持续发展战略》序言）。这也正是我国新兴的草业科学面临的重大历史任务。

我们欣慰地看到，《草业科学研究系列专著》由科学出版社组织出版，对这一重大历史任务作出了正面响应。这一系列专著不仅是内蒙古农业大学草业科学国家重点学科和草地资源教育部重点实验室的宝贵成果，也是我国草业学界对祖国崛起的精诚贡献。

我祝贺《草业科学研究系列专著》的出版。衷心祝愿这一系列专著与它所代表的学术集体相偕发展，不断壮大。

中国工程院院士

任继周

序于2009年建国60周年端午节

# 目　　录

# 第 1 章　绵刺的生物学与生态学特性

## 1.1　绵刺的生物学特性

绵刺(*Potaninia mongolica* Maxim.)，属蔷薇科绵刺属，为单种属，在《中国植物红皮书》中被列为国家二级保护植物，由于分布区不断缩小，成为珍稀濒危物种。绵刺是阿拉善荒漠骆驼、羊喜食植物，为优良的饲草资源。同时，绵刺的灌丛堆效应明显，为重要的防风固沙植物。

### 1.1.1　形态特征

绵刺为小灌木，高 20~80 cm，多分枝。根系粗壮，棕褐色，侧根发达，而且多为浅层分布的水平侧根。树皮棕褐色，纵向剥裂，小枝苍白色，密生宿存的老叶柄与长柔毛。叶簇生于短枝或互生于长枝，革质或草质，羽状三出复叶，顶生小叶三全裂，有短柄，裂片条状披针形或条状倒披针形，先端锐尖，全缘，两面有长柔毛，侧生小叶全缘，小叶片与顶生小叶裂片同形，但无柄；总叶柄宿存，有长柔毛，顶端具关节，托叶膜质，与叶柄合生。花小，单生于短枝上，萼筒漏斗状，副萼片 3，萼片 3，花瓣 3，淡红色或白色，雄蕊 3，子房长椭圆形，被长柔毛，花柱基生，柱头头状。瘦果，外有宿存萼筒。花期 4~9 月，果期 5~10 月 (马毓泉，1989)。

### 1.1.2　解剖结构

#### 1.1.2.1　根

绵刺的初生根从横切面看，外为一层表皮细胞，细胞形状较小，向外形成极密的根毛。皮层由 5 或 6 层薄壁细胞组成，靠外的 4 层左右的细胞形状较大，液泡化程度较高，靠内的 2 层细胞形状较小，排列较紧密，其中最靠内的内皮层细胞径向壁上有明显的凯氏点。维管柱位居中央，外为一层中柱鞘细胞，细胞形状较内皮层细胞小，排列整齐。内为二元型的辐射维管束，两束初生木质部之间为初生韧皮部、无髓。维管束为典型的外始式发育。

#### 1.1.2.2　茎

表皮由一层生活的细胞构成，表皮细胞内原生质浓厚。细胞外壁向外突起形成表皮毛。幼茎上的表皮毛内有细胞核及原生质，随着茎的成熟，表皮毛内原生质逐渐解体，直至细胞死亡，表皮外表呈白色。皮层由6~8层细胞组成。表皮之下有1或2层厚角组织细胞，其他为薄壁细胞，细胞较小，原生质浓厚，排列也较紧密，有胞间隙。皮层内为环状排列的外韧维管束，维管束排列紧密。初生韧皮部外侧有大量成束的韧皮纤维。靠内的初生木质部一个显著的特点是导管小而壁厚。韧皮部和木质部中间有束中形成层，整个维管组织从横切面看，细胞小而排列紧密，生活细胞内显示出有浓厚的物质，染色较深。髓射线很窄，由1或2列薄壁细胞构成。组成髓的薄壁细胞大小及排列的紧密程度与皮层细胞差不多。从切片上看，无论表皮细胞，还是皮层及髓细胞，特别是维管组织内的生活细胞，其原生质体都着色较深，显示出细胞内物质浓厚的迹象。

#### 1.1.2.3　叶

绵刺叶外包有一层表皮细胞，表皮细胞呈圆形或椭圆形，细胞外壁较厚并被有发达的角质层。上表皮细胞大小差别较大，常有一些大型的泡状细胞分散于表皮细胞之间。泡状细胞有零散分布的，也有2或3个细胞组成一组的，纵向排列于小叶片的上表皮，下表皮细胞比较均匀。在绵刺叶的上、下表皮上都有气孔分布，气孔的保卫细胞不下陷。在观察中还发现，个别叶片上有的表皮细胞壁加厚并栓化或木化。叶肉组织分化程度较高，在上、下表皮之下都分布有栅栏组织。上表皮之下的栅栏组织一般有2或3层细胞，排列比较疏松。靠近下表皮的栅栏组织一般有3或4层细胞，排列较紧密。这些细胞中含有丰富的叶绿体。在上、下表皮两部分栅栏组织之间，有一些零散分布的薄壁组织细胞。叶脉分布于两部分栅栏组织之间。从横切面看，中央有一较大的叶脉，两侧各有4~6条小叶脉。小叶脉间有细胞将其连接。叶脉外有一层薄壁细胞构成的维管束鞘。

电镜下观察绵刺叶的切片，发现其叶厚2000μm，表皮厚200μm，表皮毛较多，且长达70μm，气孔下陷，栅栏组织2或3层，厚60~90μm，海绵组织不发达。主脉直径50~60μm，导管直径5μm。其旱生结构与霸王(*Zygophyllum xanthoxyllum*)、四合木(*Tetraena mongolica*)、半日花(*Helinthemum soogoricum*)、沙冬青(*Ammopiptanthus mongolicus*)等典型旱生灌木的解剖结构相比并不发达，抗旱性较差。这与绵刺属于中旱生植物向旱生植物过渡的类型的结论相符合(祝健和马德滋，1992；吴丽芝等，1998；吴丽芝，1999)。

#### 1.1.2.4　花

绵刺，花小，腋生，花瓣通常三枚，白色或稍带淡红色；雄蕊3，花期短；子房长椭圆形，被长柔毛，瘦果，外脊宿存萼筒。

### 1.1.3　繁殖方式

绵刺的繁殖方式为有性繁殖和无性繁殖两种。调查中发现，绵刺以种子实生、埋枝萌蘖、劈根3种方式进行繁殖，由种子繁殖产生的实生苗极少见。在不同的区域，3种方式交替发生。

(1) 种子实生繁殖方式不仅是绵刺最原始的繁殖方式，也是绵刺能够迁移和大面积繁衍的唯一繁殖方式。在自然条件下只有极少量的实生苗，而在人工播种育苗时其种子很容易发芽成苗可说明种子繁殖的可能性。根据其遭遇严重干旱即“假死”休眠的特性，我们认为气候干旱和风蚀沙埋极大地影响着种子实生繁殖。特别是干旱，导致绵刺不能正常生长，使其很难生产出成熟饱满的种子，即使有种子，也不一定有保证其发芽和幼苗生长的安全场所。而且，绵刺种子种皮较韧，不利于吸水和种子萌发，果实花萼筒宿存，不易从萌发的子叶上脱落，此时如果发生干旱高温，极易被闷死。上述因素限制了种子实生繁殖的发生。

绵刺是落叶矮小灌木，高20~40 cm，保护区内个别植株可高达80 cm，果实为瘦果，长圆形，长约2 mm，宽约1 mm，由宿存的花萼筒所包被，不易脱落。绵刺一年可以两次结实，由表1-1可知，不同产种期的种子产量、千粒重和发芽率存在不同程度的差异，10月单株种子产量为652粒，几乎是6月单株种子数的2倍，存在极显著差异($P$<0.01)，10月所产种子的千粒重和发芽率明显高于6月的种子。这说明绵刺秋季的种子产量和质量均高于夏季，这与不同成熟期的气候条件和环境的恶劣程度有直接关系。5月、6月干旱荒漠区降水极少，蒸发强烈，干燥度高，日高温不断增加，导致绵刺不能正常生长，很难结出高质量的种子，而8月之后进入雨水充沛季节，其生存条件有了很大的变化，有利于绵刺的正常开花结实(高润宏，2005)。

**表1-1　不同成熟期绵刺种子产量及特性**

| 成熟期 | 种子数 | 显著性 | 千粒数/g | 显著性 | 发芽率 | $F$值 |
|---|---|---|---|---|---|---|
| 6月 | 336 | ** | 0.9551±0.0835 | * | 68% | 0.058 |
| 10月 | 652 | | 1.1128±0.1058 | | 83% | |

*表示差异显著($P$<0.05)；**表示差异极显著($P$<0.01)。

值得一提的是种子库，它关系到植物群落的更新演替与发展，并且与植被的动态密切相关(刘济明，2001；张志权，1996)。种子库密度是指植株附近单位面积的土壤中所储存的种子数。经测定，绵刺种子成熟后主要散布在距离植株0~80 cm的表土内，该范围正是绵刺地上枝条的平均冠幅。在该范围内，绵刺分枝较多，对风的阻挡作用明显，因而使大部分种子能在植株底下安全寄存，有一小部分落到冠幅之外，在风力的作用下向远处传播。一年中绵刺种子库密度最小时是在第一次果实成熟之前，即每年的 5 月末，平均为 127 粒/m$^2$，而种子库密度最大时为 11 月初，此时正是绵刺第二次种子成熟并脱落完毕时期，说明秋季应是绵刺的主要繁殖季节。2002 年 5 月末至 2003 年 4 月初，土壤种子库中种子发芽率最高时期为 11 月初。

虽然绵刺一年两次结实，土壤种子库始终还是比较丰富的(表 1-2)，但在调查中发现，绵刺群落中很难见到实生苗。其主要原因是不同时期生产的种子质量差异较大，其中发芽率最高的时期仅为 53%，且这个时期已到深秋，外界条件不适宜种子发芽，绵刺种子在土壤中寄存的时间越长其存活力下降越快，干旱使种子内水分散失，发芽率每月平均下降 6%~8%。绵刺种子种皮较韧，不利于吸水和萌发，果实由花萼筒包被，遇干旱高温天气，极易被闷死(马全林等，2002)。这说明虽然绵刺的种源较丰富，但不一定有保证其发芽和幼苗生长安全的场所。

**表 1-2　不同时期不同位置绵刺种子散布密度**

| 月份 | 不同位置种子散布密度/(粒/m$^2$) | | | | | 发芽率/% |
|---|---|---|---|---|---|---|
| | 0 cm | 40 cm | 80 cm | 120 cm | 平均值 | |
| 5 月末 | 129 | 223 | 118 | 38 | 127 | 5 |
| 7 月初 | 566 | 785 | 352 | 165 | 467 | 38 |
| 9 月末 | 336 | 503 | 283 | 102 | 306 | 25 |
| 11 月初 | 893 | 952 | 630 | 196 | 668 | 53 |
| 翌年 4 月初 | 202 | 309 | 157 | 68 | 184 | 11 |

(2) 埋枝萌蘖繁殖是绵刺进行无性营养繁殖的一种方式，是绵刺自然更新的又一种常见的方式，又是其适应荒漠生态环境胁迫的应变演化，也是目前自然生境下绵刺最主要的繁殖方式。埋枝萌蘖的一种繁殖类型是当其枝条长到一定长度时则自然下垂与地面接触，被沙埋后，节部向下生出不定根，向上长出新的枝条，由于节间很短，所以新植株非常密集。另一种繁殖类型是因土壤风蚀引起浅层根系裸露，受伤后形成愈伤组织，然后生出根系和枝条，形成新的植株，由于环境条件的原因，后一种方式不太多见。在沙砾质荒漠生境中，匍匐于地面的枝条阻拦流沙，当被沙埋后，遇到墒情较好时，枝条下部产生不定根，上部萌发新枝，形成新的植株。但是，沙埋过重又易使枝条遭受高温和缺氧而不萌发，这也许是绵刺在沙砾质戈壁分布较广，而在沙漠中没有分布的原因。这种繁殖方式还受放牧等外界作用力的影响，在适度放牧的区域，群落中绵刺密度明显较大，这与牲畜践踏枝条，增大了枝条沙埋或形成愈伤组织的概率而促进其埋枝萌蘖繁殖有关。

但人工扦插和压条试验研究发现，绵刺在常规条件下难于生根，说明自然条件下绵刺的埋枝萌蘖繁殖也比较困难。

(3) 劈根繁殖是绵刺自然更新的主要方式，它是由茎基部向下发生纵向劈裂，劈开的各部分形成新的植株，以此扩大种群数量，形成环状集群，一般在资源较贫乏、随机干扰程度高的条件下绵刺以劈裂生长形成的环状集群为主；反之，以枝条下垂形成新植株为主。

金洪等(2001)在调查中发现绵刺的劈裂生长有两种类型，一种是当植株生长到一定阶段时，首先茎从基部到根部发生多次劈裂，使主根形成多条，以后地上的茎部也相应发生分裂而形成多个独立的植株；另一种是茎基部以上的部位先发生纵裂，而根部后发生分离，分裂形成的几个部分由于遇到的小环境不同，有的枯死，有的存活下来，继续生长，最后形成几个独立的植株，因此，绵刺往往形成环状的集群。对采于不同地段的即将劈裂的过渡状态的植株观察时发现，前一种类型的绵刺多生长在地势相对较高的地段，而后一种类型的绵刺多生长在坡底或地势相对低洼等土壤水分条件相对较好的环境中，这一现象说明水分条件会在一定程度上影响劈裂生长的发生过程，而在土壤水分条件相对较好的情况下，风力和温度等外部条件对地上部分的劈裂起着相当大的作用(高润宏等，2001a)。

劈根也是绵刺长期抗御干旱胁迫而适应生境的结果。由于严重干旱、较大温差以及风蚀沙埋等因素的作用，绵刺主茎发生纵向不均匀生长，导致扭曲劈裂，在表皮较厚、愈伤组织发达的条件下，劈裂的小股茎各自愈合，形成具有输导作用的一根新茎，随着劈裂加深，根部和大枝也同样发生劈裂，最终产生新的植株。这是荒漠生境中绵刺营养繁殖的又一种方式，也是自然条件下发生最普遍的繁殖方式。这种繁殖方式不能使绵刺发生大的迁移，只是依靠自身生长的力量进行较小范围的扩展，使绵刺具有簇状分布的特征。但是，这种繁殖方式由于完成周期长、扩展范围窄，繁殖速度又非常缓慢，很难维持生存繁衍(王继和等，2002)。

## 1.2　绵刺分类地位

绵刺属(*Potaninia*)是 Miximowicz 于 1881 年根据 Przewalskii 1880 年在贺兰山地区采集的标本为模式而建立的属，绵刺属隶属于蔷薇科(Rosaceae)蔷薇亚科(Rosoideae)，该属只含有绵刺 1 个种，产于内蒙古。绵刺花为三基数，副萼片、萼片、花瓣、雄蕊各为 3，子房 1，花柱基侧生，花托漏斗状等形态特征在蔷薇科乃至双子叶植物中甚为独特。但是，绵刺的系统位置至今尚存在很大的争议。

通过对野生、大田栽培和室内盆栽绵刺的长期观察发现，绵刺的形态特征存在着较大变异。在生境条件较好的地方，叶片不仅三出复叶，还出现四出复叶，顶生小叶不仅3裂，还出现4或5裂，侧生小叶也偶见单裂；花瓣也不仅3数，还出现4或5数，雄蕊3或4数冠生，雌蕊单生，子房上位，1心皮，1胚珠，果为瘦果，果皮革质，外布绒毛，种子小，极轻，同果皮分离，种皮淡红色，外布绒柔毛，具2片子叶。这种形态特征的变异，证明绵刺具有对环境胁迫较缓慢的应变演化特性(王继和等，2002)。

Grubov和Egrova(1985)认为绵刺与南非的*Cliffortia pedunculata* Schlecht相近，虽然后者也为萼片3(稀4)，灌木，但是因其花单性，雌雄异株，无花瓣，无副萼，雄蕊多数，花柱顶生、羽毛状，种子下垂等形态与绵刺明显不同，至今未被认可。朱宗元(1985)认为“绵刺的花通常为三基数，但也偶尔可见到四数或五数的现象，在多雨年份，可见到的更多些。五数花是蔷薇科的共同特征，三数花是绵刺的特征。可见，绵刺的这一特征也可能是比较晚近的适应特征。因此我们认为绵刺可能不是起源于非洲古老荒漠区系的成分，而应该看作是古地中海东岸东亚植物区系的直接后裔。也可能它和蒙古扁桃(*Amygdalus mongolica*)具有相似的起源特点”。在《蒙古维管束植物检索表》(Grubov and Egrova，1985)、《中国植物志》(俞德浚，1985)、《中国沙漠植物志》(姚育英，1987)、《内蒙古植物志》(马毓泉，1989)中，绵刺被放在蔷薇亚科，置于蔷薇属(*Rosa*)、龙牙草属(*Agrimonia*)等附近。针对上述情况，赵一之(1997)认为，“绵刺属的花三基数，心皮单一，无疑是蔷薇科中最进化的类型。该属在蔷薇亚科中，由于具副萼，托叶与叶柄合生，羽状复叶具3~5小叶，花柱基侧生，从而与山莓草属(*Sibbaldia*)中的绢毛山莓草(*S.sericea*)和伏毛山莓草(*S.adpressa*)比较相近，是山莓草属植物为适应严酷的干旱自然环境，雌蕊由4~10个进一步减少为1，花由五基数演化为三基数，花托漏斗状(保护雌蕊)的类型。这一点也可以从绵刺偶尔出现花为五基数的返祖现象得到充分的证明”。以上研究从形态学角度对绵刺的系统位置进行了探讨。

绵刺因其在蔷薇科中以独特的三基数形态出现，具休眠现象、二次开花和二次结实等特殊的生理功能和繁殖特性，阿拉善荒漠特有建群植物所起的重要生态作用，未定的区系地理成分(古地中海成分或东亚植物区系的直接后裔、荒漠起源)及分类地位(绵刺属、委陵菜属)而引起广大学者的极大兴趣，近年来对绵刺展开了广泛而深入的研究。

## 1.3 绵刺的形态特征与环境适应性

绵刺的生活型是矮小灌木，是适应干旱与高原的表现，植株被毛，叶肉质化或革质化，是对光强烈照射的适应，枝或叶硬化成刺或肉质化是对干旱的适应，托叶膜质、花萼被毛或宿存是对物候变动的适应，不会因物候的提前或推迟而导致放叶、开花的失败，保证了植物体正常的营养生长和生活史的完成。绵刺叶面极度缩小，表面有长柔毛，气孔下方形成大的空隙可阻挡流动的干燥空气与气孔的直接接触，叶内组织中的栅栏组织异常发达，无海绵组织，加强了光合作用的效率，叶表皮具有呈扇状排列的大型薄壁细胞，可在干旱失水时使叶卷合，以迅速减少蒸腾。茎中柱鞘极度发达，加强了机械支持作用，可防止大风对幼茎的伤害及干旱对幼茎造成的萎蔫。植物虽为直根系植物，主根粗壮，但侧根很发达，且数量多。种子萌发后，地下生长速度为地上生长速度的 10~14 倍。根外的树皮较厚，可保证在土壤干旱时不失水，同时可防止土壤表层沙粒高温灼伤根部，绵刺根部具有特化器官，根外具较厚的纤维层，可抵御风蚀和沙层高温的灼伤。绵刺对雨水的依赖性和敏感性很强，在大气降水稀缺的季节，以“假死”方式进入休眠状态来度过不良条件。丛状灌木，可形成一定的灌丛堆，对改善株丛生存小环境，提高适应度具有一定的进化意义，可加强植株的萌发能力，保证植株在随机干扰，破坏等情况下继续生存、生长和发育。绵刺的生境土壤十分贫瘠，植株的适应方式是侧根发达，灌丛堆效应明显。绵刺具有两种典型的克隆生长构型：由劈根形成的密集性克隆生长构型和枝条下垂受损产生不定根形成的游击性克隆生长构型，这些克隆器官连接物断开后，分株将成为独立的个体，使种群扩大。植物体通过对不同环境条件采用不同的繁殖方式延续后代，传递基因，这是植物对环境长期适应的最大保证。绵刺在长期恶劣的自然环境的影响下，形成了独特的适应方式，特别是逃避干旱、耐瘠薄、耐高温、耐盐碱等抗逆能力，决定了它的群落类型，形成了当前的分布格局和发展趋势(朱宗元，1985)。

### 1.3.1　对气候条件的适应性

绵刺主要分布于荒漠区中温带。其分布区年降水量 60~180 mm，干燥度 3.77~15.88，年平均气温 7℃左右，≥10℃的积温 3000℃左右，海拔 1200~1800 m。绵刺对雨水的依赖性极强，在降雨稀少年份，只能在初夏开花，进入酷热的夏季干旱期内，绵刺处于“假死”的休眠状态，遇到较大的降水又会复苏，在春雨和秋雨充沛时期还可见多次花。在人工栽培条件下，绵刺在 4 月中旬萌发，5 月中下旬开花，6 月下旬果实成熟。可见它是沙砾质戈壁荒漠地带典型的过渡物种(朱宗元，1985)。从绵刺的解剖结构可以看出，绵刺的根和茎中都有发达的机械组织，这一特征也与生境缺水有关，同时发达的机械组织可以增强绵刺抵抗干旱风沙损害的能力。另外，绵刺发生劈裂生长以后形成环状集群，也起到固定土壤、防止风蚀的作用，对保护当地本来就已经非常脆弱的自然环境非常重要。从绵刺根部的切片中观察到绵刺年轮的分布有的密集、有的疏松，笔者认为这与当地的气候条件有一定的相关性，绵刺分布的地区大陆性气候明显，年降水量平均仅为100 mm左右，且大多集中在6~8月，在一个生长季内存在干湿交替现象，而绵刺又存在休眠现象，造成根内形成层活动盛衰的起伏，使根的生长时而受阻，时而复苏，在休眠之前降水相对较多的月份，形成层活动旺盛，形成次生木质部，休眠后，形成层活动减弱，极度干旱的年份，形成层甚至停止活动，而形成假年轮，如果秋季雨水充足，形成层细胞再一次分裂，形成次生木质部，如果在一个生长季内出现多次干湿交替时，一年中可能形成多个年轮(高润宏，2005)。

## 1.3.2 对干旱的适应性

由图1-1及表1-3可知，绵刺分布区的气候从2月中旬开始进入干旱时期，持续到11月中旬才解除干旱，干旱季节为3~11月，6~8月是极干旱季节，温度最高月份是7月，降雨最多月份是8月。从绵刺分布区水热气候图解中可知，其变化规律基本是水热同期。

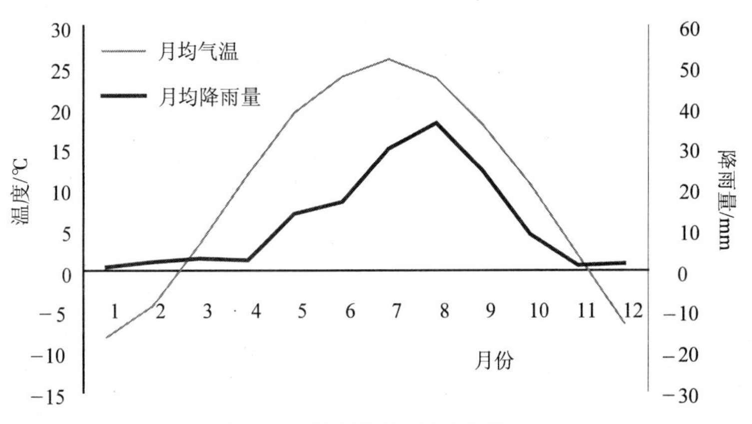


图1-1 绵刺分布区气候图解

**表1-3 绵刺样点气候因子中降雨和蒸发趋势表**

| 指标 \ 年份 | 1981 | 1982 | 1983 | 1984 | 1985 | 1986 | 1987 | 1988 | 1989 | 1990 |
|---|---|---|---|---|---|---|---|---|---|---|
| 年降雨量/mm | 123.1 | 121.6 | 143.4 | 124.1 | 201.4 | 113.4 | 147.7 | 144.7 | 103.1 | 175.1 |
| 蒸发量/mm | 3666.3 | 3584.4 | 3132.1 | 3248.6 | 2946.5 | 3029.3 | 3206.8 | 2961.4 | 3290.9 | 3110.7 |
| 冻土/cm | 75 | 88 | 108 | 84 | 99 | 73 | 81 | 72 | 96 | 95 |
| 无霜期/天 | 145 | 143 | 163 | 155 | 162 | 153 | 147 | 162 | 150 | 172 |
| ≥10℃积温/℃ | 3721.2 | 3549.7 | 3675.1 | 3610.8 | 3725.9 | 3595.0 | 3943.9 | 3673.7 | 3805.5 | 3788.1 |
| 年均温/℃ | 9.2 | 10.0 | 9.5 | 8.6 | 9.0 | 9.3 | 10.8 | 9.5 | 10.3 | 10.6 |

绵刺是西鄂尔多斯地区的典型植物，它是蔷薇科一个古老的单种属植物，具有独特的形态学和分类学特征。其三基数的花结构特征明显区别于蔷薇科其他五基数植物。对干旱气候具有高度的适应性，是一种强旱生小灌木(马全林等，1999)。绵刺解剖结构表现出叶片薄，栅栏组织与海绵组织的比值较小，主脉和导管不发达，抵御干旱的能力不强。在电镜下观察绵刺叶的切片，发现其叶厚 2000μm，表皮厚 200μm，表皮毛较多，且长达 70μm，气孔下陷，栅栏组织 2 或 3 层，厚 60~90μm，海绵组织不发达。主脉直径 50~60μm，导管直径 5μm。典型旱生灌木的解剖结构相比并不发达，抗旱性较差。以“假死”休眠方式逃避干旱是其抗旱的主要特点，因而认为绵刺并不是“进化”了的真正的旱生植物，而是起源于中生植物，旱生特征是长期适应荒漠干旱环境而产生的一种被动忍受胁迫的非常缓慢的应变演化(王迎春等，2002)。但是绵刺对于雨水的依赖性和敏感性很强，在春末夏初大气降水很稀缺的季节，其叶片及花和果实全部脱落，以“假死”的方式进入休眠状态，而一旦有一定的降水(高润宏，2005)，则很快进入高的自由水状态，休眠的绵刺在给水的条件下 24 h 即可放叶，36 h 克隆枝即可生出不定根，进行快速的生理代谢(高润宏，2001b)，并进行正常的开花结实。特别是遇到春季极端干旱的年份时，绵刺干脆不放叶，从早春就处于假死状态。这种以“假死”的方式度过不良环境，以及保持春、秋两次开花的习性，很可能是其远祖逐渐适应现代荒漠干旱气候条件的结果。此外，以营养繁殖为主的自然更新方式也是对干旱的一种适应(高润宏，2005)。

此外绵刺具有发达的根系，且根外的树皮较厚，可保证在土壤干旱时不至失水，同时可防止表层的沙高温灼伤根部。茎中的细胞体积较小，细胞中物质浓厚，原生质和储藏物占的比例较大，因此，细胞渗透压高，具有较高的吸水、保水能力。另外，茎中机械组织发达，木质化程度高，这也是旱生植物长期处于缺水状态的适应性特征。

绵刺的叶面积极度缩小，且在茎上常呈直立或半直立状态生长，表面密被长柔毛和发达的角质层(刘果厚，2000)，栅栏组织发达，细胞层数多且排列紧密。另外，由于其叶片常呈半卷合状态，叶片中靠近下表皮的栅栏组织比靠近上表皮的栅栏组织发达，因此，绵刺能在叶面积较小的情况下提高光合效率。绵刺等旱生植物的 Pn(净光合速率)并不小于中生植物(梨和苹果等)，而它们的 WUE(水分利用效率)往往大于中生植物。叶的上表皮有泡状细胞，当蒸腾过强时，泡状细胞的运动特性使叶片卷缩，这些都是绵刺叶在长期进化过程中产生的减少蒸腾的适应性特征(图 1-2，图 1-3)。在自然状态下，其不仅能忍耐一般干旱，而且能躲避极端干旱，是一种典型的避旱植物(高润宏，2005)。

图 1-2　绵刺根解剖图

图 1-3　绵刺茎解剖图

综上所述，无论从其生态适应性方面，还是从其营养器官的形态结构特点看，绵刺都具有极强的适应干旱的能力。

### 1.3.3　对土壤贫瘠的适应性

土壤中有机质是土壤肥力重要的物质基础，由于绵刺分布区干旱缺水，地面自然植被的盖度很小，相应的有关动物及微生物的分布也较少，因此，由生物有机体本身的代谢还给土壤的有机质非常少，由此而形成的腐殖质也较少，此外，深层土壤绝大部分为砾石，说明该地区的土壤十分贫瘠(高润宏，2005)，见表 1-4。然而绵刺对土壤盐分要求较高，但对土壤有机质和养分的要求不严(王迎春，2002)。绵刺主要利用分布在浅层土壤中的根系，吸收上层土壤中含量相对较高的有机质生存下来，说明绵刺对贫瘠也有较强的适应性(高润宏，2005)。

**表 1-4　绵刺生境中不同层次的土壤养分、水分含量表**

| 指标<br>土层 | 有机质/(g/kg) | 有效氮/(mg/kg) | 速效磷/(mg/kg) | 速效钾/(mg/kg) | pH | 含水量/%(休眠状态) | 含水量/%(苏醒状态) |
|---|---|---|---|---|---|---|---|
| O(0~3 cm)层 | 5.13 | 28.00 | 7.93 | 120.43 | 8.45 | 0.36 | 2.36 |
| A(3~10 cm)层 | 4.05 | 10.11 | <4 | 90.50 | 8.54 | 0.37 | 2.37 |
| B(10~30 cm)层 | 2.24 | 18.28 | <4 | 63.10 | 8.84 | 0.69 | 1.69 |
| C(30~60 cm)层 | 0.72 | 7.00 | <4 | 30.67 | 9.19 | 1.47 | 3.47 |

O 代表从地表到地下 3 cm 深的土层；A 代表从地下 3 cm 到地下 10 cm 深的土层；B 代表从地下 10 cm 到地下 30 cm 深的土层；C 代表从地下 30 cm 到地下 60 cm 深的土层。

经调查，绵刺在土壤有机质为 0.244%的石质山坡上能正常生长，分布区土壤的全氮小于 0.04%，全磷小于 0.04%，速效钾小于 200 g/kg，可见其生长所需的土壤养分条件较低。在人工栽培的条件下，改善其土壤养分条件，其生长量增长较快。说明自然条件下土壤养分条件较差是导致其生长量较小的一个重要原因(高润宏，2005)。

由表1-4可以看出，土壤有机质小于1%，有效氮含量小于0.01%，说明绵刺生长的土壤生境十分瘠薄，主要生长于土壤0~30 cm的土层中。

土壤中的钾元素和氮元素占有重要地位，同时绵刺生长在碱性土壤中，含水量在10~30 cm处最少，土壤水分随绵刺植株蒸腾而出现水分耗竭层，也反映了绵刺主要根系分布在该层。

### 1.3.4　对土壤质地的适应性

在甘肃，绵刺多生长于砾石戈壁或薄层覆沙的沙砾质戈壁荒漠以及砾石质浅低山或残丘的中下部沟谷径流线上，是砾质戈壁荒漠植被和沙质戈壁荒漠植被的一个过渡类型。相对而言，绵刺对土壤质地的要求较严，这也是它分布范围较窄的原因。例如，绵刺在沙砾质戈壁荒漠中生长就比在砾石戈壁荒漠中生长要快，在覆沙5~12 cm的灰棕荒漠土上可以形成大片的绵刺荒漠群落，优势度和生长量较高，在偏重砾而覆沙较少的灰棕荒漠土上优势度下降，生长量极低。黏土和纯沙上生长困难(刘果厚等，1999)。

### 1.3.5　对土壤水分的适应性

土壤水分含量参看表1-4，在全部的生态因子中，绵刺对土壤水分的敏感性和依赖性最强(刘果厚等，1999)，属躲避型植物，通过高自由水和高蒸腾、快速休眠适应环境中水分和热量的变化(高润宏，2005)。在沙砾质轻壤中，当含水率大于1%时，绵刺能正常生长，含水率为0.876%~1%，生长不良，当含水率低于0.876%时，开始休眠。在砾质中壤上，当含水率大于2.85%时，能正常生长，含水率为1.64%~2.85%，生长不良，当含水率低于1.64%时，开始休眠。在人工栽培条件下，绵刺能显著地提高其自身的含水率，加快生长速度。对持续干而叶片枯黄脱落不久的绵刺进行灌水，它能在2天之内萌芽，4天内最大新梢就长达216 cm，6天后长达317 cm，这也说明其萌芽展叶迅速，因而在春季较早返青。绵刺枝、叶水势较低，临界饱和亏很大，吸水力强，束缚水含量和束缚水/自由水值却很小，抗脱水能力较差，蒸腾较小，水分利用率较高。绵刺不仅在土壤含水率低时能从土壤中争夺水分，在水分较充足时能显著地提高其自身的含水率，加快生长速率。而在严重干旱下以“假死”休眠来逃避干旱(刘果厚等，1999)。

### 1.3.6　对土壤盐分的适应性

在甘肃省民勤县红沙岗地区，盐爪爪群落的外围绵刺生长茂盛，在二者交汇线的绵刺一侧测定其根际土壤(0~20 cm)的含盐量为 0.1168 ds/m(其中 10~20 cm 含盐量为 0.1222 ds/m)。而盐爪爪根际土壤的含盐量为 3.121 ds/m。景泰县上沙窝白石头梁绵刺根际土壤(0~20 cm)的含盐量为 0.126 ds/m，梁下河滩(无绵刺)土壤的含盐量为 1.03 ds/m(其中 10~20 cm 含盐量为 2.0 ds/m)。同样，在民勤县花儿园、张家坑、红沙岗宋家深井、金昌高崖子滩等地对绵刺分布边界的土壤进行含盐量的测定后认为，绵刺耐盐限度为 0.236 ds/m。适宜生长的土壤 pH 为 9.0 左右(高润宏，2005)。试验发现低浓度的盐和轻度的干旱胁迫能够促进绵刺种子的萌发，增加其活力。从耐盐性看，这可能与低盐促进细胞膜渗透调节作用有关，也可能与微量的无机离子($Na^+$)激活了某些酶有关(Beonstein，1981)，此观点有待深入研究(高润宏，2005)。

### 1.3.7 对风蚀的适应性

绵刺植株低矮，冠形拱圆，叶片很小，叶的表皮较厚，根茎表皮特别发达，可以扭曲劈裂而不丧失输导作用，这些形态特征有利于其忍耐风蚀和沙打。同时，其群聚分布又可阻沙，常形成 10~30 cm 高的风积小沙堆，为绵刺的埋枝萌蘖繁殖创造了条件，因而对其生存和繁衍有非常重要的意义，但严重的沙埋会破坏其生理机制而影响其生长发育，甚至于威胁其生存(刘果厚等，1999)。

绵刺虽然可能因风而造成露出地面的根皮破裂，但由于其根外具较厚的纤维层，下部依然能扎入土中吸收水分和养分，保证正常生长，甚至可从破裂处产生愈伤组织，继而长出新的枝条。绵刺通过营养繁殖形成环状群丛，起到固定土壤、防止风蚀的作用。另外，其茎叶中有发达的厚角组织，有较强的机械支持能力，可减少风沙对其的危害(高润宏，2005)。

## 1.4 绵刺的分布区

绵刺主要分布于西鄂尔多斯和阿拉善荒漠，即蒙古南部，内蒙古西部、宁夏西部和甘肃河西走廊北部的荒漠地区(刘果厚等，1997)。高润宏等(2001)对绵刺的分布区再次进行研究，认为绵刺多生于薄层覆沙的戈壁和覆沙碎石质平原，也可生于山前冲积扇及山间谷地。它分布于 39°00′~40°50′N，106°40′~107°30′E，海拔 1000~1300 m 的范围内。该区日照丰富，据内蒙古乌海市气象局 1961~1995 年 35 年的记载，全年日照总时数平均为 3264 h，有时达 3328 h，年平均气温 9.7℃，7 月平均气温 25.7℃，1 月平均气温−8.3℃，极端最高气温 39.5℃，极端最低气温−32.6℃，而地面最高温度达 68.5℃，地面最低温度为−36.6℃，最大冻土厚度达 1.08 m，年平均有效积温(≥10℃的积温)为 3780.9℃，年平均日均温≥10℃的天数为 177 天，无霜期平均156天，年平均降水量139.3 mm，且大多集中在6~8月，年均蒸发量3217.7 mm，为降水量的23倍之多，干燥度4.05。这里全年多大风，年平均风速3 m/s，最大风速达28 m/s，主害风偏西北，年平均大风22次，多集中在4~7月，年大风最多64次。冬季寒冷，夏季酷热，干旱少雨，风大沙多，热量丰富是该地区的主要气候特点。该区属于草原化荒漠地带，土壤以灰钙土为主，沙化严重，pH为8.42~9.20，碱化现象普遍比较严重。地下水埋藏较深(马全林等，2002)。

有的学者认为，绵刺分布于东起107°30′~109°E，即鄂尔多斯高原西北部的乌加庙一带及蒙古东戈壁的乌勒格伊希德，西达102°~103°E巴丹吉林沙漠以北的哈日别力格及蒙古境内的戈壁湖盆东端，北界在蒙古境内，南界在腾格里沙漠南缘的通湖山前(朱宗元，1985)。分布区位置处于亚洲中部荒漠区最东部。

《内蒙古植被》曾绘出了绵刺的分布区图，后被《内蒙古植物志》和《内蒙古珍稀濒危植物图谱》等书所引用(朱宗元，1985；马毓泉，1989；赵一之，1992)。赵一之(1997)曾在《蒙古高原植物的特有属及其基本特征》一文中绘出了该属的分布图，但增加了新的分布。

研究表明(赵一之，2002)，绵刺是一种古老孑遗植物，为亚洲中部阿拉善—东戈壁特有种，分布区为海拔 1000~1300 m，范围狭小，处在亚洲中部荒漠的最东端，其主要分布为：东起 107°30′~111°E，即鄂尔多斯高原西北部乌加庙一带(107°30′E)及蒙古东戈壁的呼支苏古依(111°E)；西达东经98°~100°E，即河西走廊的高台一带(98°E)及蒙古戈壁—阿尔泰的纳楞布拉克(100°E)一带；北界在蒙古境内44°~46°N，即蒙古湖谷的恩更河(46°N)及中戈壁的呼勒杜(44°N)；南界在我国腾格里沙漠南缘甘肃的景泰一带，即37°N左右，在这一范围内绵刺最适宜生长的环境条件是覆沙戈壁，或称沙砾质荒漠，亦见于山前冲积扇等地。

也就是说，绵刺的分布区，东西横跨了13个经度，南北纵据了9个纬度，见图1-4。从这一分布区看，绵刺主要占据了蒙古高原的东戈壁和阿拉善地区，此外，北部(在蒙古)向西伸入至湖谷的边缘和戈壁及阿尔泰的东部和南部，南部(在中国)向西进入河西走廊，直至高台一带。在流动沙丘的生境上不见绵刺的踪迹，因此巴丹吉林沙漠中没有该种的生长，在没有覆沙的戈壁滩，也很少见它生长。绵刺为一强旱生小灌木植物，是沙砾质荒漠的建群种。在阿拉善荒漠区，只要戈壁上薄层覆沙，就有绵刺的生长，常常形成以绵刺为建群种的荒漠群落。因此，绵刺可以认为是阿拉善沙砾质荒漠的一种特征植物。绵刺也是蒙古高原区的特有属种之一。

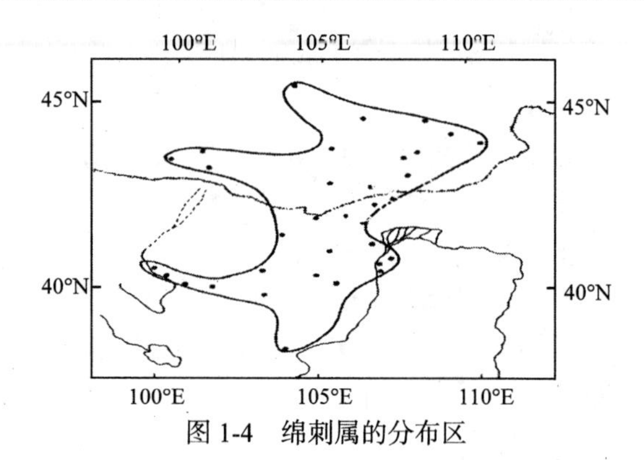


图 1-4　绵刺属的分布区

# 第2章　绵刺的研究简史

Przewalskii 1872年在内蒙古共采集到4个新属，即四合木属(*Tetraena*)、沙冬青属(*Ammopiptanthus*)、百花蒿属(*Stilpnolepis*)和绵刺属。绵刺属模式标本采自阿拉善东部，继 Przewalskii 之后，G.N.Potanin 于 1876 年开始了亚洲中部考察，绵刺就是为纪念 Potanin 而以他的名字命名的(马毓泉，1989)。

绵刺属是 Miximowicz 于 1881 年根据 Przewalskii 1880 年在贺兰山地区采集的标本为模式而建立的属，该属只含有绵刺 1 个种。

绵刺是国家二级重点保护的珍稀濒危植物，因缺少保护，资源日渐减少，1982年列为第一批保护植物，1989 年被收录于《中国珍稀濒危保护植物名录》(宋朝枢，1989)，1992 年被收录于《中国植物红皮书》，并被列为国家二级保护植物(傅立国，1992)。

绵刺以独特的三基数形态特征而区别于蔷薇科其他植物，见图 2-1。同时绵刺在阿拉善荒漠中具有不可替代的生态作用、古老的区系地理成分、重要的经济价值等诸多特点越来越引起人们的重视(高润宏，2001)。

图 2-1　绵刺形态特征

20 世纪 60 年代，中国科学院考察队对绵刺的分布范围、生物学特性及群落结构进行调查研究，认为绵刺是阿拉善荒漠区特有的古老孑遗植物，是地中海东岸东亚植物区系的直接后裔，可能和蒙古扁桃具有相似的起源。B.И.груδOB(1955)则认为绵刺和卡普斯荒漠的灌木植物 *Cliffortia pedunculata* 在亲缘关系上十分接近(朱宗元，1985)。而赵一之通过分析绵刺核糖体 ITS 序列，发现蔷薇亚科中和绵刺属亲缘关系最近的属为金露梅属，其次为地蔷薇属，再次为山莓草属，而这 4 个属均具有花柱基侧生的特点，这与传统上依据花托杯状或坛状将绵刺属放在蔷薇属和龙牙草属附近的处理不符。系统树上李亚科的 2 种植物明显地聚为一个单系类群，说明绵刺与蒙古扁桃关系相对甚远。研究结果还表明绵刺这一蒙古高原旱生植物区系成分是由东亚中生植物区系成分的银露梅演化而来的，绵刺的各种形态特征和生态习性是长期适应荒漠干旱气候环境的结果。这一植物起源及其迁移路线的发现，为深入研究亚洲中部荒漠植物区系和植被的形成提供了新的证据(赵一之等，2003)。

20 世纪 70 年代和 80 年代马毓泉对绵刺进行了分类学方面研究，著有《内蒙古植物志》第三卷；李博、刘钟龄对之进行生态学方面研究，著有《内蒙古植被》；李博对绵刺生物学和生态学方面进行研究，著有《鄂尔多斯高原植物资源研究》(李博，1990)。

20 世纪 90 年代及 21 世纪初，绵刺的研究得到了突飞猛进的发展，主要研究成果有：地球化学特征(孔令韶，1992)；濒危原因初探(刘生龙等，1994；刘果厚等，1997，2000)；叶形态解剖学研究(吴丽芝，1998，1999)；抗旱生理研究(王理德，1995；刘果厚等，1999；王继和，2000)；孢子研究(王迎春，2001a，2002b)；区系地理成分研究(赵一之，2002)；无性繁殖研究(高润宏，2001)。

国家自然科学基金对绵刺专项研究批准 5 个面上项目，地区专项资助有 4 个项目，主要研究地区是甘肃和内蒙古。其中生态学研究层次上向宏观与微观两极发展。

## 2.1　形态结构方面的研究

祝健和马德滋(1992)研究了绵刺的营养器官叶及茎的形态解剖结构，得出绵刺的绵刺叶小，密被长柔毛，角质层厚，气孔小密度大且下陷，栅栏组织发达，叶柄鞘、托叶鞘中分布大量的厚壁组织的结论。另外指出侧脉维管束鞘类似 $C_4$ 植物的花环结构，但是否与 $C_4$ 光合途径有关，有待进一步证实。茎的结构与一般木本双子叶植物茎的结构相似，但其皮层较宽，由两种类型的细胞构成而且其内侧的皮层细胞最后形成厚壁的纤维细胞。吴丽芝等(1998，1999)运用光学显微镜和扫描电镜系统地对绵刺叶片的表皮、叶肉和叶脉进行观察，发现上表皮产生了一些大型的泡状细胞，绵刺的上下表皮细胞形状相近，上下表皮都被有表皮毛，具有发达的角质层，为粗糙角质层，叶缘、叶缘与中脉之间、中脉处的表皮细胞的形态构造差异较大；而且都有气孔分布，气孔下陷，但气孔的保卫细胞相对副卫细胞突出，在上表皮的中脉处有气孔分布，下表皮的中脉处无气孔分布；绵刺为等面型叶；叶脉的维管束鞘明显，是由薄壁细胞构成的。以上可以看出吴丽芝等 1999 年的研究对绵刺叶的形态解剖结构进行了完善和补充。

## 2.2　分布区的研究

赵一之(2002)绘制了绵刺属新的分布区图，阐明了该属的生态地理分布的基本特征和规律，确定了其区系地理成分为“阿拉善—东戈壁”成分。这是对绵刺分布区较完善的一次概括。

## 2.3　生态适应性方面的研究

王理德等(1995)发现绵刺以强的吸水力和抗脱水力适应环境。刘果厚等(1997)对绵刺营养器官的解剖结构及其对环境的适应性进行了探讨。刘果厚等(1999)对绵刺、四合木、沙冬青的种子萌发期抗盐性、抗旱性特征进行了研究，发现三种植物中绵刺的抗旱性最强(马全林，2003；刘果厚等，1997)，综述了绵刺的生态生物学特性，并探讨了其适应性，研究结果表明，绵刺具有典型旱生植物的结构和特征，耐旱、耐贫瘠、耐盐碱和抗风蚀能力较强，对恶劣的环境条件具有良好的适应性。王继和等(2000)对绵刺的生理及生态学特性进行了研究，认为绵刺的形态及特性是长期适应干旱气候的结果。研究表明：①绵刺对环境胁迫采取敏感性响应方式和躲避性适应对策，在适应生存环境中是成功的物种，造成目前绵刺濒危的原因是其狭窄的气候和土壤生态位及其种群以无性繁殖为主的更新方式；②绵刺的响应方式与目前研究范围内的植物不同，绵刺对胁迫的敏感性响应方式和生长状态快速转换的特性，是对植物抗逆性研究的重要补充；③绵刺无性繁殖与目前克隆生长构型的定义和研究内容不同，这对克隆种群生态学的完善无疑具有重要意义；④绵刺种群更新和群落演替与传统研究内容不同，由于种内、种间形成的特殊关系，种群衰退或死亡后，群落由于种间化学他感作用的持续存在，植被出现不连续的演替，即演替间断。由此，根据对绵刺环境胁迫下响应的研究结果，提出胁迫响应对策观点、繁殖对策观点、演替间断观点、稳定性观点、生物气候响应假说。本书研究结果中胁迫响应对策观点对保护生物学研究领域，繁殖对策观点、演替间断观点、稳定性观点对恢复生态学研究领域，胁迫响应方式对植物抗逆性研究领域等都将产生有益的补充作用。高润宏等(2005)试验说明在无机盐中以 0.1%$KCl$、0.1%$NaCl$、0.1%$MgCl_2$ 和 0.01%$CaCl_2$ 使休眠绵刺苏醒效果最好；有机肥中以 0.01%二胺效果最好；外源激素中以 0.002%赤霉素、0.02%细胞分裂素和 0.002%的生长素处理效果好，且以细胞分裂素最好。绵刺敏感性响应方式是指植物对环境因子变化做出迅速的反应，表现为迅速吸水或失水，提高渗透压或关闭气孔，停止代谢，休眠等逃避干旱胁迫，这是对干旱的适应回避。侯艳伟等(2005)从绵刺对干旱、对土壤贫瘠、对盐碱、对风蚀的适应性和濒危原因及其保护措施等方面总结了近十年来的研究进展。张永明等(2005c)认为绵刺、四合木的根系属于雨养植物根系，只能利用降雨后的重力下行水生长，这也决定了植物特定的分布范围。绵刺和四合木将采取特定的生存对策——假死(张永明等，2005b)来度过不良时期，同时蓄积能量等待水分充足时更好的生长。克隆型绵刺的典型特征就是母株与分株能够对资源产生共享现象(高润宏，2005)，绵刺根系发达，深约40 cm，侧根多在浅层水平扩展，水平根可延伸到100~150 cm或更长，并且在根颈处的覆砂层或湿砂层可产生不定根，不定根直径为0.5~1.0 mm，不分枝荒漠灌木根系中的侧根是吸收作用的主要器官(高润宏，2005)，吸收水分的机能大于主根，荒漠灌木随着植株年龄的增长，根系中主根呈现有层次的衰弱渐变过程。其结果是侧根起到主要吸收作用。随着植株年龄的增长，主根木质化程度提高，侧根分枝增多，扩大其地下觅食范围。在新生侧根出现的同时也有部分侧根开始有增粗和木质化现象，其功能由主要从吸收型转变为兼吸收和储藏型。绵刺具有较高的细胞壁弹性，而具有高弹性细胞壁的植物细胞在环境胁迫下能够较快地收缩，从而使细胞能够维持高的膨压并防止细胞壁破裂。绵刺主要表现细胞壁弹性大、持水力强的延迟脱水特性。此外，绵刺具有劈裂式生长的克隆生长构型及“夏眠”特性，高弹性的组织细胞使绵刺具有非常强的保持膨压的能力，从而保证了绵刺在干旱胁迫下劈裂部位的生长发育。

## 2.4　生理生化方面的研究

刘生龙、刘果厚等对绵刺的水分生理及抗性已做过较详细的研究。马全林等(1999)对绵刺及几种旱生植物的光合生理生态特性进行了研究，认为绵刺净光合速率和水分利用效率均介于多种旱生植物之间，绵刺的净光合速率同各个气象因子的相关均不显著，水分利用效率同气温以及相对湿度之间呈极显著相关，与气温、相对湿度以及大气$CO_2$浓度之间存在多元线性关系。李骁等(2005)运用PV技术对绵刺多种水分关系参数进行了测定，并通过测得的各水分参数从水分生理角度对绵刺耐旱性进行了分析，认为绵刺的根茎系统具有快速吸收和传导水分的能力，可能与其具有劈裂式生长的特征有关。高岩等(1999)发现绵刺嫩枝在渗透胁迫大于–2.0MPa的条件下，能维持较高SOD活性，脂质过氧化作用较弱，膜系统基本完整；渗透胁迫小于–2.0MPa，SOD活性明显下降，脂质过氧化作用加强，膜透性增加。MDA含量与SOD活性呈负相关关系($r = -0.942\ 17$)；CAT的活性随渗透胁迫强度增大而逐渐增强，达到一个峰值(–2.5MPa)后，呈现下降趋势。说明绵刺嫩枝中CAT和SOD活性具有很强的抗水分胁迫能力。侯艳伟等(2004)研究表明，无论处于哪个年龄段的绵刺，体内几种保护酶的活性都是地上部分>地下部分，并且其体内SOD的活性很高，而CAT和POD的活性较低，甚至为负值。虽然绵刺体内SOD、CAT和POD的活性严重失衡，但MDA在体内含量却不高。绵刺体内抗氧化酶系统出现了严重的失衡现象，但脂膜过氧化程度不高，说明绵刺可能不像其他旱生植物那样，靠抗氧化酶系统的调节来适应不利的环境条件，而是保留了一些原始习性，以其他方式度过干旱的季节和年份。同年，侯艳伟等又对绵刺劈裂生长过程中内源激素的含量进行了测定。结果表明：①4种生长状态中，完全劈裂植株的叶片及劈裂发生部位ABA的含量比其他3种状态的含量都低，而其根中ABA的含量最多，同其他几种激素相比，ABA在绵刺体内的含量最多；②劈裂生长发生之前，在劈裂发生部位IAA积累量大，尤其是在即将劈裂的过渡植株的劈裂发生部位IAA含量最多；③劈裂生长发生过程中$GA_3$含量的变化与IAA的变化有同步性；④ZR的含量也是在劈裂生长发生前的绵刺的劈裂发生部位中较高，随着劈裂生长的发生，植物从根部向叶片及劈裂发生部位运输的ZR有逐渐降低的趋势，而在劈裂生长发生的过渡阶段，ZR从根部向劈裂发生部位运输的比例较大，分别为19.44%和20%；⑤IAA、$GA_3$、ZR三者协调促进劈裂发生部位细胞的生长和分裂，而ABA的积累对绵刺适应干旱的环境条件起到了一定的调节作用。

## 2.5　繁殖格局、繁殖策略及胚胎学特征方面的研究

刘生龙等(1994)发现枝条生根是绵刺的重要繁殖方式。王迎春(2001)在对四合木、绵刺、沙冬青的小孢子发生及雄配子体发育过程的研究中发现，这三个既是濒危而又起源十分古老的物种均存在着不同程度的败育或异常现象。高润宏等(2001a)对绵刺的无性繁殖即克隆生长构型进行了研究，发现绵刺具有独特的克隆生长构型，即同一植株同时具有两种典型的克隆生长构型，游击型克隆生长构型和密集型克隆生长构型，绵刺在适应环境中所表现的觅食行为和风险分摊等生态对策，对游击型和密集型及资源利用方式的定义进行修改和完善。王迎春等(2001)再次对绵刺的胚胎学特征进行了研究，发现绵刺雄蕊3枚，花药4室，药壁4或5层，腺质绒毡层，细胞在花粉成熟时原位消失。中层宿存，花药成熟时药壁由表皮、药室内壁、中层组成。小孢子母细胞经减数分裂形成四面体形的四分体，胞质分裂为同时型。成熟花粉为2细胞型。小孢子发育及雄配子体形成过程中有败育发生，主要发生在小孢子母细胞减数分裂至四分体时期以及雄配子体形成各个时期。王迎春等(2002)对绵刺的有性生殖进行了报道，并首次发现在绵刺中存在体细胞无孢子生殖的无融合生殖方式。绵刺的胚胎发育是否属于专性无融合生

殖还需进一步从细胞学、遗传学、传粉生物学等角度进行深入研究加以证实。金洪等(2003)指出绵刺克隆格局在绵刺生存对策中表现出对异质性资源响应的方式，这种响应方式在克隆生长构型改变、风险分摊、营养扩散和种群增长过程等方面表现出极大的可塑性，从而表明绵刺对环境具有极强的适应性。侯艳伟等(2006)探讨了绵刺劈裂式营养繁殖方式对物种生存和繁衍所具有的重要意义。绵刺的劈裂生长与环境条件的关系形态特征是植物对环境适应的直接反应，在漫长的进化过程中，自然环境的变迁使绵刺形成了适应干旱贫瘠环境的形态解剖结构特征。王迎春和李骁(2007)认为绵刺发生劈裂后更适应于其生存环境。总之，在劈裂发生前，绵刺主要通过渗透调节来保持膨压，而劈裂发生后，绵刺通过渗透调节和高的组织弹性两条途径来共同保持膨压，以抵抗不良的生存环境。

## 2.6　种内种间关系及群落方面的研究

1995~1998 年马全林等(2002)先后对甘肃境内绵刺的分布状况和群落特征进行了研究。在调查中发现，如过度放牧，绵刺生长量更小、繁殖更难、种群效应更低，但轻度放牧反而有利于绵刺更新和营养繁殖。未放牧区与轻度放牧区的外观也具有明显差异，前者叶片发黄，植株处半休眠状态；后者则叶片翠绿，植株生长正常。由此可见，放牧具有双重效应。因此，在实践中应制定合理的放牧强度，坚持适度放牧，以加快绵刺更新。张永明等(2005c)对珍稀濒危植物绵刺与其所在群落中主要物种沙冬青、旱蒿、霸王、长叶红砂之间以及自身的他感作用研究结果表明：在 5 种植物的鲜枝叶水浸提液中，沙冬青、旱蒿对绵刺种子萌发有明显的抑制作用，对幼苗生长的影响主要表现在对幼根和幼芽伸长生长的抑制；霸王和长叶红砂对绵刺种子萌发的抑制作用不明显，而对绵刺幼苗生长的影响较大；同时绵刺对自身种子萌发产生自我中毒作用。对于绵刺来说，不同植物他感物质对绵刺的有效作用程度和作用方式是不同的。张永明认为，他感作用是绵刺出现濒危现象的重要原因之一。王彦阁等(2007)研究了四合木+霸王+绵刺群系的四合木群落中，各主要物种的生态位宽度都较大且差异不明显，其中绵刺的生态位宽度最大。生态位宽度是度量植物种群对环境资源利用状况的尺度，表征了它们的生态适应性和分布幅度，它不仅与物种的生态学和进化生物学特征有关，而且与种间的相互适应和相互作用有密切联系。由于绵刺具有克隆性特征，其在种群增长扩散过程中表现出极大的可塑性，且比四合木具有更强的抗旱能力，绵刺在调查区内分布较为广泛，竞争能力较强，与其他种类的生态位重叠值较大。高润宏等(2007)发现绵刺种子在成熟后不存在种子后熟现象。根系地表土壤浸出液对绵刺种子萌发率的抑制作用较强，地表枯落物和地表土壤浸出液的交互作用最为显著，且10%枯落物和2%土壤表层与10%土壤表层和2%枯落物浸出液对绵刺种子萌发率的抑制作用极其显著。绵刺种子在萌发时首先受地表枯落物的抑制作用，即使种子能解除枯落物他感作用的抑制，萌发成幼苗，幼苗由于根际的他感作用使生长同样受到抑制，不能定居成功。有性繁殖相对于无性繁殖其繁殖投资较高，植物在进化与适应过程中最终方向是保存和扩散其基因，种子携带着具遗传和变异的全部基因，对植物适应变化的环境具有决定意义。但绵刺以他感作用的方式，排斥着自身种子在植株内的定居，这是否是绵刺对繁殖资源的耗损目前还没有定论。生态学上通常称荒漠植物为超旱生或强旱生植物，其以矮化的木本、半木本或肉质植物为主，形成稀疏的灌木植物群落。在植物生态学研究中，通常以种类、多度(密度)、优势度、盖度、频度等调查项目的实际数值来表示某一种群的特征。绵刺种群在群落中的地位和作用非常突出，其重要值为206.92，远远大于其他灌木物种，灌木层为群落的优势层片，绵刺的年龄结构为下降型锥体，年龄越大，种群数量越多，但并不表示该种群为衰败种群，而为一个比较稳定的种群，“生命曲线呈反对角线上升，达到生理寿命前很少有个体死亡”。绵刺种群的分布格局为集群分布，这种分布格局与种群的繁殖策略以及种群生物学特性有关，影响其种群分布格局的主要因素已不再是种群本身生物生态学特性单方面的因素，而是由环境条件等诸多因素共同决定的。张永明等(2005a)试验表明，绵刺1年结实2次，10月平均单株产饱满种子粒数、千粒重、发芽率、质量均高于6月所产种子；土壤种子库较丰富，种子散布后的存活力随着时间的推移逐渐下降，属于短寿型种子；种子散布格局为集群型分布，成熟种子大部分散布在母株冠幅内，并形成r型繁殖对策。

内蒙古阿拉善地区属于我国典型的荒漠区，其生态地理环境独特，是典型的生态脆弱地带。荒漠植被是维系生态环境稳定的重要保障，从生态系统观点看，荒漠的水热因素极不平衡，生物成分较单纯和贫乏，食物链结构简单，生态系统脆弱，植被容易破坏，而其恢复却很困难和缓慢，往往是不可逆的。荒漠植被在荒漠生态系统中仍然具有重大的作用，正是由于其对不稳定环境具有植被构建，才使荒漠生态系统维持能量交换和物质循环过程，从而对减轻自然侵蚀、遏制荒漠化的扩展和保护自然环境都具有重要的作用。因此加大对绵刺的研究，阐明荒漠灌木资源及其与各种自然环境条件之间的适应关系，对于灌木资源的保护具有重要的理论意义，更是制定保护灌木政策的重要依据。

# 第3章　绵刺研究争议热点

绵刺属落叶小灌木，高20~40 cm，树皮棕褐色，纵向剥裂；小枝灰白色，密生宿存的老叶柄与长柔毛。叶多簇生于短枝上或互生，羽状三出复叶，顶生小叶3全裂，小叶革质，两面具长绢毛；托叶膜质，贴生于叶柄。花瓣3，白色；萼片3；副萼片3；雄蕊3。瘦果长圆形，长约2 mm，宽约1 mm，为宿存花萼筒所包被。

绵刺主要生长于具有薄层覆沙的沙砾质山前冲积扇和山间谷地，常形成绵刺群落，对盐碱土壤具有相当的适应能力。该植物根系发达，对干旱具有特殊的适应方式，在极干旱季节，生长缓慢，甚至处于“假死”状态，当获得一定水分时，又能迅速恢复生长，并可再次开花、结实。花期5~9月，果期8~10月。

绵刺荒漠的植物种类组成中有80余种植物，其中以菊科、藜科植物居多，蒺藜科也有较多的种。群落随气候干燥度的差异和风蚀风积作用强度的不同而分化为草原化绵刺荒漠、极干旱绵刺荒漠、石质绵刺荒漠、沙质绵刺荒漠和沙砾质典型绵刺荒漠群落。

绵刺是蔷薇科单种属植物，其形态特征为三基数而区别于蔷薇科其他属的植物，故有“三瓣美蔷薇”之称；属古地中海的古老残遗成分，集中分布在阿拉善荒漠区，成为阿拉善荒漠特有种，并形成荒漠群落；是优良的抗风固沙植物，青鲜时也是骆驼、羊、马、驴喜食的饲料植物，其分布区是阿拉善荒漠区主要放牧场地植物。

20世纪70年代和80年代马毓泉对绵刺进行了分类学方面研究，著有《内蒙古植物志》第一卷和第三卷(1989年)；李博和刘钟龄对其进行了生态学方面的研究，著有《内蒙古植被》(1988年)；李博对其进行生物学和生态学方面研究，著有《鄂尔多斯高原植物资源研究》(1986年)。

目前，绵刺因缺少保护，资源日渐减少，1982年被列为第一批重点保护植物，1989年被收录于《中国珍稀濒危保护植物名录》(宋朝枢，1989)，1992年被收录于《中国植物红皮书》，并被列为国家二级重点保护植物(傅立国，1992)。

## 3.1　绵刺区系地理成分确定

绵刺的祖先很可能并不是真正的荒漠植物，现有的特征是经过长期干旱环境的改造而形成的，与蒺藜科、柽柳科和藜科等古老的旱生性很明显的真正荒漠植物相比，它对雨水的依赖性和敏感性都很强，而其他植物则迟钝得多。因此绵刺不是起源于非洲古老荒漠区系的成分，而应该看作是古地中海东岸东亚植物区系的直接后裔。残遗分布在阿拉善荒漠的特有单种属植物绵刺，从分布区位置和适应干旱的方式都表明它是东亚植物区系的直接后裔，并可能与蒙古扁桃和柄扁桃(*Prunus peduncalata*)等蔷薇科植物有类似的起源特点，它们孤立出现在亚洲中部荒漠区的东端，反映了东亚植物区系对荒漠植被发展的历史影响(马毓泉，1989)。绵刺繁殖对策表现既有 k-对策，又有 r-对策，在生活史方面类似于典型旱生植物中的短命或类短命植物，这些特点却正是旱生荒漠植物的基本特点，有人认为它与南非卡普斯荒漠灌木 *Cliffortia pedunculata* 在亲缘上相近(朱宗元，1985)。

对绵刺是古地中海起源还是荒漠起源目前没有直接的、有力的证据，加强这方面的探索研究可为绵刺保护提供生存环境方面的依据。

## 3.2　绵刺分类地位确定

绵刺是蔷薇科单种属植物，蔷薇科花的特征一般为五基数，但鸡麻为四基数，绵刺为三基数。绵刺叶为三出复叶，顶生小叶 3 分裂，副萼片 3，萼片 3，花瓣 3，雄蕊 3。若绵刺是古地中海植物，则绵刺在温暖潮湿的古地中海生境中的花应是五基数，这说明绵刺是蔷薇科植物，且五基数的花瓣大而鲜艳，以吸引昆虫进行传粉。随古地中海海退，绵刺由适应温暖潮湿的环境变为适应干燥炎热的荒漠环境，花的功能由吸引昆虫进行传粉而变为保护内部生殖器官。

植物繁殖特性相对于形态特征和生理过程等生命特征是最为稳定的特征(Harper，1977)。在绵刺调查中发现，绵刺叶随不同水分条件，形态可塑性较大，有典型的三出复叶，还有 6 或 7 羽裂叶，萼片有 3，还有 5，花瓣为 3，但颜色有白色，还有紫色。绵刺花瓣由原来紫色、5 瓣进行吸引昆虫转为只起保护作用的白色，以适应在干旱地区的风媒作用，并在适应干旱的过程中退化为 3 瓣，而萼片由于绿色适应干旱，在保护中起的作用优于花瓣，因而在目前绵刺的花萼具有膨大萼筒，并宿存，这种宿存而膨大的萼筒同时还具有充当种子扩散器的作用。

赵一之研究表明绵刺的遗传多样性与委陵菜属中的金露梅相似。

## 3.3　绵刺种群格局研究

绵刺种群格局在其分布区内呈均匀分布格局，这种均匀分布格局反映了绵刺生境的均质性，即绵刺生长在有薄层覆沙的沙砾质土壤中，覆沙过厚或无覆沙都限制绵刺的生长。

绵刺种群的均匀分布格局一方面有利用种群内个体对有限资源的充分利用，另一方面也造成种群实生更新困难，因而在种群中绵刺以压条和劈根等无性繁殖为主。

上述成果主要针对绵刺的某一个方面进行研究，而对绵刺生活史过程中个体、种群和群落等不同单元进行整体性适应研究目前尚未进行，影响着绵刺乃至整个鄂尔多斯古地中海孑遗植物群保护的合理性，因此加强绵刺整体性适应研究显得尤为重要。

绵刺不仅在形态特征上有别于蔷薇科其他植物，而且在生理响应、种群格局、种群更新、群落种间关系与演替方面也具有独特性，作者在调查绵刺过程中发现如下现象：

(1) 不同生境下绵刺形态差异显著。绵刺叶正常生长是典型的羽状三出复叶，顶生小叶 3 全裂，但在实验室培养的绵刺有 6 或 7 羽裂叶；在内蒙古鄂尔多斯的巴拉贡生长的绵刺花瓣的颜色有淡红色，但也有白色；花萼和副萼有 3，也有 4；花期 5~10 月，果期 6~10 月，这与传统文献纪录有所不同(马毓泉，1989；傅立国，1992)。

(2) 绵刺不仅具有有性繁殖，同时还具有由劈根和天然压条等构成的无性繁殖，而且有性繁殖和无性繁殖间、劈根和压条间是可塑的；绵刺的结实率和发芽率都很高，这与已有的记录不同(马全林，2002；傅立国，1992)。

(3) 绵刺种群呈均匀分布，这种分布格局是无性繁殖的结果，还是对环境胁迫响应的结果，特别是绵刺在强度干扰下，由“秃桩”所形成的种群其密度和株距表现的等值性，反映的是荒漠植物共有的空间配置格局，还是绵刺消除干扰表现的特有种群行为，值得研究。

(4) 绵刺具休眠现象。在干旱炎热的 7~8 月进入“假死”状态，随水分条件的好转，绵刺再度进入生长繁殖期，出现一年两次开花、结实等生命现象。这种“假死”的休眠现象不仅出现在干旱季节，甚至在 7~8 月水分条件较好的情况下，仍出现休眠状态，种子在 7~8 月成熟后也有休眠现象，这种休眠现象是绵刺对环境随机变化做出的临时性响应，还是长期适应环境而形成的遗传性响应，值得研究。

(5) 绵刺有两种群落：以绵刺为建群种的单优群落和由绵刺、沙冬青(*Ammopiptanthus mongolicus*)、霸王、白刺(*Nitraria tangutorum*)、四合木、内蒙古旱蒿(*Artemisia xerophytica*)等灌木为优势种的多优群落。无论绵刺单优群落还是多优群落，在绵刺和其他伴生灌木株丛内都没有发现实生苗，绵刺无性繁殖的压条枝，一旦进入四合木、霸王、白刺或旱蒿株丛中，则该枝条枯萎、死亡。这说明绵刺在种子库向幼苗发育过程中群落内种间不仅存在着直接的资源争夺，同时也存在着明显的他感作用，抑制其他植物对资源的利用，混生的物种通过异株克生作用(allelopathy)使生态位几乎不可能重叠。

目前对上述现象还没有进行研究，而这些现象背后所隐藏的生物学、生态学内容不仅对绵刺保护意义重大，同时对荒漠珍稀濒危植物的保护，乃至荒漠生态学的一些理论也将产生深远影响。

通常人们把各种环境胁迫叫逆境(adverse environment)，植物对逆境胁迫的抗性叫抗逆性(stress resistance)，植物抗逆性来自两个方面，一是进化适应，二是人工选择。

植物生存环境并不总是适宜的，通常要受到复杂多变的逆境胁迫，植物环境胁迫因素有物理、化学和生物三类。物理因素是指干旱、热害、冷害、冻害、水淹、光照辐射、机械损伤等；化学因素是指元素缺乏、过剩，低或高的 pH，毒素等；生物因素是指他感作用、种间竞争和微生物作用等。

随环境胁迫的加剧和逆境类型的多样化，有关植物对逆境响应及机理研究越来越深入，特别是许多生理学家所做的很多基础性工作，如日本的《植物和细胞生理杂志》(*Plant Cell Physiology*)在 1990 年开辟了“环境胁迫响应”(Environmental Stress Response)专栏至今未改，对这方面研究起到重要作用(张正斌，2000)。

环境胁迫下植物响应是反映植物生存力阈值的重要方面，它不仅可揭示植物生长、繁衍的影响因素，更能说明植物对环境适应的耐性阈值。

目前关于环境胁迫与植物响应的研究多集中在形态和生理方面，如植物外部形态、器官结构(显微和超微结构)、光合作用，细胞膜保护系统、活性氧保护酶(SOD、POD、CAT)、内源激素(ABA、IAA 和 CBT)等均有报道，且主要以农作物作为研究材料，而对环境胁迫与繁殖对策、群落内种间关系等响应方面的研究较少，对荒漠植物种子库、个体形态、生理抗性、繁殖对策、种群更新、群落演替等响应方面研究更是一个空白。

环境是改变植被物种组成的外部条件，植物生理抗逆性的不同，是导致植被更替的内因，长期适应环境而使处于各个演替阶段的植物形成了特有的基因调控机理，表现不同的适应方式，同时也对所处环境产生依赖性，致使生态位变窄(周瑞莲，2001)。

绵刺生长于贫瘠的荒漠生境中，此处土壤水分含量低，盐碱程度高，降水少而蒸发强，是极端干旱的大陆性气候(吴征镒，1980)。

绵刺在适应长期极端环境胁迫的自然选择过程中演化形成了适应干旱的生物物种和特殊的基因型，如耐旱、耐高温、耐盐碱、抗风蚀耐沙埋、特殊次生代谢产物等基因，构成了宝贵的植物种质资源库(张新时，2001)。

适应荒漠生境植物构成的荒漠植被，既维系着荒漠区域能量与物质循环过程，又防止了荒漠化(尹林克，1997)。

绵刺是古近纪和新近纪古地中海孑遗植物，与四合木、沙冬青等古地中海孑遗植物群一样，经历了环境变迁和自然选择，存活至今，形成了独特的适应性基因，特别是无性繁殖特性、灌丛堆效应和“休眠”现象是科研领域及荒漠地区生态建设中宝贵的种质资源。对之进行环境适应方式和生存能力的研究，特别是环境胁迫下生存耐限的研究，可揭示其濒危原因，研究成果不仅为西鄂尔多斯“避难所”中珍稀濒危植物种质资源保护提供理论依据，同时也为生态学在荒漠植物研究领域提供补充材料。

植物生活史的完成是保证植物生存和进化的前提，在这个过程中，种子从脱离母体萌发、生长、发育到再次结实，其要遭遇与母株相异的生存条件，从而进化出更为适应的形态结构、生理功能和资源利用能力才能实现遗传物质的延续，其间任何一个过程被中断，都将导致该物种的消亡。因此植物生长、发育、繁殖等过程中所表现的适应能力大小是决定一个物种存活成功与否的关键。

绵刺生存环境中最主要的胁迫因子是干旱和炎热，响应于二者的适应过程中，绵刺所表现的形态结构、生理抗性、激素调控机理、保护酶有效性、繁殖对策、种群更新方式、空间格局、群落物种间关系、物种生态位幅度等特征是衡量其对环境适应能力的关键因素。

所以本书以环境胁迫下绵刺形态可塑性，抗旱性、抗热性，休眠现象，保护酶系统调节机理，不同生长状态下内源激素变化规律，有性繁殖对策中种子扩散方式、种子库动态、种子更新特点，无性繁殖对策中克隆生长格局、克隆生长构型、资源利用方式、内源激素调控机理、觅食行为、风险分摊、资源共享，种群格局、更新，群落种间关系、生态位大小、种间化学他感作用等方面的响应为研究内容，拟从绵刺生活史过程中个体、种群和群落所表现的对环境适应性来揭示绵刺濒危的原因，从而为绵刺保护提供理论依据。

# 第 4 章　绵刺形态结构响应

植物的形态(morphology)结构是受遗传物质控制的，形态可塑性(morphological plasticity)又是环境修饰(environmental modification)的结果。形态变化是植物对环境变化做出的最直接的响应(response)，这种响应可能是遗传物质调控的结果，如不同光照植物在叶的形态、大小、色泽都存在着差异，也可能是环境修饰的结果，如同一植株上的异形叶等，形态变化与环境修饰表现出的可塑性是植物躲避、抵抗天敌，消除环境胁迫等不利因素的重要方式，可以说一个物种形态可塑性越大，则对变化环境的适应能力就越强(王勋陵，1999)。

外部形态随生境不同而表现出可塑性，这种可塑性对消除一定的不利环境因素无疑具有重要意义，但响应于更为严重的胁迫，其抗性能力则主要是植物内部结构决定的。通过绵刺形态可塑性和器官解剖结构研究可揭示其响应环境胁迫过程中的适应方式和适应能力。

以绵刺围栏内及其他生境中植株叶、枝、花、劈根、株高、冠幅、分株数、克隆生长构型等形态特征为指标进行形态可塑性分析，以绵刺根、茎和叶器官解剖结构特征为指标进行绵刺结构与功能的适应性分析。

以黄河村围栏内和碱柜围栏内的绵刺为研究对象，在 1998~2002 年，每年对选定绵刺植株测定其当年枝年生长量中的生长高度和生物量鲜重及干重，不同的围栏内各测定 3 株。黄河村围栏是 1988 年围封，碱柜围栏是 1998 年围封。

调查实验室盆栽绵刺、黄河村围栏内绵刺、巴拉贡和阿拉善左旗分布的绵刺植株叶的类型、叶长和叶宽、花瓣数、花萼数和短枝上着生的叶数，每一绵刺生长位点调查 3 株。

在黄河村围栏内、黄河村围栏外、碱柜、巴拉贡和阿拉善左旗等没有围封的绵刺分布区内分别做(4×4)$m^2$样方，统计样方内绵刺植株高度、冠幅、当年枝长度、劈根数和压枝克隆分株数，在每个样方内绵刺根部主要分布范围取土样，测定土壤含水量、有机质含量、有效氮含量、速效磷含量、速效钾含量、pH 等指标，并对形态特征和土壤养分指标作两组数据的相关分析，在 SAS 软件中用 *t*-检验进行相关性检验。

在黄河村围栏内剪取绵刺叶、茎和根，蒸馏水冲洗干净，用 FAA 液固定。做叶横切面，厚约 10μm，正丁醇脱水、透明，石蜡包埋，番红-固绿对染，加拿大树胶封藏。根和茎的取样用 FAA 液固定，无水乙醇和甘油 1∶1 浸泡 3 个月，沸水煮沸 12 h 软化，进行徒手切片，用番红-固绿对染，加拿大树胶封藏，在 3.3×4

的光学显微镜下观察，记录，拍照。

## 4.1　形态可塑性响应

### 4.1.1　土壤水分含量与形态可塑性响应

表 4-1　绵刺叶和枝形态响应水分变化

| 形态特征 | 样点 | | | |
|---|---|---|---|---|
| | 阿拉善左旗 | 巴拉贡 | 乌海围栏内 | 实验室盆栽 |
| 叶的类型 | 三出复叶 | 三出复叶 | 三至五出复叶 | 3~11 羽裂叶 |
| 叶长和叶宽/cm | 0.3，0.3 | 0.3，0.3 | 1，1 | 1.5，1 |
| 花瓣数 | 3 | 3 | 3 | 3 |
| 花萼数 | 3 | 3 | 3 或 5 | 3 或 5 |
| 短枝叶数 | 1~2 | 2~3 | 3~5 | 5~11 |
| 土壤水分含量/% | 3.3310±1.3581 | 2.6194±0.3499 | 3.6938±0.2517 | 8.3692±1.662 |

表 4-1 表明，绵刺叶的数量和形态特征在不同生境中差异显著，不仅在各种生境中具典型的三出复叶，顶端小叶 3 裂，而且在水分条件较好的实验室培养中叶呈 3~11 羽裂；花萼数量也有差异，既有 3 瓣，又有 5 瓣；短枝着生叶的数量为 1~11，变化很大。

### 4.1.2　稳定干扰与形态可塑性响应

由图 4-1~图 4-3 可知，黄河村围栏内当年枝生长长度平均为 44.4 cm，鲜重为 15.4891 g，干重为 6.3734 g，而在碱柜从 2001 年开始恢复正常生长，在前 3 年平均长度只为 6.2396 cm，鲜重为 6.7846 g，干重为 5.8152 g。黄河村围栏内和碱柜围栏内绵刺鲜重和长度的比较可知，在前 3 年中二者差异显著($P<0.05$)，但干重间差异不显著($P<0.05$)。

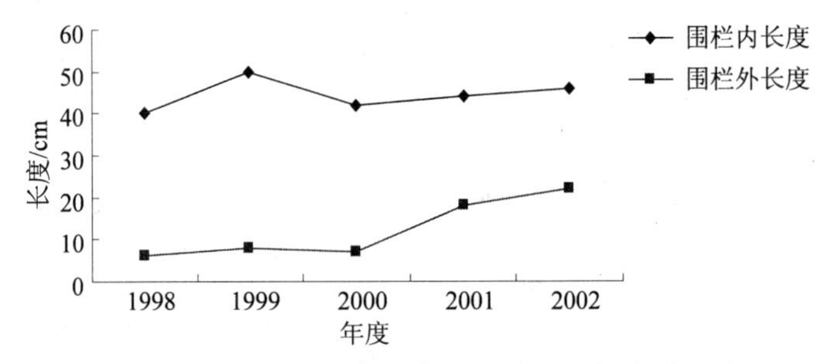


图 4-1　不同扰动下绵刺当年枝年生长长度对比图

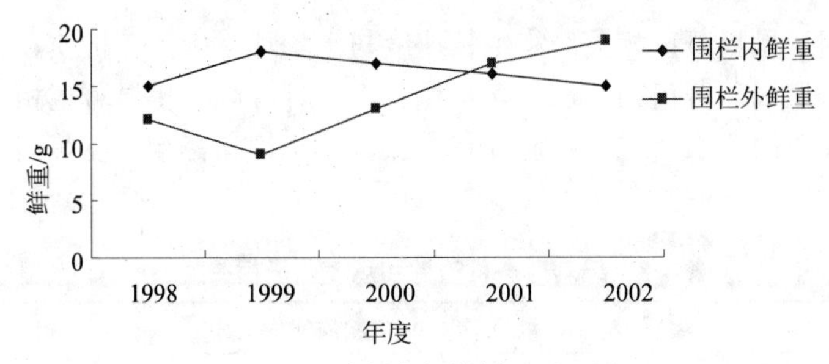


图 4-2　绵刺当年枝鲜重对比图

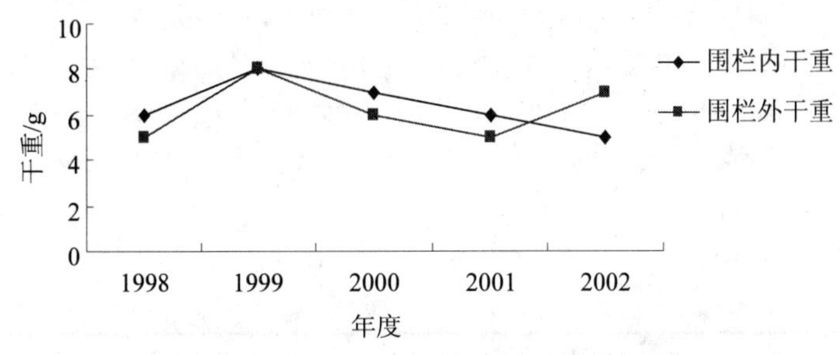


图 4-3　不同扰动下绵刺当年枝干重对比图

### 4.1.3　土壤养分与形态可塑性响应

表 4-2 和表 4-3 可知，劈根分株数与土壤环境中的有机质、有效氮、速效磷、覆沙厚度等因子呈显著负相关；压枝分株数与土壤含水量、有机质、速效钾和覆沙厚度等因子呈极显著正相关；植株高度与土壤环境中含水量、有效氮、

**表 4-2　绵刺形态特征和土壤因子**

| 样点 | 指标 | | | | | | | | | | | |
|---|---|---|---|---|---|---|---|---|---|---|---|---|
| | 劈根数 | 压枝分株数 | 高度/cm | 年生长速度/cm | 冠幅/cm$^2$ | 土壤含水量/% | 土壤有机质含量/(g/kg) | 土壤有效氮含量/(mg/kg) | 土壤速效磷含量/(mg/kg) | 土壤速效钾含量/(mg/kg) | pH | 覆沙厚度/cm |
| 阿拉善左旗 | 6 | 2 | 17.1 | 4.2 | 20.1×22.0 | 3.3310 | 2.48 | 8.66 | 6.1 | 103.6 | 8.37 | 5.41 |
| 围栏内 | 4 | 8 | 18.1 | 9.7 | 46.7×46.6 | 5.6938 | 9.74 | 55.99 | 12 | 173.5 | 8.47 | 12.58 |
| 围栏外 | 8 | 0 | 3.1 | 3.2 | 12.6×13.3 | 2.3902 | 3.26 | 8.17 | 12 | 108.6 | 8.52 | 1.00 |
| 巴拉贡 | 3 | 3 | 13.5 | 7.4 | 30.8×33.5 | 2.6194 | 6.82 | 25.66 | 44.7 | 102 | 8.59 | 6.67 |
| 碱柜 | 6 | 0 | 12.8 | 4.5 | 15.7×16.4 | 2.5841 | 3.18 | 9.33 | 5.7 | 85.8 | 8.51 | 2.85 |

覆沙厚度等因子呈显著正相关；年生长速度与土壤环境中的有机质、有效氮和覆沙厚度等因子呈极显著正相关，与含水量、速效钾等因子呈显著正相关；植株冠幅与土壤环境中的含水量、有机质、有效氮、速效钾和覆沙厚度等因子呈极显著正相关。

**表 4-3　绵刺形态可塑性和环境因子相关关系**

| 土壤要素 | 形态特征 | | | | |
|---|---|---|---|---|---|
| | 劈根数 | 压枝分株数 | 植株高度 | 年生长速度 | 冠幅 |
| 含水量 | −0.4201 | 0.9348** | 0.6489* | 0.7806* | 0.8951** |
| 有机质 | −0.7503* | 0.9104** | 0.4397 | 0.9719** | 0.9623** |
| 有效氮 | −0.6719* | 0.9671** | 0.5307* | 0.9600** | 0.9926** |
| 速效磷 | −0.6760* | 0.1542 | −0.0127 | 0.4005 | 0.2360 |
| 速效钾 | −0.3462 | 0.9185** | 0.3893 | 0.7688* | 0.8979** |
| pH | −0.3081 | −0.1187 | −0.4400 | 0.1962 | 0.0317 |
| 覆沙厚度 | −0.7541* | 0.9842** | 0.7739* | 0.9415** | 0.9705** |

*代表 $P<0.05$ 显著相关；**代表 $P<0.01$ 极显著相关。

# 4.2　器官解剖结构响应

## 4.2.1　根的解剖结构响应

图 4-4 可知，绵刺根横切面外层为一层形状小，排列紧密的表皮细胞；皮层中细胞液化程度高，导管发达，维管柱具中柱鞘细胞。

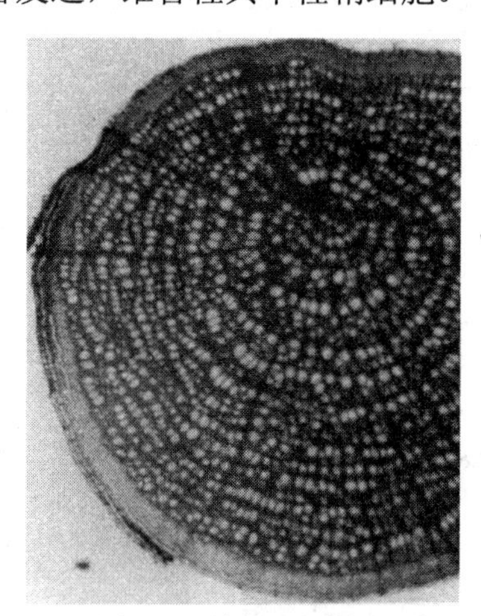

图 4-4　绵刺根解剖图

### 4.2.2　茎的结构响应

图 4-5 可知，绵刺茎横切面中，表皮由一层生活的细胞组成，细胞内原生质浓，细胞外壁向外突起形成表皮毛；皮层中有 1 或 2 层厚角组织细胞，细胞小，质浓；维管组织中的生活细胞细胞质浓；韧皮纤维和木纤维发达。

图 4-5　绵刺茎解剖图

### 4.2.3　叶的结构响应

绵刺叶表皮为一层近方形的细胞组成，外壁具较厚的角质层，在上表皮细胞中有泡状的大型薄壁细胞，这些细胞或单独分布，或两个一组纵向排列于上表皮之间，下表皮有气孔分布，气孔下陷，具孔下室，叶肉中栅栏组织极为发达，含丰富的叶绿体，为等面叶，在上表皮下方有 2 或 3 层圆柱形细胞，排列较为疏松，在下表皮上方具 3~5 层排列紧密的圆柱形细胞，在上下栅栏组织内有零散的薄壁组织，叶脉分布于栅栏组织之间，叶脉的维管束鞘十分明显。

绵刺为小灌木，高 20~80 cm，基部分枝强烈，当年枝多呈弧状弯曲，这种生活型有利于抵挡强烈的风吹；绵刺老枝棕褐色，外被多层开裂的韧皮纤维，当年枝灰白色，这些形态特征有利于消除由强光曝晒而产生的灼伤，并减少由光引起的水分蒸散，当年枝在水分条件较好的情况下表现伸长生长，形成长枝，而老枝上宿存的叶柄，其腋芽萌发的当年枝往往形成短枝；绵刺叶小，革质，两面密被长柔毛，叶柄宿存并硬化成刺状，托叶膜质，与叶柄合生，叶片在干旱条件下向内卷曲，这些特化形态特征是与干旱相适应的；绵刺花小，单生于短枝或长枝上，萼筒、副萼、雄蕊、花柱密被长柔毛，这些生殖器官的形态特征也是与干旱环境的水热因子相适应的，避免水分蒸散而引起花的枯萎，花的附属器官(花萼、副萼)

有利于保护繁殖器官中的雄蕊和雌蕊，避免不稳定环境胁迫而造成伤害；瘦果，密被长柔毛，花萼宿存，有利于在不良环境下更好地保护种子，从而最大限度地保存种子携带的遗传物质。

绵刺花瓣 3，花萼和副萼发达，反映了由温暖潮湿的古地中海气候向干旱炎热荒漠气候转变过程中，绵刺也由虫媒花向风媒花转变，花瓣在植物传粉、受精中已不是主要的特征器官，而花萼开始起主要保护作用，并出现副萼，这些繁殖附属器官的出现，一方面是对大风和不稳定温度变化的适应，另一方面是对风媒作用的适应，花瓣退化，由蔷薇科的五基数减少为目前的三基数，而花萼进一步特化，形成宿存的花萼筒，成为种子散布器。

绵刺叶的形态、长枝和短枝数量及繁殖器官形态等方面因土壤养分数量和组成成分的不同而表现为不同的形态建成，这种可塑性具有对多重胁迫适应的优势，避免过度干扰下被捕食的危险或养分供应不足造成生长不良。

繁殖器官在一定程度下保持相对的稳定，并不随环境因子的变化而发生相应的变化(钟章成，1995)。但是绵刺繁殖器官中花及其附属器官花萼在不同生境条件下形态却表现出极大的可塑性，在环境胁迫严重时，营养生长和繁殖生长减小，叶小，类型为三出复叶，短枝进一步缩短，而在环境胁迫减轻时，营养生长和繁殖生长增加，植株增高，叶和花出现三至五基数，短枝增长。绵刺形态可塑性反映了绵刺对环境变化具有敏感性，能对变化环境做出迅速响应，高效地利用适宜环境，进行生长和繁殖。

极端环境下，有利于植物生存、发展的条件是不稳定的，只有对变化的环境反应敏感，并对之做出响应，充分利用短暂有利条件，才能在多变的环境下完成生长、发育、繁殖等过程，这是荒漠植物最基本的适应方式。

绵刺生活型是灌木，但其与荒漠中短命或类短命植物具有相似的适应方式，这也反映了绵刺与其他荒漠植物适应方式上的趋同性。

不同生境下绵刺形态差异显著，这种差异是环境塑造的结果，不具遗传性，那么绵刺在形态上对偶然环境变化的响应被称为随机饰变响应，如生境中养分多少、水分亏缺与适宜等所导致绵刺长枝、短枝长度的变化和叶片形态的变化等。这种环境饰变是一种随机的诱变作用，对植物来说随诱变作用解除，响应也随之消失，不具有遗传性。

营养生长随环境变化而发生变化，且随稳定持续的环境胁迫，这种变化形成一种持续的形态响应，即便胁迫解除，在形态方面，由于响应于稳定胁迫而形成的惯性仍保持一段时期，而并非立即恢复稳定形态。植物个体大小是由遗传决定的，环境条件具有修饰作用，个体在稳定环境胁迫下形成的形态在一定时期内具有向稳定形态恢复的保守性，这种滞后性既不同于环境饰变，又不同于遗传特性，是介于生态型和饰变型之间的一种过渡类型，称之为扰动性响应(constant stress response)(王玮，2000)。

绵刺在稳定胁迫解除后，植株生长不能迅速恢复稳定形态，对胁迫响应有滞后作用，这是绵刺扰动性响应，但干物质积累在5年内变化不显著，说明干物质积累是植物消除环境胁迫、自我保存的基础，也是繁殖进行的前提。

上述土壤营养成分中有机质含量越多，劈根数越少，这也与调查相符，在黄河村围栏内由于覆沙原因，植株小生境中土壤水分含量和有机质含量明显高于围栏外，围栏内植株的劈根数小于围栏外；绵刺生境土壤中，速效钾的含量在所有三大营养元素中最高，这对于促进绵刺抗旱力的提高具有重要作用(潘瑞炽，1984)。

生长在不同条件下的种群，个体植株可能会有不同的形态结构和生理特性，这些特性往往具有适应的功能(周纪纶，1992)。绵刺不仅对随机性环境修饰表现形态方面的可塑性，在不同生境下其形态也具有可塑性，这种差异是否存在着生态型变异值得进一步研究，建议对绵刺居群遗传多样性进行进一步的研究，以揭示绵刺种质资源的遗传多样性，从而对绵刺的保护更为科学。

绵刺根表皮细胞小而排列紧密，可有效防止水分散失，抵抗高温下的沙粒灼烤，发达的导管结构有利于绵刺传导水分，实现水分传输的高效性，紧密的表皮细胞结构和强的导管性还增强了绵刺水分输送的根压动力，皮层中细胞液化程度高，有利于根系从土壤中吸收水分。

茎的结构中，韧皮纤维和木纤维发达，提高了绵刺的机械支持强度，浓的细胞质使细胞渗透压提高，增强了绵刺的抗旱性。

叶表面积极度缩小，表面具表皮毛，上表皮具泡状细胞，当蒸腾过强时，通过泡状细胞运动，使叶片卷缩，关闭气孔，进入休眠状态；角质层增厚，气孔下陷，形成孔下室，有利于降低蒸腾，叶在干旱时呈卷曲状态，而在水分条件较好时平展。叶片表皮中具有大型的薄壁细胞，能使绵刺在对水分和温度的变化做出快速响应，进行叶片的收缩或舒展，叶脉的维管束鞘发达，保证了对水分和养分的快速传递，使绵刺进行不同生长状态的快速转换；气孔下陷，形成孔下室，有利于对炎热响应，使叶片或植株不至于高温下脱水而灼伤或死亡。这些结构表明绵刺既有旱生结构的典型性，又有对水分敏感的非旱生性。

绵刺叶、花和短枝等形态特征对环境变化具有极强的可塑性响应，这种响应是对环境主导因子变化的随机性响应，不具有遗传性。

随机环境胁迫的持续和固定，绵刺在形态响应上表现为一定的保守性，即便在胁迫解除后，仍保持一定时期对胁迫的响应，这是一种介于环境饰变和生态型的扰动性响应。

从绵刺环境胁迫下形态可塑性和根、茎、叶等器官解剖结构的观察结果来看，绵刺对环境干旱胁迫既具有抗旱性的特点，又具有对水分变化的敏感性特点，能迅速调整形态特征适应变化的环境。

# 第5章　绵刺生理响应

水分生理过程是植物生活史中对环境水分利用、干旱忍耐、抵抗等功能的重要方面，也是衡量荒漠植物对环境适应能力的一个重要指标，植物的水分关系与抗旱性研究在干旱生态生理领域占有重要地位。通常认为生理方面的抗旱性比形态解剖方面的抗旱性更为重要，因为环境变化首先引起生理上的反应，而形态结构是遗传上长期适应的结果(黄子琛，1992)。

干旱和炎热往往是共同作用，使植物表现为对这两方面胁迫的综合响应，所以抗热性也是衡量植物适应生存环境的重要方面。

含水量和束缚水/自由水值是衡量植物保水能力的重要指标，该值越大则吸水力和保水力越强(Kramer，1983)；水势代表植物体内水的能量平衡，植物组织的水势越低，则吸水力越强；水分亏缺是植物抵抗脱水能力的一个重要生理指标，该值越大则抗脱水能力越强。通过对绵刺含水量、束缚水/自由水、水势、水分亏缺和蒸腾强度等水分生理指标和抗热性相应指标测定，揭示绵刺对水分利用方式和抵抗干旱、炎热的适应方式。

休眠(dormancy)是生物对环境胁迫的一种适应方式，对之研究较多的方面是关于动物的休眠(如熊类、蛙类和昆虫类)、作物及果树的冬眠(如苹果的冬眠芽，桃、李的冬眠)，对野生植物休眠研究只有关于杜仲的冬眠(崔克明，2000)和沙棘的冬眠(李丽霞，2001)，对生物夏眠的研究目前较少，而对植物夏眠研究尚未见报道。

绵刺休眠是指绵刺一年生长期内出现的“假死”现象。即绵刺在3月底苏醒，6月初开花，如遇极干旱的年份全年均不放叶、开花，其放叶、开花与水分有极强的相关关系，遇水后会迅速开花或第二次开花(李博，1989)。但最近几年观测发现，绵刺休眠具有一定的周期性，即每年的7~8月，绵刺植株都会进入一种“假死”状态，在5月苏醒，放叶、开花后，开始枯萎，7月有降雨也不完全放叶、开花，而在其他月份，绵刺在给水24 h即放叶，即使在冬季，绵刺在室内仍处于生长状态而不休眠，有趣的是绵刺种子在6~7月成熟后，也有休眠现象，表现很明显的种子后熟现象。根据10年的月均降雨量、月均气温和月均地温(图1-1)变化规律可知，气候在小时间尺度内是稳定的，即每年的6~8月为极干旱期，那么绵刺在7~8月的休眠现象是随机性响应还是遗传性响应的结果，对这一现象进一步研究，将有助于揭示绵刺适应气候变化规律的生物学机制。

在夏季绵刺休眠期，分别用水、无机营养液和外源激素对休眠绵刺进行处理，观测苏醒情况，了解打破绵刺休眠的外部因素。

无机盐是植物维持生命活动所必需的物质，钾是植物体内多种酶的激活剂，是构成细胞渗透势的主要成分；镁的主要生理功能是参与光合作用，同时也是许多酶的激活剂；钙是细胞某些结构的组成要素，同时又是生理活性的信使(蒋湘宁等，2000)；二胺可以代替无机阳离子的功能，维持阴阳离子的平衡，稳定细胞内pH，还可以增加核酸稳定性和促进蛋白质生物合成；尿素主要为植物生长提供氮元素。外源激素中生长素、细胞分裂素和脱落酸在植物生长和休眠中都有不同的生理作用，所以在打破绵刺休眠试验中以无机离子、有机氮素、细胞分裂素(6-糖基氨基嘌呤)、生长素(吲哚-3-乙酸)和赤霉素等为培养液对休眠绵刺进行处理。

植物内源激素是植物体内代谢产生的有机化合物，所以也称天然激素，包括植物生长促进剂、植物生长抑制剂。生长素(auxin)能促进植物形态学下端长根、上端长梢，细胞生长，促进生根，集中在植物生长旺盛的幼嫩部分，并在顶端的幼芽和幼叶中大量合成，向下极性运输；细胞分裂素(CTK)主要存在于正在分裂的器官，如根尖、茎尖和未成熟的种子等，主要由根尖合成，通过木质部向上运输既能促进细胞分裂，又能促进细胞生长；生长抑制剂中脱落酸(ABA)在休眠的器官和组织中较多，主要在衰老叶片及根冠等部位合成，在茎、叶柄及根系的木质部运输，生长抑制剂是通过环境胁迫中所发生的变化及生物学作用，提高植物抗逆性(崔凯荣，2000；李岩，2000)。通过对绵刺不同生长状态、不同器官中内源激素中IAA、iPA和ABA含量和比例分析，揭示绵刺在不同水分条件胁迫下内源激素对不同生长状态的调控方式。

关于干旱胁迫引起膜脂过氧化及保护酶系统与抗旱性关系的研究已越来越受到人们的关注(Hcque，1983；Quartacci，1991；吕庆，1996)。植物细胞中存在着自由基的产生和消除这两个过程，超氧化物歧化酶(SOD)能以$O_2^-$为基质进行歧化反应，过氧化氢酶(CAT)可分解$H_2O_2$，过氧化物酶(POD)能催化分解细胞内脂质过氧化产物，这三种保护酶共同形成一个酶促防御系统，即保护酶系统，只有这三者协调一致，才能有效地清除多余的自由基，使生物自由基维持在一个低水平(Fridovich，1975；王宝山，1988；Giannoplitis，1977；吴荣生，1993)。MDA含量是脂质过氧化的主要指标，MDA是氧自由基攻击细胞膜上类脂中的不饱和脂肪酸而发生膜脂过氧化反应生成的产物，对膜有毒害作用，以MDA作为多余氧自由基指标在许多植物抗旱性试验中被应用(王爱国，1989)。采用土壤水分自然胁迫和PEG(聚乙二醇)模拟方法处理绵刺嫩枝，对SOD、CAT和MDA等指标进行测定，揭示绵刺干旱胁迫下保护酶系统的抗逆性生理过程。自然胁迫是指绵刺在休眠、半休眠和完全苏醒状态下相对应的土壤含水量。

本章通过水分生理测定，不同生长状态下内源激素调控机理、保护酶系统变化状况研究，揭示绵刺在适应干旱过程中的生理代谢功能。

在黄河村围栏内绵刺生长旺盛期测定绵刺枝条含水量、水势、束缚水、自由水、水分亏缺和蒸腾强度日变化等各水分生理参数，并以伴生的旱蒿、沙冬青、霸王和四合木等灌木为对照，每一种植物测定 3 株。用压力室法测定叶水势；用 Li-1600 稳态气孔计从早上 6 时开始测定绵刺蒸腾速率，每隔 2 h 进行一次测定，晚 21 时结束，绵刺叶小、革质，在气室内无法测定叶的光合指标，为此，把绵刺嫩枝叶放入叶室，用橡皮泥封裹嫩枝和气室接触处，防止气体交换；叶总含水量用烘干称重法，自由水含量用马林契可法；用水分饱和法测定水分亏缺(张宪政，1992)。

$$\text{总含水量}(\%)=\frac{\text{鲜重(FW)}-\text{干重(DW)}}{\text{鲜重(FW)}}\times 100\%;$$

$$\text{自由水含量}(\%)=\frac{\text{鲜重(FW)}-\text{风干重(WDW)}}{\text{鲜重(FW)}}\times 100\%$$

有人曾把生活状态的植株放入不同温度的热水中，按一定的时间间隔进行植株生长状态的观测，以死亡时的温度作为植物对高温的耐受温度，以此作为植物抗热性的测定方法(徐东翔，1990)。为了更接近于植物自然状态下的抗热性，本研究以人工气候箱温度调控方式作为抗热性测定方法。

测定绵刺多优群落中高度为 15 cm 的绵刺、四合木、沙冬青、霸王和旱蒿实生苗正常生长时的土壤含水量(2.5%)、中午 2 时的气温(43℃)和光强(780×100lx)，移植进行盆栽培养，培养成活后，降低土壤含水量至移植时的土壤含水量，把 5 种植物置于人工气候箱中，分别以 40℃、45℃、50℃、55℃、60℃、65℃和 70℃培养 1 h，观察叶的恢复能力和植株的恢复能力，不能恢复生活状态的温度为上述植物的最高耐受温度。

在黄河村围栏内选取有克隆性，但没有生根的绵刺休眠克隆枝，用蛭岩为基质，对不同浓度的培养液以蒸馏水为对照，每个实验重复 3 次，以不漏水的塑料杯为培养容器，装入 2/3 杯经过高温灭菌消毒的蛭岩，加入不同浓度培养液(表 5-1)，用黑色塑料布包封，以免光照造成培养液成分和浓度发生变化，将克隆枝膨大部分向下插入杯中，在见光处室温下观察。以绵刺放叶时间和数量作为绵刺苏醒的指标，从扦插完开始计时，每隔 2 h 进行一次观察，记录放叶的数量和时间。

**表 5-1　绵刺苏醒实验培养液浓度**　　(单位：%)

| 浓度/% | 培养液 | | | | | | | | |
|---|---|---|---|---|---|---|---|---|---|
| | KCl | NaCl | $MgSO_4$ | $Ca(NO_3)_2$ | 尿素 | 二胺 | GA | CTK | AUX |
| M1 | 10 | 10 | 10 | 10 | 10 | 10 | 0.02 | 0.02 | 0.02 |
| M2 | 1 | 1 | 1 | 1 | 1 | 1 | 0.002 | 0.002 | 0.002 |
| M3 | 0.1 | 0.1 | 0.1 | 0.1 | 0.1 | 0.1 | 0.000 2 | 0.000 2 | 0.000 2 |
| M4 | 0.01 | 0.01 | 0.01 | 0.01 | 0.01 | 0.01 | 0.000 02 | 0.000 02 | 0.000 02 |
| M5 | 0.001 | 0.001 | 0.001 | 0.001 | 0.001 | 0.001 | 0.000 002 | 0.000 002 | 0.000 002 |

以休眠代表极端干旱胁迫，以半休眠代表中度干旱胁迫，以苏醒代表水分条件适宜。在黄河村选取休眠、半休眠和苏醒状态绵刺的根尖、茎尖和叶片等试验样 100~500 mg，称重后，放入 90%甲酮溶液，瓶口密封后放入冰箱，冷藏处理，用于测定生长素中 IAA、脱落酸和细胞分裂素中 iPA，每个样取 3 个重复，测定结果见 5.4 节中表 5-4 及表 5-5。

IAA、iPA 和 ABA 标准液配制，IAA、iPA 和 ABA 样品液配制，IAA、iPA 和 ABA 标准液和样品液定量测定，试验结果计算用王文芝 1994 年方法处理。

在黄河村围栏内采取绵刺当年生休眠嫩枝(不带叶)、半休眠嫩枝(部分带叶)、苏醒嫩枝(完全带叶)，用 FAA 固定，12 h 内带回实验室。对野外取样用自来水冲洗 4 或 5 次，再用蒸馏水冲洗 3 次，滤纸吸干表面水分，对休眠嫩枝、半休眠嫩枝和苏醒嫩枝状态进行自然土壤水分胁迫下的 SOD、CAT 和 MDA 等测定；将苏醒嫩枝分别放入渗透势为 0MPa、−0.5MPa、−1.0MPa、−1.5MPa、−2.0MPa 和−2.5MPa 的 PEG(Mw6000)溶液中处理 20 h 后，进行人工胁迫下的 SOD、CAT 和 MDA 测定，对上述每个处理 3 次重复。

SOD 酶液提取和活性测定方法如下。

取绵刺嫩枝 0.2 g，加入预冷的磷酸缓冲液(pH=7.8，浓度 0.05 mol/L)5 ml，冰浴研磨，于 10 000 r/min 离心 20 min，上清液即为酶液提取液。

SOD 活性按 Giannopitis 和 Ries(1976)方法测定，4 ml 反应液中含有 13 μmol/L 核黄素，130 mmol/L 甲硫氨酸，630 μmol/L 氯化硝基四唑兰(NBT)和 0.5mol/L $Na_2CO_3$ 溶液各 0.4 ml，0.05 mol/L 磷缓冲液(含 0.1mmol/L MEDTA)2.35 ml，再加入 0.05 ml 酶液，在 4000lx 荧光下照光 20 min，在波长 560 nm 处比色，以 SOD 抑制 NBT 光化还原 5%的酶量为一个单位(U)，计算酶活力。

CAT 酶液提取和活性测定方法如下。

取 0.2 g 绵刺嫩枝加入 0.2 g $CaCO_3$ 和蒸馏水 2 ml，研磨成匀浆，定容 50 ml 为 CAT 提取液，总体积 20 ml 的反应液中含有 0.1 mol/L 过氧化氢 5 ml 和酶液

10 ml，在 25℃水浴中反应 5 min 后立即加入 3.6 mol/L 的$(NH_4)_2SO_4$，以终止反应，再加入 1 ml 20%的 KI，3 滴钼酸铵，3 滴淀粉，用 0.02 mol/L 的硫代硫酸钠进行滴定，经消耗硫代硫酸钠的体积可求得被分解的过氧化氢量，从而求 CAT 活性。

MDA 提取和测定方法如下。

提取方法同 SOD。取提取液 1 ml 加入 0.5%硫代巴比妥酸(用少量 HCl 溶解)2.0 ml 和 3 ml 蒸馏水，在沸水中加热 30 min 冷却后离心 20 min(6000 r/min)，取上清液，分别测定波长为 532 nm 和 600 nm 时的光密度值，由两个值的差求 MDA 含量。

以苏醒、半休眠和休眠相对应的土壤水分含量为一个土壤干旱胁迫单位，则由苏醒到半休眠、休眠为一个保护酶活性变化梯度。

## 5.1　水分生理响应

测定结果如表 5-2 所示。

**表 5-2　绵刺抗旱性与旱蒿、沙冬青、四合木、霸王对比**

| 名称 | 叶含水量/% | 束缚水/自由水 | 水势/bar[①] | 蒸腾速率/[μg/(cm²·s)] | 水分亏缺/% |
|---|---|---|---|---|---|
| 绵刺 | 55.12 | 0.42 | 15.68 | 2.54 | 15.48 |
| 旱蒿 | 77.91 | 1.79 | 9.00 | 5.71 | 11.59 |
| 沙冬青 | 89.16 | 1.73 | 8.72 | 4.73 | 31.3 |
| 霸王 | 69.22 | 2.21 | 27.00 | 3.48 | 12.34 |
| 四合木 | 69.73 | 2.30 | 11.2 | 3.36 | 14.61 |

上述指标在 14 时测定。

由表 5-2 可知，绵刺在 14 时叶片总含水量、束缚水含量和蒸腾速率在 5 种灌木中最低，而自由水含量最高。

由图 5-1 可知，绵刺日蒸腾进程中，出现两个峰值，在下午 14 时出现“午休”现象。从早上 6 时开始，蒸腾速率加快，在中午 12 时达到最高，达 6.639μg/(cm²·s)，之后开始下降，到下午 14 时为最低值，只有 2.741μg/(cm²·s)，下午 15 时蒸腾速率又开始上升，下午 17 时又达到一个最高值，达 4.265μg/(cm²·s)，之后再次下降，晚 21 时最低。

① 1bar=$10^5$Pa，后同。

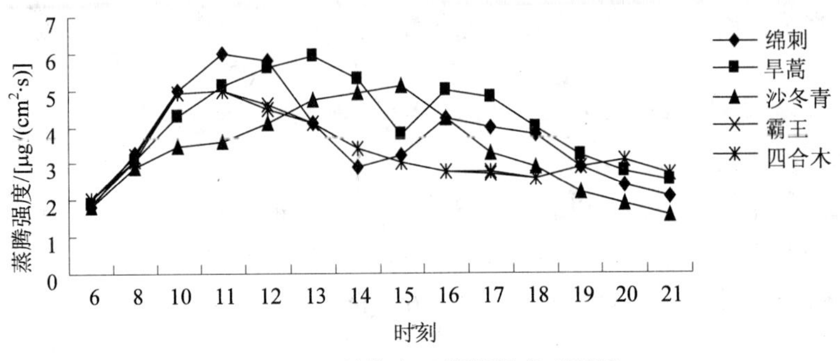


图 5-1　五种灌木日蒸腾强度对照图

## 5.2　抗热性响应

由表 5-3 可知，绵刺叶片抗热性比植株抗热性差，叶片在 45℃时开始枯萎、脱落，而植株能忍耐 69℃的高温。叶片抗热性最差的是四合木，植株抗热性最强的是绵刺，而沙冬青叶片和植株的抗热性接近相同。

表 5-3　五种灌木抗热性对比

| 温度胁迫与状态 | 植物名称 | | | | |
|---|---|---|---|---|---|
| | 绵刺 | 沙冬青 | 四合木 | 霸王 | 旱蒿 |
| 叶耐限高温/℃ | 45 | 62 | 40 | 48 | 54 |
| 植株耐限高温/℃ | 69 | 65 | 52 | 61 | 62 |
| 差值/℃ | 24 | 3 | 12 | 13 | 8 |
| 叶片状态 | 卷曲、脱落 | 稍卷曲 | 脱落 | 脱落 | 脱落 |

## 5.3　休 眠 特 性

### 5.3.1　水分与苏醒响应

图 5-2 可知，绵刺在 60 h 对水分做出响应，开始苏醒，在 84 h 内全部放叶。

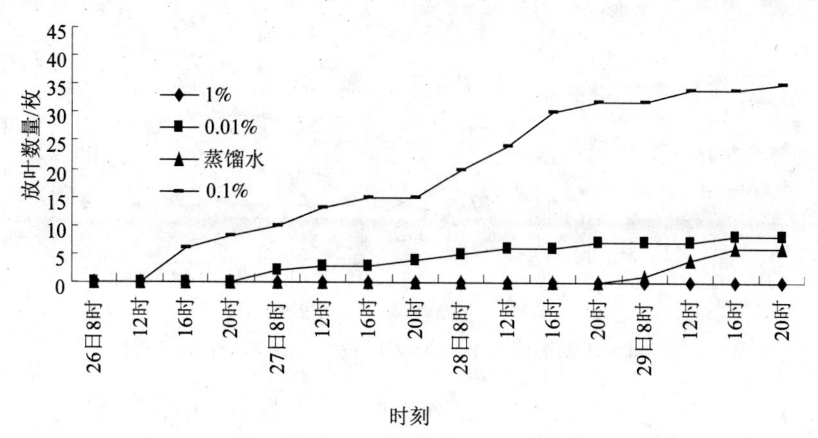


图 5-2　休眠绵刺在不同 KCl 浓度处理下苏醒响应图

## 5.3.2　无机盐培养液与苏醒响应

图 5-2 可知，不同浓度 $K^+$培养液处理过的绵刺中，0.1%的 $K^+$培养液对休眠绵刺影响最大，12 h 开始放叶，60 h 全部放叶。0.01%培养液放叶 50%，1%、10%培养液不能使绵刺放叶，且基部有聚盐现象，并在叶柄处有结晶现象。

图 5-3 可知，不同浓度的 $Na^+$培养液处理过的绵刺中，10%的培养液下绵刺不能放叶，而且基部有严重的聚盐现象，其他三个处理绵刺放叶时间几乎相同，但以 0.01%处理的绵刺放叶最多，全部放叶，0.1%的处理绵刺从基部放叶 3 枚，1%的处理绵刺从基部放叶 2 枚。

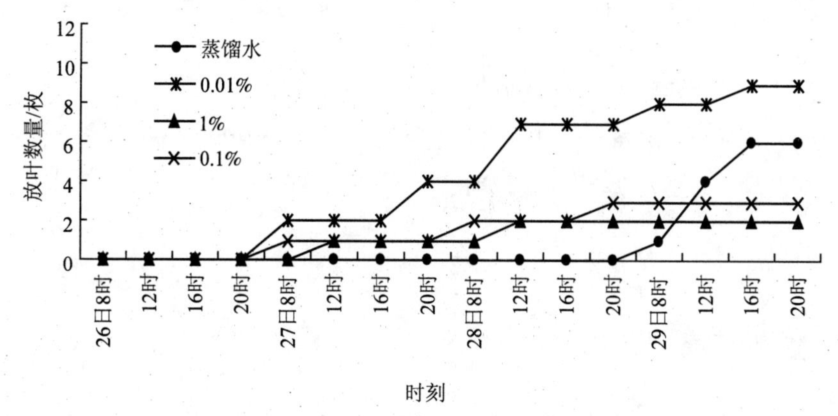


图 5-3　休眠绵刺在不同 NaCl 浓度处理下苏醒响应图

图 5-4 可知，不同 $Mg^{2+}$培养液处理试验中，0.01%和 0.1%的处理绵刺从基部全部放叶，且开始放叶最早，1%的处理绵刺从基部放叶 2 枚，并有吸湿现象，10%的处理绵刺不放叶，并有严重的吸湿现象。

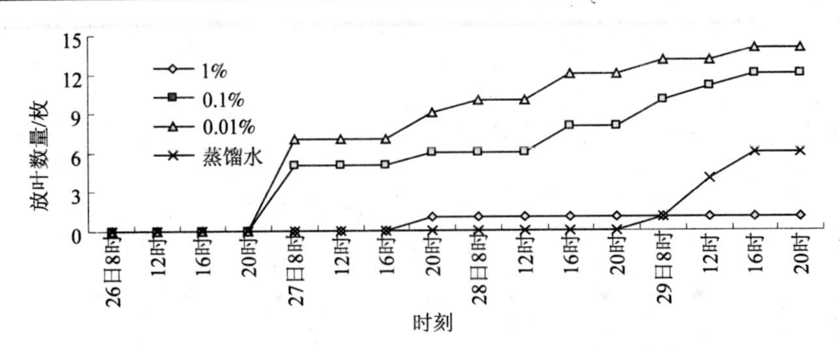


图 5-4 休眠绵刺在不同 $MgCl_2$ 浓度处理下苏醒响应图

由图 5-5 可知，不同 $Ca^{2+}$ 培养液处理试验中，只有 0.01%的处理使绵刺从基部放叶 50%，其他三个处理的绵刺都不放叶，而且用 1%和 10%的处理绵刺有吸湿现象，后者较为严重。

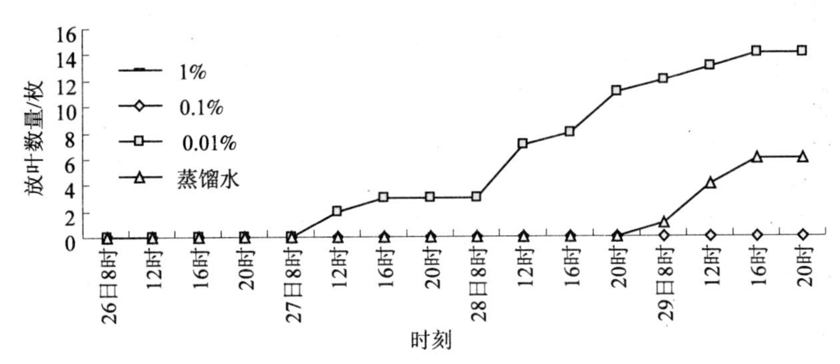


图 5-5 休眠绵刺在不同 $CaCl_2$ 浓度处理下苏醒响应图

## 5.3.3 有机肥培养液与苏醒响应

由图 5-6 可知，不同尿素培养液处理都不能使绵刺放叶，而且 10%和 1%的尿素处理都有聚盐现象，基部被盐分包裹。

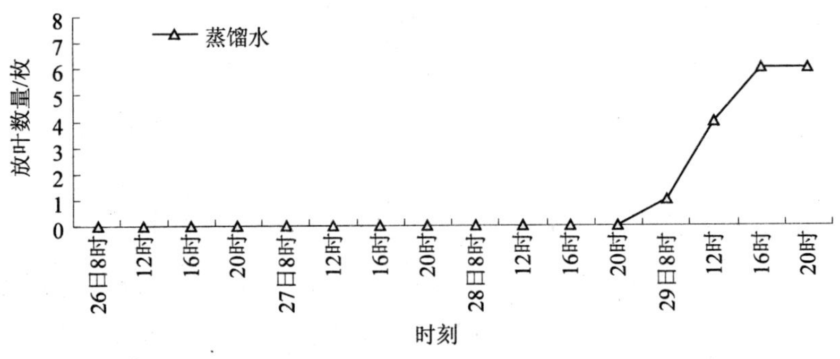


图 5-6 休眠绵刺在不同尿素浓度处理下苏醒响应图

由图 5-7 可知，不同二胺培养液处理试验中，绵刺对 0.01%的二胺处理响应最积极，在 16 h 则开始放叶。综上所述，有机肥中氮元素对绵刺休眠不是主要影响因素，但 $NH_4^+$的影响很明显。

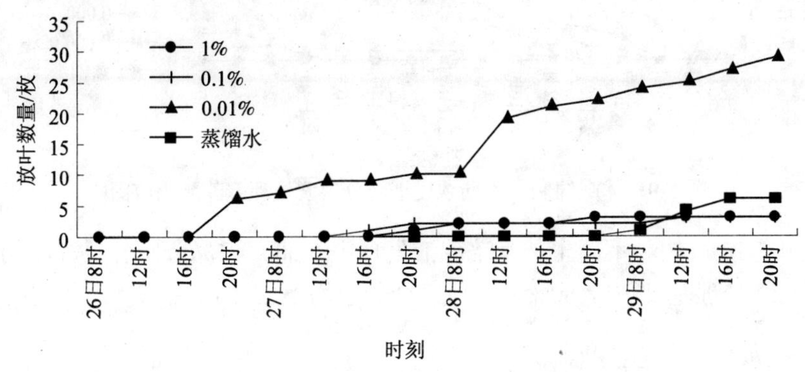


图 5-7　休眠绵刺在不同浓度二胺处理下苏醒响应图

## 5.3.4　外源激素培养液与苏醒响应

由图 5-8 可知，不同赤霉素培养液处理中，只有 0.002%和 0.0002%的赤霉素培养液的绵刺从顶端放叶，前者放叶 5 枚，后者放叶 7 枚，其他三个处理都不放叶，试验结果表明，高浓度或低浓度的赤霉素都不能对绵刺产生作用，说明赤霉素对基部有抑制作用，低浓度的处理对顶端有促进作用。

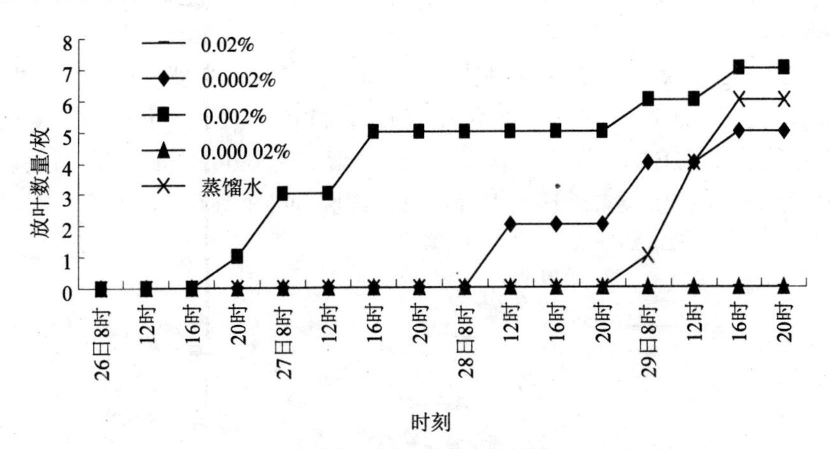


图 5-8　不同赤霉素浓度处理下绵刺苏醒响应趋势

由图 5-9 可知，不同浓度细胞分裂素培养液处理中，0.002%处理全部放叶，0.000 002%处理从基部放叶 50%和 0.002%处理绵刺从基部放叶 3 枚，其余两个处理均不放叶。

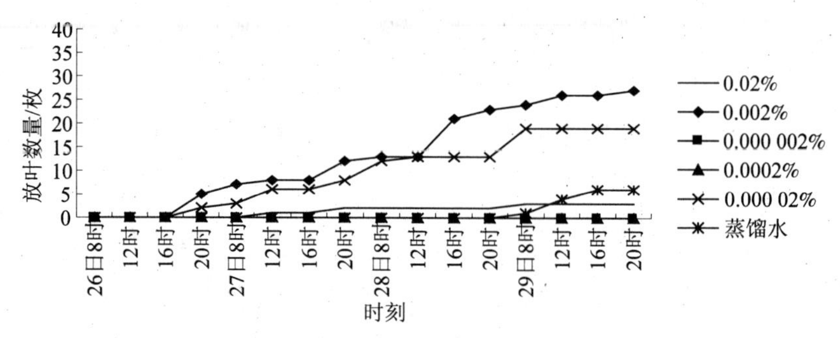


图 5-9 休眠绵刺在不同浓度细胞分裂素处理下苏醒响应图

由图 5-10 可知，不同生长素培养液处理中 0.000 02%处理全部放叶，0.002%和 0.000 2%处理基部放叶 80%，其他三个处理均不放叶。

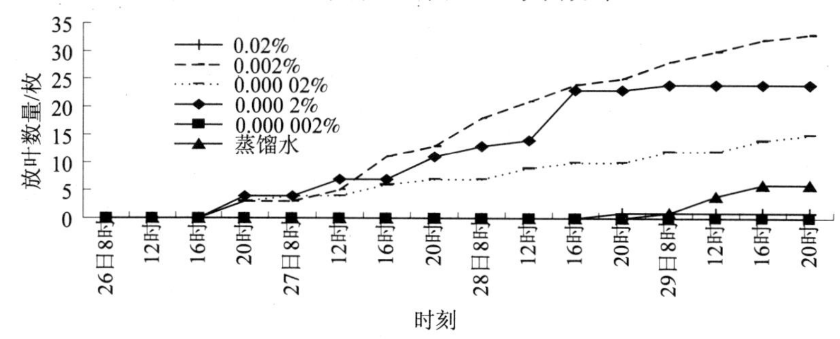


图 5-10 休眠绵刺在不同浓度生长素处理下苏醒响应图

由图 5-11 中可知，四种无机盐都能打破绵刺休眠，并促进放叶，其效果由好到差的顺序是：$K^+>Mg^{2+}>Na^+>>Ca^{2+}$，$K^+$使绵刺 12 h 放叶，且浓度越低，处理效果越好，无机盐中以 0.1%KCl、0.1%NaCl、0.01%$MgCl_2$和 0.01%$CaCl_2$使绵刺苏醒效果最好；有机肥中以 0.01%二胺效果最好；外源激素中以 0.002%赤霉素、0.02%细胞分裂素和 0.002%的生长素处理效果好，且以细胞分裂素最好。

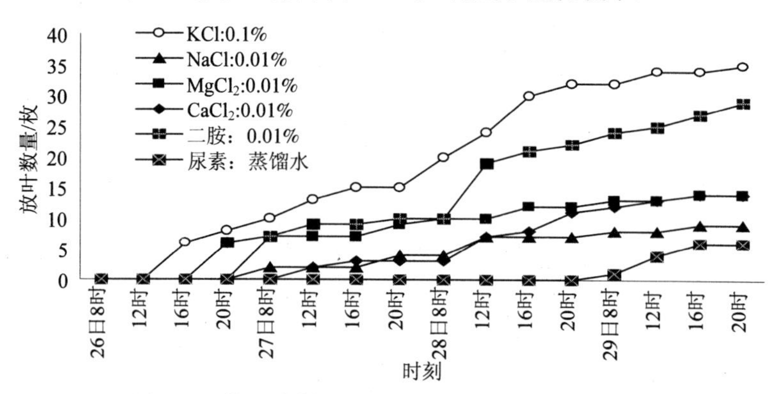


图 5-11 休眠绵刺在不同培养液处理下苏醒响应图

# 5.4　内源激素变化响应

**表 5-4　绵刺不同器官在不同状态下内源激素含量**　(μg/100 g)

| 状态 | 器官 | | | | | | | | |
|---|---|---|---|---|---|---|---|---|---|
| | 根尖 | | | 茎尖 | | | 叶 | | |
| | IAA | iPA | ABA | IAA | iPA | ABA | IAA | iPA | ABA |
| 休眠 | 61.66 | 15.37 | 205.31 | 80.11 | 151.00 | 342.92 | — | — | — |
| 半休眠 | 32.84 | 65.60 | 198.75 | 37.79 | 40.91 | 150.64 | 58.90 | 66.45 | 37.22 |
| 萌发 | 86.59 | 110.13 | 166.82 | 68.43 | 299.46 | 47.85 | 26.97 | 47.20 | 30.45 |

—代表无取样。

**表 5-5　绵刺不同器官在不同生长状态下内源激素比例分配**

| 状态 | 器官 | | | | | | | | |
|---|---|---|---|---|---|---|---|---|---|
| | 根尖 | | | 茎尖 | | | 叶片 | | |
| | IAA/iPA | IAA/ABA | ipa/ABA | IAA/iPA | IAA/ABA | iPA/ABA | IAA/iPA | IAA/ABA | iPA/ABA |
| 休眠 | 4.0078 | 0.3000 | 0.0749 | 0.5305 | 0.2336 | 0.4407 | — | — | — |
| 半休眠 | 0.5000 | 0.1651 | 0.3301 | 0.9218 | 0.2503 | 0.2716 | 0.8870 | 1.5833 | 1.7849 |
| 萌发 | 0.7856 | 0.5186 | 0.6601 | 0.2285 | 1.4310 | 6.2636 | 0.5699 | 0.8849 | 1.5516 |

由图 5-12 和图 5-13 可知，不同干旱条件胁迫下，根尖生长素含量变化最为剧烈，脱落酸含量呈线性下降，细胞分裂素含量变化呈线性上升；茎尖生长素含量变化不明显，呈上升趋势，细胞分裂素和脱落酸变化最为剧烈，且细胞分裂素呈上升趋势，脱落酸呈线性下降趋势。

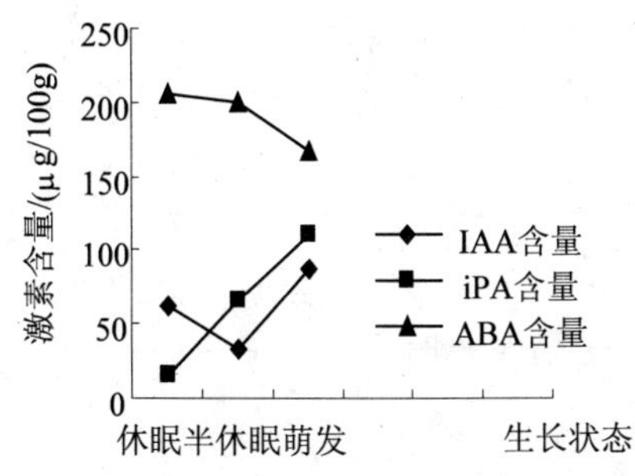


图 5-12　绵刺根尖不同内源激素含量变化图

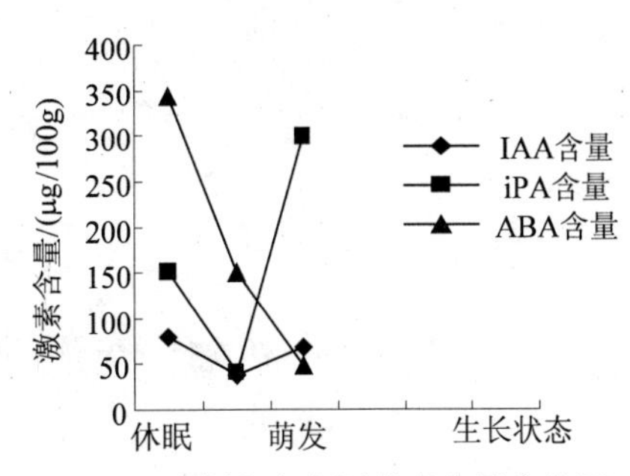


图 5-13　绵刺茎尖内源激素含量变化图

在根尖与茎尖内源激素含量变化比较中，生长素含量都有上升趋势，但茎尖上升幅度小于根尖；细胞分裂素含量都有上升的趋势，茎尖上升的幅度明显大于根尖；根尖脱落酸含量变化不大，呈下降趋势，而茎尖含量变化却非常大，呈剧烈下降趋势。

在叶的不同生长状态下，其内源激素中生长素、细胞分裂素和脱落酸等含量变化由半干旱到水分适宜都呈下降趋势。

## 5.5　保护酶系统响应

图 5-14、图 5-15 和图 5-16 可知，绵刺在 PEG 渗透胁迫下，SOD 活性随胁迫加强而下降，下降梯度为 99 NU/(g FW·MPa)；CAT 活性在小于–2.5MPa 渗透胁迫下活性随胁迫增加而增加，增加梯度为 40 U/(g FW·MPa)，在–2.5MPa 时活性最强，之后随胁迫增加而下降，下降梯度为 100 U/(g FW·MPa)；MDA 含量随胁迫加强，含量上升，上升梯度为 8 nmol/(g FW·MPa)，但在–2.5MPa 含量增长更快，上升梯度为 10 nmol/(g FW·MPa)。

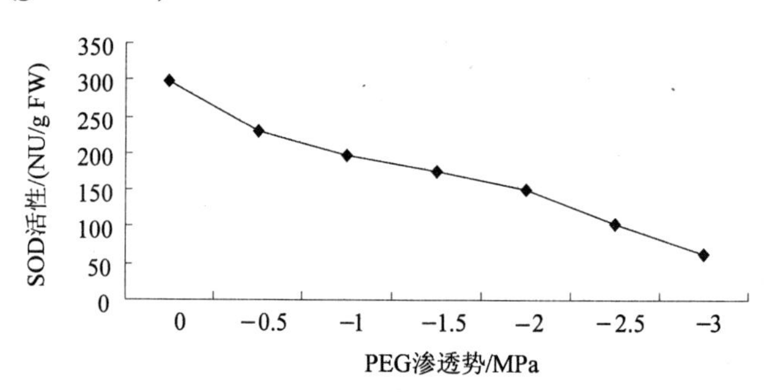


图 5-14　绵刺在 PEG 胁下 SOD 活性图

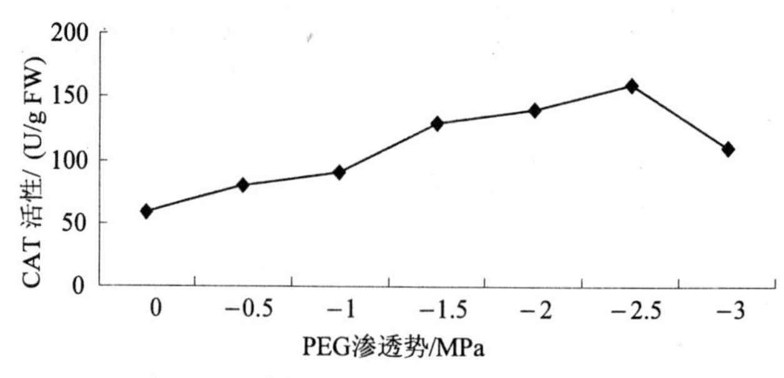


图 5-15　绵刺在 PEG 胁迫下 CAT 活性图

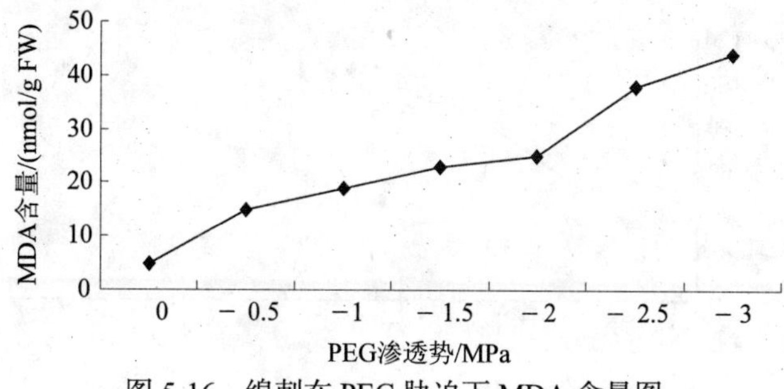


图 5-16　绵刺在 PEG 胁迫下 MDA 含量图

由图 5-17、图 5-18 和图 5-19 可知，在干旱胁迫下，SOD 活性随干旱胁迫的增加而活性急剧下降，下降的梯度分别是 88 NU/(g FW·MPa·干旱胁迫单位)和 474 NU/(g FW·MPa·干旱胁迫单位)；CAT 活性随干旱胁迫增强而急剧下降，下降梯度分别为 60 U/(g FW·MPa·干旱胁迫单位)和 400 U/(g FW·MPa·干旱胁迫单位)；MDA 含量随干旱胁迫增加而增加，增加梯度分别为 25 nmol/g FW·MPa·干旱胁迫单位和 44 nmol/(g FW·MPa·干旱胁迫单位)。在干旱、半干旱的胁迫条件下与在半干旱、水分适宜的胁迫条件下比较中，绵刺由休眠向半休眠所表现的生理活跃程度明显高于由半休眠向苏醒所表现生理活跃状态，所以半休眠应是绵刺最活跃的生活状态。自然干旱胁迫与 PEG 渗透胁迫相比，自然干旱胁迫 SOD、CAT 活性和 MDA 含量比 PEG 渗透胁迫下活性和含量都高。

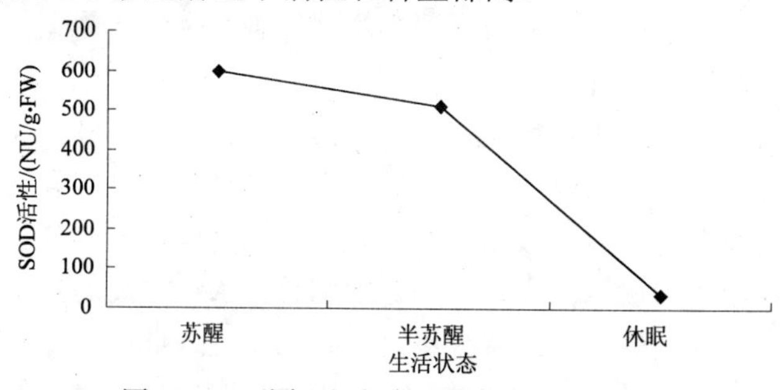


图 5-17　不同生长状态下绵刺 SOD 活性图

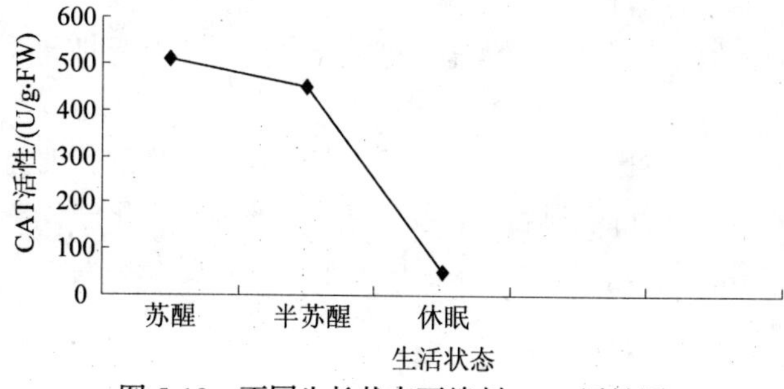


图 5-18　不同生长状态下绵刺 CAT 活性图

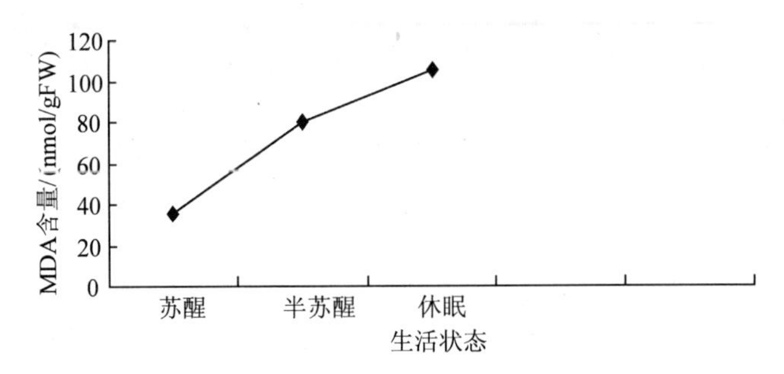


图 5-19　不同生长状态下绵刺 MDA 含量图

图 5-14，图 5-15，图 5-16 引用高岩等(1999)数据

绵刺叶片总含水量、束缚水和水势低，反映了绵刺通过强的吸水能力，使其根系迅速吸水，并在“午休”时关闭气孔，降低蒸腾速率，而绵刺高的自由水含量，可促进水分生理代谢快速进行，使绵刺处于活跃的生命状态。即绵刺在低水分条件下能迅速吸取干燥土壤里残存的低化学能水分，维持干旱时期的水分平衡，并通过高的自由水使水分在各器官快速传递。

植物从环境中吸取的水分 90%以上用于蒸腾，以促进代谢、降低温度，蒸腾强度越大，失水越多。由表 5-1 和图 5-1 可知，绵刺是以高自由水和低蒸腾生理过程实现水分的传输，在蒸腾日进程中，绵刺表现极强的午休现象，并持续到下午 5 时后，才继续蒸腾，出现双峰曲线，说明绵刺在生长活动旺盛期，呈现高自由水、低水势的高代谢生理特性。

综上所述，绵刺水分生理特点是植株以低的水势吸收环境中水分，高的自由水运动促进水分在体内各器官的传输，低含水量，降低了对水分的要求，使植株在微弱的水分含量条件下能继续生存，低的蒸腾强度和高的水分亏缺保存了植物体内水分，使植物不致脱水死亡，特别是绵刺总含水量中高的自由水含量反映了绵刺对水分适应的敏感性，一旦水分不足，绵刺即进入低的水分代谢过程，处于休眠状态，水分条件好转，绵刺通过低水势迅速吸取植株生境中的水分，并以自由水形式快速传递给各器官。

休眠的绵刺在给水的条件下 24 h 即可放叶，36 h 克隆枝即可生出不定根，进行高的生理代谢。

相对于绵刺，沙冬青、四合木、旱蒿和霸王等水分生理代谢特征是旱蒿和沙冬青以高的蒸腾速率和低的抗脱水能力，使水势增高适应干旱，霸王和四合木是以高的束缚水含量和低的蒸腾速率保存体内水分，这是一种对干旱具忍耐性的适应方式。

抗热性一方面与形态结构有关，另一方面与生理功能有关，从而在抗性方面表现为忍耐、抵抗和躲避对策。忍耐对策是叶温高于气温，叶细胞丰富，低蒸腾，束缚水/自由水值高，如四合木和霸王；抵抗对策是通过强蒸腾方式，降低叶温，叶温低于气温，如沙冬青和旱蒿；躲避对策是强蒸腾方式、低束缚水/自由水值，如绵刺的适应方式。

在室内模拟盐分和干旱胁迫条件下，对沙冬青、四合木和绵刺的种子做抗盐、抗旱试验，分别用不同浓度的 $NaCl$、$Na_2SO_4$ 复盐溶液和 PEG(聚乙二醇)溶液，以自来水为对照进行发芽试验，发现发芽顺序为：绵刺<四合木<沙冬青，抗旱顺序为沙冬青<四合木<绵刺。四合木在渗透胁迫大于−20MPa 的条件下，能维持较高的 SOD 活性，脂质过氧化作用增强，膜渗透性加强，CAT 的活性随渗透胁迫强度的增大而逐渐增强(刘果厚等，1999)。

Migahid(1963)按形态结构将荒漠植物分为旱生结构的旱生植物、肉质旱生植物、中生结构的旱生植物、深根植物和中生结构的旱生植物；马克西莫夫(1959)将旱生植物划分为三类：肉质旱生植物、强蒸腾失水并由发达根系自深层吸水而得以补偿的薄叶旱生植物、忍耐永久萎蔫的硬革状叶旱生植物；Levitt(1980)将植物对水分的胁迫响应分为三类：回避、抵御和忍耐。“回避”即植物在土壤温度较高的季节完成其生命周期，从而避免自身组织中由于环境干旱所带来的水分亏缺，如沙漠中的短命植物；“忍耐”就是植物通过减少体内水分散失，保证水分吸收来应付环境水分亏缺；“抵抗”是植物通过自身抗脱水能力，保持膨压，提高原生质抗旱能力来减少由于环境水分胁迫所带来的损伤。

根据上述植物对水分和炎热的响应方式，本章认为植物对环境胁迫的响应应分为两大类：敏感性和非敏感性响应方式。

敏感性响应(sensitivity response)方式是指植物对环境因子变化做出迅速的反应，表现为形态的显著差异和生理功能的极大变化，细胞质浓，提高渗透压或关闭气孔，停止代谢，如休眠现象；而非敏感性响应(bovine response)是植物对环境变化在生存阈值内生理代谢或形态特征无显著变化，如肉质叶的储水现象。对应于敏感性响应方式植物，其采取的适应对策是躲避对策(evasion)或抵抗对策(resistance)，而非敏感性响应方式植物采取的适应对策是忍耐对策(endurance)。

通过对绵刺、四合木、沙冬青、霸王、旱蒿等对环境胁迫的响应方式和采取的适应策略分析，植物对极端环境胁迫响应方式和适应对策如图 5-20 所示。

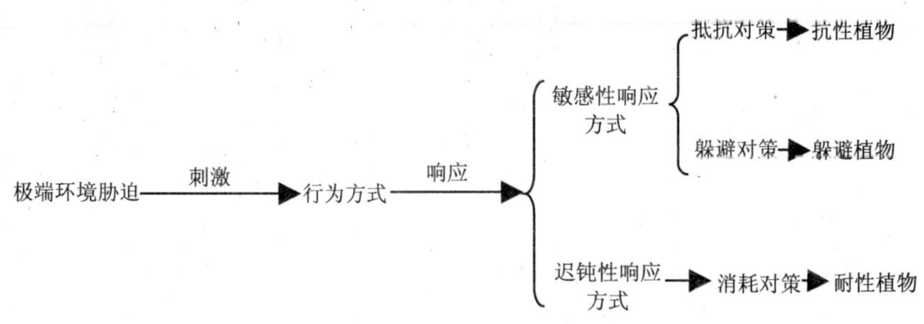


图 5-20　荒漠灌木对极端环境胁迫响应方式和适应对策模式图

从植物对极端环境胁迫响应的方式和采取的相应对策来看，躲避性策略植物是较为成功的，在同样极端环境胁迫条件下，躲避性植物最容易恢复生活力，进入正常的生长状态，抗性策略植物在极端环境胁迫下由于高代谢作用而出现生理紊乱，胁迫解除后也不能恢复生活力，随环境胁迫持续，耐限被打破则忍耐策略植物往往最容易死亡。所以从植物对环境胁迫的响应方式和采取的适应对策比较可知，具敏感性响应方式，并采取躲避性策略来消除胁迫是进化中成功的物种。根据上述模式认为绵刺是适应阿拉善荒漠的植物，在逆境中绵刺处于休眠状态，在环境适宜的条件下表现生命力，使绵刺植株的整个生命过程中相对没有逆境，通过敏感性响应方式和躲避性策略最大限度地利用资源。

从水分生理特征和抗热性比较可知上述五种植物对干旱和炎热的适应方式分别为：霸王和四合木属耐受性植物，沙冬青和旱蒿属抵抗性植物，绵刺属躲避性植物。因此，荒漠植物适应干旱的方式是多样的。

在水分生理分析中由于没有对上述五种灌木总含水量、束缚水/自由水、水势和水分亏缺等水分生理进行日进程测定，因而对揭示水分运动和光合蒸腾关系未能给予更合理的解释，这是今后研究绵刺需继续深入的方面。

在无机盐、有机肥和外源激素对休眠绵刺的处理中，水分起到关键作用，但对不同部位的作用过程中，无机盐、有机养分和外源激素等作用效果不同。赤霉素对基部萌发有抑制作用，对顶部萌发有促进作用，细胞分裂素对基部有促进作用，生长素对绵刺萌发有促进作用，致使休眠绵刺放叶部位不同。

从以水分为对照的各种处理试验比较分析可知，水能使休眠绵刺进入生长状态，但用无机盐和外源激素处理的植株能显著地促进绵刺苏醒，由此可以推断：绵刺休眠是对水分适应的结果，但这种适应已形成植株内部调节机制，这种调节机制是通过水分刺激、离子传递、内源激素调控而使绵刺进入特定的生长状态。在离子处理中，$K^+$和 $Mg^{2+}$对绵刺休眠和苏醒等生长状态的转换作用最为明显，在外源激素中以细胞分裂素作用最为明显，这就说明，水分使绵刺处于生长状态，阳离子中的 $Mg^{2+}$和 $K^+$充当绵刺体内细胞分裂素激活的诱导信使，使绵刺通过内源激素中细胞分裂素含量增加而使植株处于活跃的生长状态。

绵刺种子具有休眠现象，即绵刺在 6 月结实后，种子发芽时间为 4~5 天，而 10 月结实的种子发芽时间为 2~3 天。绵刺种子休眠(后熟)现象是对环境周期性胁迫响应的结果，即绵刺生长期内，7~8 月干旱已成为周期性胁迫，绵刺为了能更好地传递遗传物质，种子的保存和成活就成为关键，若成熟种子立即进入萌芽期，此时为干旱季节，即便种子萌发也不能成活为幼苗，种子休眠可度过这一不利环境，一方面保证了种子的质量，另一方面保证只有足够的水分条件才能使绵刺种子萌发，加之宿存的花萼，更保证了种子萌发和成活的概率，提高种子的耐旱能力，从而在雨季能正常萌发，生长发育成苗。

考虑到离子、有机肥和外源激素间存在化学反应，对绵刺休眠试验产生综合效果，所以对上述绵刺休眠试验只是针对每一单因素设计，而没有采用正交方差分析。

三种内源激素在不同器官和器官的不同生长状态下变化趋势是，根尖生长素和细胞分裂素含量由休眠向苏醒状态转换中有递增趋势，而脱落酸含量呈下降趋势，茎尖生长素含量也有增加现象，细胞分裂素含量也增加，脱落酸含量减少，根的生长素含量明显高于茎和叶，三种内源激素在不同生活状态下含量变化中，以细胞分裂素变化最为剧烈，反映绵刺在适应环境中，以快速分裂为主，而不是以生长为主，这也反映绵刺对环境适应的敏感性，一旦有水分则解除脱落酸的抑制作用，并迅速进入生命活动状态，其次以脱落酸变化较为明显，这表明绵刺通过内源激素中细胞分裂素和脱落酸含量的变化调控绵刺对环境变化做出“蓄”(domant)的休眠状态和“发”(action)的生命活动状态的快速转换。当处于适宜的环境条件时，则通过敏感性调节，内源激素中的细胞分裂素占主导地位，唤醒整个植株进入生命活动状态，保持“发”的动能状态，而一旦处于不良的环境条件时，内源激素中脱落酸进入主导作用地位，通过合成部位输送到其他器官，进入非生命活动状态，保持“蓄”的动能状态。所以休眠是外部环境刺激下的器官反应，内源激素不同成分合成和调控生长状态，适应外界环境，这种高度敏感性和生长状态的快速转换机制是绵刺适应极端环境胁迫的内部调节机制。

脱落酸随干旱胁迫强度增加，含量增加，这与多数试验相同(Davies，1991；Masia，1994)，绵刺也通过脱落酸增加来调节生理过程以抵御干旱。而生长素和细胞分裂素并不随干旱胁迫加强而呈减少趋势，这与已有的研究不同(Hartung et al，1968；Itai，1968；Blackman，1985)，绵刺在中度干旱胁迫下，根和茎器官中生长素和细胞分裂素含量小于干旱和水分适宜状态下的含量，这说明绵刺响应于水分条件是以低含量的生长素和细胞分裂素来促进苏醒，随苏醒状态的进一步加强，生长素和细胞分裂素含量也增加，并与脱落酸一起对绵刺生长、发育、衰老起综合作用，这也说明，在半休眠状态下，绵刺生长状态是最活跃的，而苏醒状态并不是绵刺生长最活跃的时期。根的内源激素含量变化明显小于茎的，说明绵刺地下部分对环境胁迫响应相对于地上部分较为迟缓。

绵刺在PEG渗透胁迫下，保护酶SOD活性随胁迫程度加强而降低，CAT活性在–2.5MPa前随渗透胁迫加强而活性增加，之后，随渗透胁迫增强而活性下降，MDA含量随渗透胁迫增加，含量逐渐增加，并在–2.5MPa渗透胁迫后含量增加幅度大为增加。所以，–2.5MPa渗透胁迫时绵刺保护酶活性是一个最活跃点，同时过氧化物含量也是一个转折点，在此点之后，SOD、CAT活性随渗透胁迫增强活性下降，MDA含量也急剧上升，随胁迫加重，绵刺是死亡还是休眠，这应做进一步试验验证。

在自然干旱胁迫下，绵刺以半休眠状态生理功能最为活跃，以高的SOD和CAT活性迅速植株进入活跃的生长状态，而当极度干旱胁迫时，随脂质过氧化物的积累，绵刺则由生长状态迅速转入休眠状态，而不是死亡。

保护酶系统是一个对植物生长、发育具有重要调节作用的保护体系(汤章成，1983；王洪春，1981；Henckel，1964)，绵刺保护酶系统对体内多余的脂质过氧化物有重要的“防卫作用”，这与目前植物抗旱性和抗寒性研究成果一致(闰秀峰，1999；夏新莉，2000；郭振飞，1997；许长成，1996；章崇岭，2000；李晶，2000；周瑞莲，1996)，但多余的脂质过氧化酶同样对植株体外的不利环境有“防卫作用”，过多的过氧化物刺激绵刺进入休眠，从而避过不利环境。目前对保护酶的研究较多，而对脂质过氧化物在植物生长、衰老、死亡、休眠等生命过程中的作用方面研究较少，加强这方面的研究无疑与保护酶系统具有同等重要意义。膜脂过氧化产物可以来自酶促反应和非酶促反应，在这些产物的产生过程中有多种启动因子，其中主要有$Fe^{2+}$、$Cu^{2+}$、$Zn^{2+}$和$Mn^{2+}$(Minotii，1987；Price，1991)，但绵刺在休眠中$K^+$和$Mg^{2+}$在打破休眠的重要性，是否可以说这两种离子是绵刺保护酶系统中的启动因子，希望下一步能对此做深入研究。

本试验只是对绵刺嫩枝保护酶系统中的SOD和CAT、膜脂质过氧化产物MDA做初步探讨，而对所有保护酶系统组分及膜脂质过氧化产物未做详细分析，同时也未对绵刺老叶、开花期和衰老期作相关分析，这是以后应做的内容，从保护酶和膜脂质过氧化产物的角度来揭示绵刺对环境胁迫的适应性。

绵刺水分生理过程是敏感性响应方式，对干旱采取躲避性适应策略。

水分不足，$K^+$和$Mg^{2+}$不进行传递，SOD和CAT活性不能启动，MDA含量增加，刺激绵刺体内脱落酸大量合成，调节绵刺进入休眠状态；水分增加，$K^+$和$Mg^{2+}$进行传递，激活SOD和CAT活性，MDA含量下降，绵刺体内细胞分裂素大量合成，植株进入活跃的生命状态。

绵刺休眠是气候长期干旱胁迫下形成的节律性响应，这种响应不仅仅是对水分胁迫的响应，而是对水热节律性胁迫响应。绵刺休眠是水分、离子和内源激素不断失衡和平衡的过程，通过植物体内无机离子传递，内源激素调控，膜保护酶系统保护酶活性消长，调节植物生长，从而表现为休眠和苏醒状态。

绵刺在适应干旱的生理过程中，以快速的 SOD 和 CAT 活性激活来保证对干旱胁迫所产生的 MDA 的清除，而不是以活性保持长久性来消除多余的活性氧，这种以快速而不是以耐性的适应方式，与绵刺在水分响应、内源激素响应和保护酶活性响应等方面一起构成了绵刺对逆境的快速响应机制。

# 第6章　环境胁迫下有性繁殖响应研究

目前关于绵刺无性繁殖有一定的研究(高润宏，2001)，而对种子繁殖动态研究较少，加强这方面研究对了解绵刺种群进化的潜能无疑具有重要意义。

生殖是生物繁衍后代延续种族最基本的行为和过程，它不仅是种群形成、发展和进化的核心问题之一，也是生物群落和生态系统演替的基础。种子植物生活史中，种子的萌发率，幼苗的成长率，生殖成熟植株的开花率、坐果率，以及花和果实的败育率等生态生物学特性是植物种群生态学研究的基础(苏智先等，1998)。

每粒种子子房、花粉形成过程中通过母本和父本性细胞染色体遗传物质的交换和受精时配子自由组合的结果，形成有性繁殖后代遗传多样性，使种群具有遗传可变性，保证种群至少有一些个体能适应变化的环境，被自然选择所保留，因而有性繁殖的植物对不同环境在适应方面存在着明显的优势(钟章成，1995)。

植物繁殖生态学的重要特点是以植物繁殖为核心，把生态系统中的繁殖与环境、与生物间的关系，植物与动物的相互作用，相互适应关系有机地结合在一起，植物繁殖生态学的研究近20年来已成为植物生态学研究的一个热点，其中具代表性的著作有1983年出版的M.F.Willson编著的《植物繁殖生态学》和Doust主编的《植物繁殖生态学——格局和策略》(钟章成，1995)。内容集中在以下三个方面(苏智先等，1998)：①繁殖体的散布及其媒介研究；②生殖生物学研究；③生殖进化及其机理研究。

植物对于环境的生存适应主要表现在设法增大适合度，不断繁衍生存下去(Abrahamson，1989；Solbrig，1979)。受自然选择力的作用，在整个生活周期，物种必然在生物学和生态学特性上做出反应，最大限度地适应环境，构成物种的生活史对策，一般将植物的生活史周期分为4个时期：结实期、散布期、萌发幼苗期和发育期(班勇，1995)。一般而言，植物天然更新的成效取决于3个环节，即有无种源，有无种子萌发条件，有无幼苗存活生长条件，对一个种群的发生、发展及有性繁殖过程进行研究对了解种群更新能力和最小种群存活力具有重要意义(马万里，2001)。

种子产量是植物在不同环境压力下所表现的生存对策，结实率和发芽率是植物繁殖过程的关键环节，是影响种子库输入、输出，群落演替方向的重要内容(Grime and Crick，1986)。千粒重是反映种子质量好坏的一个重要指标，在同等条件下发芽率高，形成的幼苗生长较好，同时使种子有足够的能力到达地表，使根从土层中吸收营养，对幼苗生长和存活具有重要意义。

种子库关系到植物群落的更新演替与发展，与植被动态密切相关(刘济明，2001；张志权，1996)。大多数种子散落到地表进入到种子库后，要经历一个休眠阶段，由于物种种类和环境条件差异，休眠时间可以从几天到很多年，所以一个植物群落的种子库是对它过去状况“进化记忆”(evolutionary memory)的保留，也是反映一个群落现在和将来特点的重要因素(Coffin，1989)。种子库是植被演替和恢复的物质基础，其动态格局是一个在时空轴上的变化过程，这方面的研究应成为一个新的热点，这对了解植被演替的方向及其过程中的细微变化是很有帮助的。种子库多样性对受损生态系统恢复可起到一定的反馈作用(刘济明，2001)。目前对荒漠植被种子库研究甚少，对西鄂尔多斯古地中海孑遗植物群进行这方面的研究目前尚未见报道。

种子散布是指种子借助于物理因素或其他生物因素进行的传播，繁殖体的散布或传播是种群形成和扩展其分布区的重要途径，尽管不同植物有不同散布机理和方式，但最终目的均是尽可能寻求其生存的最适空间(苏智先等，1998；Ridley，1930)。

种子散布过程是寻求萌发最佳时间和空间的过程，这个过程对许多植物进化历程具有关键性意义(Klinkhamer，1987)。如降低环境随机风险(Hastings，1982)、竞争种的共存(Pacala，1986)、种的多样性和基因流流动(Levin，1974)、逃避拥挤(Ellner，1987)、新地域的侵入(Van der Pijl，1972)、干扰区更新(Pickett，1985)、逃避捕食(Janzen，1971)等。

植物繁殖分配是指总资源供给生殖器官的比例(钟章成，1995)。常采用将植物干重分为生殖部分和非生殖部分或选择与植物结构、功能有关的器官(茎枝、叶片、花果等)干重、营养元素含量和热值分析等研究方法(苏智先，1996)。因此，可以将植物种群生殖器官耗用或积累的干物质、营养元素或能量，在整个植物种群生活史总耗用和积累总量中所占的比例，称为繁殖分配(reproductive allocation)。繁殖分配不仅是植物种群的重要选择适应特征，而且与环境条件存在着密切关系(Harper，1977)。植物种群的更新和种群中个体生活史的完成依赖于生殖过程，在生殖过程中的生殖分配格局以及植物如何调节其生殖分配以适应特定生存环境，是生殖生态学研究的重要内容，目前对草本植物在这方面的研究成果显著，但对木本植物研究甚少(苏智先等，1998)。植物种群的繁殖分配是其繁殖对策的重要内容，其意义在于使植物在特定生境中的适合度最大限度地得到发展(Silvertown，1993)。

绵刺种子产量大、重量轻，花萼宿存，是风媒植物。与其他荒漠植物一样，宿存花萼充当散布器官，通过宿存花萼进行长距离的传播，但绵刺种子传播过程和安全岛的微域环境筛选及萌发、更新机理目前没有研究，而这些内容是决定绵刺种子命运和种群更新规模的关键过程。

绵刺具有二次开花和二次结实现象，其生活史和繁殖对策类似于草本或短命植物，这一特点在荒漠木本植物中极为少见。所以通过对绵刺种子产量、扩散、土壤种子库、种子更新等有性繁殖过程的研究，从绵刺有性繁殖动态方面揭示绵刺濒危的原因，研究结果将对繁殖种群生态学方面起到很好的补充作用。

2002 年 5 月和 7 月在黄河村围栏内分别选取 3 株冠幅为$(30\times30)\text{cm}^2$，高 30 cm 的绵刺植株，用孔径为 1 mm 窗纱罩住选定的绵刺植株，以防果实飘飞，7 月和 10 月统计繁殖动态的种子产量，并带回实验室进行结实率和种子发芽率测定，对每一株收集的果实随机取 100 粒，剥去宿存花萼，统计果实中的种子数，作为结实率，每株选取 20 粒种子，在高温消毒后的培养皿中用脱脂滤纸和蒸馏水在 25℃和 72 000lx 光照下做发芽试验，统计种子发芽数，进行发芽率的计算，用万分之一电子天平称重去花萼种子、花萼宿存种子的千粒重。同时在围栏内选取 3 株绵刺从 7 月给水处理，打破绵刺休眠，和具休眠生长的绵刺进行果数、结实率、千粒重和萌发率等对比，统计结果用 SAS 软件处理，AVNA 方法对单优和多优及不同月份的种子产量、结实率、发芽率和千粒重间进行方差分析和 *F*-值显著性检验。

绵刺一年中有两次开花和结实过程，在 4 月绵刺进入生长季节，6 月进入结实期，7 月进入休眠期，并在 8 月再次进入生长期，10 月进入第二次结实期。以 7 月成熟的种子代表夏季种子库，以 10 月成熟的种子代表秋季种子库。在黄河村 7 月和 10 月，随机在单优群落和多优群落中选取 3 株冠幅和高度相近的绵刺植株，以绵刺母株为中心，按东、西、南、北四个方向，每一方向隔 40 cm 取$(20\times20)\text{cm}^2$小样方 3 个，同时取小样方中地表枯落物和 0~2 cm 表土，用纸袋装好，带回实验室进行处理。用筛选法进行地表土壤种子的挑选，并做发芽试验。统计每一小样方中绵刺种子数量，并对 10 月多优群落绵刺种子库其他植物种子的数量进行统计，以单位平方米种子数量作为种子密度，同时在 10 月多优群落中用$(4\times4)\text{m}^2$样方统计群落中灌木数量，用$(1\times1)\text{m}^2$样方统计群落中草本数量，共做 10 个样方，用于地上植物多样性分析。用分布系数和 *t*-检验，用 Morista 指数计算种子的分布格局和 *F*-检验，以香农-维纳指数和皮洛均匀度指数确定绵刺种子库生物多样性和地上群落植物多样性。

$$分布系数：C = S^2 / \bar{x};$$

式中，$C>1$ 为集群分布；$C<1$ 为均匀分布；$C=1$ 为随机分布。

*t*-检验：$t = C-1/\sqrt{2/n-1}$，$\alpha = 0.05$

Morista 指数

$$I=(\sum x^2-\sum x)\cdot n/(\sum x)^2-\sum x;$$

式中，$I>1$ 为集群分布；$I<1$ 为均匀分布；$I=1$ 为随机分布。

$$F=I\cdot(\sum x-1)+n-\sum x$$

香农-维纳指数(Shannon-Wiener index)：

$$H'=-\sum Pi\lg Pi$$

皮洛均匀度指数(Pielou evenness index)：

$$J=H'/S$$

对绵刺花萼宿存种子和剥去花萼种子置于高 40 cm 木质平台上(绵刺平均株高)，用风力机鼓风，模拟绵刺生境中平均风速(3.18 km/h)，对种子进行吹落试验，测定绵刺不同种子传播距离；用蛭岩对直接采自绵刺植株的花萼宿存种子和剥去花萼种子进行发芽实验，以 10 粒种子为一组，实验条件为 25℃和 72 000lx 人工气候箱中培养，测定绵刺两种种子发芽时的蛭岩湿润深度和需水量，在此水量的基础上测定绵刺地上部分生长高度和地下根系生长长度。

在围栏内做$(10\times10)m^2$ 样方 20 个，统计样方内实生苗数，用分布系数法和 Morista 指数做实生苗格局分析。

对绵刺土壤种子库中饱满种子和直接从植株上摘取的绵刺种子去除花萼，在培养皿中加蒸馏水做发芽试验，每一实验对比做三组，每组放 20 粒种子，观测种子发芽的时间和发芽率，以出现胚芽的第一粒和过半种子萌发所需时间的平均值为种子萌发所需时间，以发芽数与试验种子数比值为发芽率。

在黄河村围栏内和围栏外绵刺群落中统计绵刺植株结果数、当年生压枝克隆数、在 10 月以绵刺非压条枝的当年生枝的嫩枝叶鲜重和干重作为绵刺植株营养生物量，以压条枝生物量和萌蘖枝生物量作为无性繁殖的生物量，以 7 月和 10 月的绵刺所有果的鲜重和干重作为有性繁殖的生长量；对调查数据用 SAS 软件进行单因素方差分析和 Duncan 检验。

## 6.1　种子产量、结实率和发芽率

结果如表 6-1~表 6-7 所示。

**表 6-1　单优群落中绵刺二次开花种子产量、结实率、发芽率和千粒重对比**

| 株号 | 单优群落 | | | | | | | |
|---|---|---|---|---|---|---|---|---|
| | 7 月 | | | | 10 月 | | | |
| | 果数/粒 | 结实率/% | 千粒重/g | 发芽率/% | 果数/粒 | 结实率/% | 千粒重/g | 发芽率/% |
| 株 1 | 840 | 38 | 0.2 | 68 | 834 | 42 | 0.21 | 78 |
| 株 2 | 669 | 42 | 0.2 | 72 | 951 | 44 | 0.24 | 80 |
| 株 3 | 712 | 30 | 0.1 | 65 | 1034 | 50 | 0.27 | 81 |

**表 6-2　多优群落中绵刺二次开花种子产量、结实率、发芽率和千粒重对比**

| 株号 | 混生群落 | | | | | | | |
|---|---|---|---|---|---|---|---|---|
| | 7 月 | | | | 10 月 | | | |
| | 果数/粒 | 结实率/% | 千粒重/g | 发芽率/% | 果数/粒 | 结实率/% | 千粒重/g | 发芽率/% |
| 株 1 | 1121 | 35 | 0.2 | 72 | 1259 | 47 | 0.4 | 76 |
| 株 2 | 1345 | 37 | 0.2 | 73 | 1384 | 51 | 0.4 | 75 |
| 株 3 | 1751 | 28 | 0.1 | 66 | 1585 | 46 | 0.6 | 78 |

**表 6-3　不同月份和群落中绵刺结果数差异对比**

| | 单优(10 月) | 多优(7 月) | 多优(10 月) |
|---|---|---|---|
| 单优(7 月) | 6.62(0.0618) | 12.08*(0.0254) | 38.40**(0.0034) |
| 单优(10 月) | | 5.81(0.0735) | 17.81*(0.0135) |
| 多优(7 月) | | | 0(0.9867) |

*显著，**极显著。

**表 6-4　不同月份和群落中绵刺结实率差异对比**

| | 单优(10 月) | 多优(7 月) | 多优(10 月) |
|---|---|---|---|
| 单优(7 月) | 4.12(0.112) | 0.56(0.4963) | 8.69(0.0420)* |
| 单优(10 月) | | 10.89*(0.0299) | 0.88(0.094) |
| 多优(7 月) | | | 22.00(0.094) |

*显著。

**表 6-5　不同月份和群落中绵刺种子萌发率差异对比表**

| | 单优(10 月) | 多优(7 月) | 多优(10 月) |
|---|---|---|---|
| 单优(7 月) | 26.27**(0.0069) | 0.45(0.5319) | 13.09*(0.0224) |
| 单优(10 月) | | 15.66*(0.0167) | 7.14(0.0557) |
| 多优(7 月) | | | 6.48(0.0636) |

*显著，**极显著。

表 6-6 绵刺种子千粒重对比表

| | 单优(10 月) | 多优(7 月) | 多优(10 月) |
|---|---|---|---|
| 单优(7 月) | 3.81(0.1226) | 0.56(0.4963) | 8.69*(0.0420) |
| 单优(10 月) | | 10.89(0.0299) | 0.88*(0.4021) |
| 多优(7 月) | | | 22.001*(0.094) |

*显著。

表 6-7 不同生活状态对绵刺种子的影响

| 状态 | 指标 | | | |
|---|---|---|---|---|
| | 果数/粒 | 结实率/% | 种子千粒重/g | 萌芽率/% |
| 休眠 | 805 | 27 | 0.289 | 62 |
| | 1105 | 38 | 0.3359 | 46 |
| | 951 | 34 | 0.4752 | 67 |
| 苏醒 | 1469 | 61 | 0.347 | 87 |
| | 1863 | 59 | 0.8621 | 88 |
| | 1287 | 67 | 0.5943 | 79 |
| 差异显著 | 9.43*(0.0372) | 53.41**(0.0019) | 2.18(0.2141) | 14.38*(0.0192) |

*表示在 $P<0.05$ 显著，**表示在 $P<0.01$ 极显著。

由表 6-1、表 6-2 可知，7 月绵刺结果数量、结实率和千粒重小于 10 月，单优群落的绵刺植株在结果数量、结实率和千粒重小于多优群落。表 6-3~表 6-6 方差分析表明，绵刺在 7 月和 10 月果数、结实率差异不显著，千粒重在单优群落不同月份差异不显著，在多优群落中不同月份差异显著；绵刺在单优群落和多优群落比较中果数差异显著，结实率在两种群落中差异不显著，千粒重在 7 月两种群落间差异不显著，在 10 月两者差异显著。

由此说明，在绵刺不同群落中，其繁殖特性是不同的，在单优群落中种子在数量和质量上明显小于多优群落，多优群落中不同生长和生殖季节种子数量和质量也不同，反映了绵刺种子繁殖对时间和环境的要求。

由表 6-7 可知，休眠的绵刺植株与休眠不充分的绵刺植株相比，在果数、结实率、千粒重和萌芽率方面都有显著差异，这说明休眠对绵刺有性繁殖起重要作用。

# 6.2 种 子 库

## 6.2.1 种子库密度

绵刺植株上种子库是10~30粒/株，占总种子数的1%~3%，枯落物种子库898~910粒/m²，占总种子数的80%~90%，地表土壤(0~2 cm)有种子80~100粒/m²，占总种子数的10%~20%。

**表6-8 绵刺不同月份和群落内种子库动态** (单位：个)

| 株号 | | 群落 | | | | | | | | | | | |
|---|---|---|---|---|---|---|---|---|---|---|---|---|---|
| | | 单优群落 | | | | | | 混生群落 | | | | | |
| | | 10月 | | | 7月 | | | 10月 | | | 7月 | | |
| | | O | A | B | O | A | B | O | A | B | O | A | B |
| 株1 | 枯层 | 683 | 0 | 431 | 666 | 3 | 322 | 1024 | 30 | 521 | 898 | 11 | 350 |
| | 土层 | 87 | 0 | 17 | 31 | 0 | 21 | 198 | 1 | 78 | 52 | 0 | 21 |
| 株2 | 枯层 | 917 | 13 | 337 | 821 | 18 | 231 | 1111 | 17 | 603 | 767 | 34 | 274 |
| | 土层 | 93 | 0 | 25 | 40 | 2 | 12 | 162 | 0 | 94 | 67 | 2 | 33 |
| 株3 | 枯层 | 785 | 5 | 325 | 634 | 0 | 278 | 1325 | 28 | 891 | 803 | 0 | 196 |
| | 土层 | 65 | 2 | 49 | 25 | 0 | 5 | 104 | 5 | 91 | 82 | 0 | 17 |

O为绵刺冠幅中心取样点，A为距中心40 cm处取样点；B为距中心100 cm处取样点；枯层为绵刺植株冠内及周围枯落物层；土层为0~2 cm地表土壤层。

由表6-8可知，绵刺单优群落10月地面种子库平均密度为426.33粒/m²，植株冠幅中心地表种子库密度是877粒/m²，1倍冠幅外(距冠幅中心40 cm处)地表种子库密度是7粒/m²，2倍冠幅外(距冠幅中心100 cm)地表种子库密度是395粒/m²，绵刺单优群落7月地面种子库平均密度是343.33粒/m²，植株冠幅中心种子库密度是772粒/m²，1倍冠幅外(距冠幅中心40 cm处)地表种子库密度是8粒/m²，2倍冠幅外(距冠幅中心100 cm处)地表种子库密度是250粒/m²。绵刺多优群落7月种子库密度植株中心(冠幅内)是889粒/m²，1倍冠幅外(距冠幅中心40 cm处)地表种子库密度是16粒/m²，2倍冠幅外(距冠幅中心100 cm处)地表种子库密度是297粒/m²；绵刺多优群落10月植株中心(冠幅内)种子库密度是1308粒/m²，1倍冠幅外(距冠幅中心40 cm处)地表种子库密度是27粒/m²，2倍冠幅外(距冠幅中心100 cm处)地表种子库密度是759粒/m²。无论单优群还是多优群落母株冠幅内种子数量最多，达772~1308粒/m²，1倍冠幅外种子数量最少，只有7~27粒/m²，而在 2 倍冠幅外种子数量又多达 250~759 粒/m$^2$。单优群落种子库密度小于多优群落种子库密度，10 月绵刺种子库密度大于 7 月绵刺种子库密度(表 6-9)，说明单优群落中绵刺植株种子产量小于多优群落的绵刺植株；秋季是绵刺的主要繁殖季节。

**表 6-9　不同绵刺群落和季节中种子库差异分析**

| | 单优(7 月) | 多优(10 月) | 多优(7 月) |
|---|---|---|---|
| 单优(10 月) | 10.34*(0.0324) | 19.06*(0.012) | 0.75(0.4344) |
| 单优(7 月) | | 32.11**(0.0048) | 3.68(0.1276) |
| 多优(10 月) | | | 21.62**(0.0097) |

表中括号中的数小于 0.05 为差异显著，大于 0.05 的为差异不显著，小于 0.01 的为差异极显著，*为显著，**为极显著。

## 6.2.2　种子库空间分布格局

无论在单优群落或是在多优群落中，绵刺种子散布系数($C$)和 Morista 指数($I$)都表明，绵刺种子库分布格局是集群分布，见表 6-10。

**表 6-10　绵刺地表种子库格局**

| | 样株 | $C$ | $t$ | 格局 | $I$ | $F$ | 格局 |
|---|---|---|---|---|---|---|---|
| 单优群落 | 株 1 | 3.68 | 8.56 | 集群** | 1.6 | 73.2 | 集群 |
| | 株 2 | 7.48 | 22.91 | 集群** | 3.8 | 51.6 | 集群 |
| | 株 3 | 4.38 | 10.22 | 集群** | 2.23 | 32.7 | 集群 |
| 多优群落 | 株 1 | 5.78 | 14.46 | 集群** | 2.81 | 54.1 | 集群 |
| | 株 2 | 2.83 | 3.81 | 集群* | 1.52 | 19.74 | 集群 |
| | 株 3 | 6.11 | 16.69 | 集群** | 2.99 | 32.4 | 集群 |

由表 6-10 可知，在绵刺地表种子库格局中，绵刺种子大部分集中在母株冠幅内，在 1 倍母株冠幅外，种子库密度较小，而在 2 倍冠幅外，绵刺种子库密度又增大。在绵刺冠幅内，分枝较多，对风的阻挡作用明显，因而使大部分种子能聚集在母株灌丛中，在 1 倍冠幅外，绵刺由于对资源的利用而对其他植物造成直接或间接的抑制作用而没有任何植物，只有物理环境的微小差异，如小沙堆、小沙沟等能聚集一部分种子，但对绵刺种子不能产生显著的阻滞效果，在 2 倍冠幅外，一些禾草类和菊科的短命植物如冠芒草、三芒草、沙兰刺头等形成小的株丛，聚集一部分种子，使绵刺在 2 倍冠幅外种子库密度又增大，表现为明显的集群分布特征。

### 6.2.3 种子库种子多样性

其结果见表 6-11。

**表 6-11 绵刺种子库种子多样性**

| 样方 | 位置 | | | | | | | | |
|---|---|---|---|---|---|---|---|---|---|
| | 冠幅内 | | | 1 倍冠幅外 | | | 2 倍冠幅外 | | |
| | *H'* | *J* | *D* | *H'* | *J* | *D* | *H'* | *J* | *D* |
| 样 1 | 2.4720 | 0.9637 | 13 | 1.6792 | 0.8629 | 7 | 2.5728 | 1.0031 | 13 |
| 样 2 | 2.8142 | 1.1325 | 12 | 1.6676 | 0.8019 | 8 | 2.8261 | 1.1018 | 13 |
| 样 3 | 2.7201 | 1.0947 | 12 | 2.5686 | 1.2352 | 8 | 2.7885 | 1.1629 | 11 |
| 均值 | 2.77 | 1.06 | 12.33 | 1.97 | 0.97 | 7.67 | 2.73 | 1.09 | 12.33 |

*H'*、*J*、*D* 分别代表香农-维纳指数、皮洛均匀度指数和丰富度系数。

由表 6-12 可知，在绵刺植株不同位置，种子多样性差异显著，种子多样性分布格局与绵刺种子库分布格局一致。在绵刺群落中，植物种子的传播动力是风力，因而种子具毛或翅，种子具附属物的特点，使植物在传播、定居的选择方面相对有一定的目的性，即只有在有风的条件下才能进行长距离的传播，并被屏蔽物所阻挡，因而在这些屏蔽物周围形成聚集场所，形成集群分布的空间格局，这应是荒漠风播植物的一个共性，如藜科中木蓼、猪毛菜的胞果，菊科中蓝刺头、蒙新久苓菊具毛的瘦果及禾本科中冠芒草和针茅类等都具有这种特性。

**表 6-12 绵刺种子库种子多样性差异对比**

| *H'* | O | A | *J* | O | A | *D* | O | A |
|---|---|---|---|---|---|---|---|---|
| A | 4.89 (0.0915) | | A | 0.45 (0.5396) | | A | 98** (0.0006) | |
| B | 0.22 (0.6649) | 6.02 (0.0702) | B | 0.14 (0.729) | 0.73 (0.4402) | B | 0 (1.0) | 39.20** (0.0033) |
| *F* 值 | 5.03(0.0521) | | | 0.54(0.6073) | | | 32.67**(0.0006) | |

O、A、B 分别代表母株冠幅内、1 倍冠幅外、2 倍冠幅外的种子库；**代表差异极显著。

由表 6-13 可知，绵刺地上植被植物种类组成丰富度和多样性系数明显小于绵刺土壤种子库植物种类组成，说明大部分地表种子不能萌发或萌发后不能生长成株。

表 6-13　绵刺地上植被物种组成多样性

| 样地号 | 多样性 | | |
|---|---|---|---|
| | 多样性指数(*H'*) | 均匀度系数(*J*) | 灌木丰富度(*D*) |
| 1 | 1.953 | 0.488 | 4 |
| 2 | 1.265 | 0.210 | 6 |
| 3 | 1.398 | 0.279 | 5 |
| 4 | 1.852 | 0.232 | 8 |
| 5 | 1.683 | 0.561 | 3 |
| 6 | 1.117 | 0.279 | 4 |
| 7 | 2.037 | 0.339 | 6 |
| 8 | 1.110 | 0.158 | 7 |
| 9 | 1.962 | 0.218 | 9 |
| 10 | 2.302 | 0.287 | 8 |

# 6.3　种子扩散与更新

## 6.3.1　种子扩散

绵刺单粒种子重为(0.0004±0.000 02)g，具宿存花萼的果实重为(0.0030±0.0005)g，绵刺种子花萼宿存，果实成熟后，只有少部分的果实残留在母株上，占1%~3%，大部分具花萼的种子被风吹落，宿存而膨大的花萼形成花萼筒，增加了种子在地面传播时的滚动力，经多次风动力作用，使种子散布得更远，最大传播距离可达 12 m，而无花萼种子其传播距离仅为 0.5 m 左右，只能散落在母株冠幅内。

## 6.3.2　种子萌发

由表 6-14 可知，具宿存花萼种子与裸种相比，前者发芽时间、需水量、蛭岩湿润深度、根生长长度和传播距离间差异显著($P$<0.05)。

表 6-14　绵刺裸露种子和花萼宿存对幼苗生长影响对比

| 指标 | 发芽时间/h* | 加水量/ml* | 湿润深度/cm* | 根生长长度/cm* | 两子叶地上高/cm | 传播距离/m* |
|---|---|---|---|---|---|---|
| 裸种 | 30±6.224 | 4±1.374 | 3±1.106 | 4±1.552 | 0.5±0.006 | 0.5±0.028 |
| 宿存花萼 | 122±10.157 | 17±2.831 | 18±2.333 | 15±1.895 | 0.5±0.003 | 12±1.259 |

*代表裸种与花萼宿存种子间 $P$<0.05 时差异显著。

由表 6-15 可知，绵刺不同种子库中，土壤种子库种子萌发时间少于植株上种子库种子发芽时间，而萌发率低于植株种子库种子萌发率。

**表 6-15 绵刺不同种子库发芽试验对比**

| 株号 | 种子库类型 | | | | | |
|---|---|---|---|---|---|---|
| | 土壤种子库 | | | 母株种子库 | | |
| | 1 | 2 | 3 | 4 | 5 | 6 |
| 发芽时间/h* | 31 | 29 | 33 | 36 | 56 | 45 |
| 发芽率/%* | 51 | 38 | 41 | 62 | 46 | 67 |

*为土壤种子库和母株株丛上种子库种子发芽时间和发芽率的差异显著性($P$<0.05)。

## 6.3.3 实生苗格局

由表 6-16 可知，绵刺实生苗在母株以外的环境中形成集群分布的格局，反映了绵刺种子更新对环境要求具有选择性，即只有在母株冠幅外小的径流线、冲种扇和积水坑是绵刺种子萌发的安全岛。

**表 6-16 绵刺实生苗格局**

| 类型 | 种群分布格局 | | | | | |
|---|---|---|---|---|---|---|
| | $C$ | $t$ | 格局 | $I$ | $F$ | 格局 |
| | 24.4413 | 71.5316 | 集群 | 5.9487 | 464.3846 | 集群 |
| 显著程度 | | $t_{19,0.01}$=2.539 | ** | | $F_{19,1,0.01}$=248 | ** |

# 6.4 繁殖分配与繁殖对策

## 6.4.1 营养生长和繁殖生长

由表 6-17 可知，绵刺营养生长和有性繁殖分配在不同群落中营养枝鲜重和干重相比，差异不显著，营养枝干重与鲜重比差异显著，在多优群落中，干重/鲜重大于单优群落；在果实鲜重比较中，二者差异不显著，但干重/鲜重差异显著，多优群落的繁殖分配大于单优群落的繁殖分配的干物质积累。

表 6-17　绵刺不同群落内营养生长和有性生长分配对比

| 株号 | 单优群落 | | | | | | 混生群落 | | | | | |
|---|---|---|---|---|---|---|---|---|---|---|---|---|
| | 枝鲜重/g | 枝干重/g | 枝干重/枝鲜重 | 果鲜重/g | 果干重/g | 果干重/果鲜重 | 枝鲜重/g | 枝干重/g | 枝干重/枝鲜重 | 果鲜重/g | 果干重/g | 果干重/果鲜重 |
| 株 1 | 21.7658 | 8.7333 | 0.4012 | 1.4625 | 0.3515 | 0.2403 | 21.5131 | 10.0492 | 0.4671 | 1.4158 | 0.9348 | 0.6603 |
| 株 2 | 32.5136 | 11.6509 | 0.3583 | 1.5318 | 0.3888 | 0.2538 | 22.9428 | 15.7367 | 0.6859 | 1.6002 | 1.1462 | 0.7163 |
| 株 3 | 28.9911 | 11.3321 | 0.3908 | 1.4441 | 0.3666 | 0.2539 | 26.4219 | 14.4761 | 0.5478 | 1.5013 | 1.4275 | 0.5107 |
| 显著性 | | | | | | | — | — | * | — | ** | ** |

*和**代表不同群落间在 $P<0.05$ 或 $P<0.01$ 下不显著和极显著。

由表 6-18 可知，绵刺在营养生长、压枝无性繁殖和种子繁殖分配中，无论鲜重还是干重，压条枝无性繁殖投资是主要的方式，其次是营养枝生长分配，而用于有性繁殖的生物量分配不占重要地位。但是从数量方面讲，绵刺种子繁殖分配占绝对优势。

表 6-18　绵刺不同群落营养生长、无性繁殖和有性繁殖分配占年总生物量对比

| 样株 | 单优群落 | | | | | | 混生群落 | | | | | |
|---|---|---|---|---|---|---|---|---|---|---|---|---|
| | 枝鲜重/% | 压枝鲜重/% | 果鲜重/% | 枝干重/% | 压枝干重/% | 果干重/% | 枝鲜重/% | 压枝鲜重/% | 果鲜重/% | 枝干重/% | 压枝干重/% | 果干重/% |
| 株 1 | 0.3689 | 0.6062 | 0.0248 | 0.2865 | 0.7020 | 0.0115 | 0.4416 | 0.5294 | 0.0290 | 0.3629 | 0.6034 | 0.0337 |
| 株 2 | 0.3758 | 0.6065 | 0.0177 | 0.2784 | 0.7123 | 0.0093 | 0.4520 | 0.5165 | 0.0315 | 0.4430 | 0.5247 | 0.0322 |
| 株 3 | 0.3680 | 0.6137 | 0.0183 | 0.2683 | 0.7230 | 0.0087 | 0.5708 | 0.3968 | 0.0324 | 0.5321 | 0.4154 | 0.0525 |
| 显著性 | | | | | | | 7.97* (0.0476) | 9.15* (0.0380) | 18.46* (0.0127) | 11.72* (0.0267) | 13.02* (0.0226) | 20.24* (0.0108) |

枝鲜重百分比=枝鲜重/(非压条枝鲜重+压条枝鲜重+果鲜重)；枝干重百分比=枝干重/(非压条枝干重+压条枝干重+果干重)。*表示差异显著。

## 6.4.2　繁殖时间和环境压力

绵刺在不同的繁殖时间和环境压力下，其有性繁殖、有性繁殖和无性繁殖、无性繁殖内压条和劈根等繁殖分配是可塑的。

在绵刺二次开花的繁殖分配中，10 月用于繁殖投资的生物量高于 7 月，经休眠的绵刺植株与一直保持生活状态的绵刺植株相比，在果数、结实率、千粒重和

萌芽率方面都有显著差异，多优群落的繁殖投资生物量大于单优群落。

在有性繁殖和无性繁殖分配中，随环境不同，二者差异显著，在极度干扰的环境中主要以无性繁殖为主，而在环境相对稳定，干扰小的条件下，绵刺即有由开花、结实产生种子的有性繁殖，也有由压枝和劈根形成的无性繁殖，并以无性繁殖分配为主。

无性繁殖在干扰强烈的环境下，主要以劈根繁殖为主，而在干扰胁迫小的环境下，绵刺无性繁殖以压枝为主。

多优群落中绵刺结实率和种子千粒重都比单优群落高，表明在多优群落中绵刺繁殖以种子繁殖为主，而在单优群落中以营养繁殖为主。绵刺有性繁殖特性说明，绵刺在稳定的环境中四季均能开花，这也反映了绵刺古地中海起源环境温暖、潮湿特点，使绵刺二次开花和结实，这是原始遗传特性的再现，而非荒漠起源。

绵刺在经过休眠状态后，其开花和结实明显高于不充分休眠的绵刺，并集中在 9 月，而不充分休眠的绵刺持续开花和结实。休眠是有性过程能否充分实现的重要步骤。绵刺有两次繁殖阶段，但后一次是重要的生殖阶段，这与已有的研究结果有所不同。

第一次生殖时间对亲代的基因进入基因库产生生殖适应有深刻影响(Cole，1954)。

绵刺具有高的结实率和种子数量，以休眠的方式对环境中水分表现极强的敏感性，一旦抓住了开放的环境，则进行较短的生殖期进行较大的生殖投资，从而使种群在不稳定的环境得到持续发展，繁殖对策表现与 r-对策相似。同时绵刺大量结实对其种子的广泛传播，对出苗不稳定环境同样具有重要的适应性。结实率高是有性繁殖中的一个重要特性，结实率高则可以提供大量有遗传差异的个体，为下一代获得成功提供较多机会，种子产量作为投入，存活率作为收益，种子数量多是适应取食、提高植物存活的对策，风媒植物具有这种特性(班勇，1995；Wilbur，1976)。所以绵刺繁殖对策表现的 r-对策，在荒漠生境中通过结实力强、发育快的特点，与伴生的四合木、沙冬青、霸王相比，更具有适应性。

虽然在取样中尽量选择高度和冠幅相近的绵刺植株，但种子产量、结实率还与取样植株年龄、营养状况有关，所以可能对上述分析产生一定影响。

绵刺种子库密度以植株为中心，形成密集型格局，并以绵刺冠幅内种子密度最大，达 772~1308 粒/$m^2$，1 倍冠幅外种子数量最少，只有 7~27 粒/$m^2$，而在 2 倍冠幅外种子数量又多达 250~759 粒/$m^2$。单优群落种子库密度小于多优群落种子库密度，10 月绵刺种子库密度大于 7 月绵刺种子库密度。

群落中其他植物种子库格局也为集群分布，这与地表植物种类组成不一致有关。在绵刺土壤种子库中植物组成的丰富度高于地上植物种类组成的丰富度，这是因为一方面土壤种子库中聚集了绵刺群落中其他植物种子，另一方面一些荒漠先锋植物和农田杂草，如沙蓬、虫实和雾冰藜等植物在绵刺植株周围聚集，这与已有的研究有所不同。种子库和植被在种类上很少重叠的原因是地表植被中一些种类在种子库中并不存在种子(Rabinnowitz，1981；Haag，1983；Leck，1989)

植物繁殖特性相比于形态特征、生理过程等生命特征是最为稳定的特征(Harper，1977)。绵刺种子库特征中，单优群落种子库密度小于多优群落，10 月绵刺种子库密度大于 7 月绵刺种子库密度。反映了在单优群落中绵刺以无性繁殖为主，而有性繁殖不是种群更新的主要方式；在多优群落中绵刺由于物种间竞争压力，无性繁殖所需要的均质性生境不足，从而有性繁殖占有主导地位，适应多变的环境。

虽然种子库绵刺种子较为丰富，其他种子也较为丰富，但绵刺灌丛内没有自身和其他植物幼苗出现，特别是绵刺克隆性强的灌丛内，无任何植物定居，这与目前这方面研究成果不同。无性系分株产生的后代可以脱离母株，独立生长，最终起到扩散种群的作用，而且以这种方式形成的幼苗其存活率比由种子形成的幼苗存活率还要高(钟章成，1997)，但是绵刺种子和其他植物种子在绵刺母株内不能定居，是无性繁殖的结果(见第六部分)，还是有其他约束机制(见第六部分)，都需进一步研究。同时绵刺群落中土壤种子库多样性与地面群落植物组成差异显著，那么绵刺种群和群落在更新过程中其维系机制和更新方式都与现有研究结果不同(见第六部分)。

绵刺种子库分布格局是集群分布，通过种子扩散，在母株以外的环境中更新，这种散布一方面可避免种子落在母株灌丛中，造成与母株竞争资源而死亡，减少种子的损失程度；另一方面有利于绵刺种子到达其更新生境中，利用母株生长区域外的异质性资源。这与 Janzen(1971)的距离假说相一致：在种子散布上，多数种子散落在亲本附近，在此处种子或幼苗死亡的概率大，距亲本远的地方种子受到的取食压力小，落种量也小。因此，只有距亲本一定距离处种子或幼苗的存活密度大。

绵刺以风和水为传播动力进行种子扩散，在适宜生长的径流线、冲积扇和洪积扇生境上定居。绵刺种子轻，带有宿存花萼，增加了风的飘力，使绵刺传播得更远，不仅在母株冠幅内聚集较多的果实，同时以风为动力传播到离母株更远的地方，并在有阻挡物如其他植株冠丛，或小沙坑等有种子聚集，而在绵刺冠幅外 1 倍的地方，由于没有植物生长，所以种子库密度为 0~70 粒/m$^2$，在母株冠幅内绵刺地表种子库密度为 918 粒/m$^2$，但在 2 倍冠幅外绵刺地表种子密度为 482 粒/m$^2$。母株的冠幅内种子库种子数量最多，其次是一年生草本或其他丛状植物的阻留，所以绵刺种子库呈集群分布。绵刺种子更新并不困难，在 1998 年调查中发现，在径流线上(1×1)$m^2$的样方中，有当年生实生苗 11 株，即便在最近 3 年，也有绵刺实生苗，绵刺实生苗只出现在径流线和冲积沟，在实生苗周围没有任何植物，说明绵刺种子萌发需要水分条件，种子更新既不在母株株丛内萌发，也不在其他丛状植物株丛内更新，而只在径流线上出现。因此，绵刺花萼宿存增大了向上的漂浮力，易于利用风动力，扩大传播距离，远离母株，拓展新的生境，充分利用与母株相异的异质性资源，且花萼宿存有利于度过不利的环境条件，提高种子保存率，具花萼种子的萌发是无花萼种子萌发所需时间的 3 倍，种子具花萼不仅能保证种子萌发，同时还能保证种子萌发后幼苗的存活。种子萌发与否是植物能否繁殖成功的关键，也是影响新植物体生长发育的重要阶段(Solbrig，1979)。

绵刺裸种在给水 3~5 ml 的条件下，很快萌发，表现对水分的敏感性，但这些水量对培养基质只能浸润 2~3 cm 的深度，因而根系生长超过这一湿润区后无法再向下生长，根系枯萎，最后导致地上部分死亡。花萼宿存的种子其萌发所需水分，一方面要浸润花萼，另一方面种子萌发也需要水分，其总需水量为 20 ml 左右，这些水分能浸润培养基质深度达 20 cm，这一水分含量能使绵刺根系伸长生长达 18 cm 左右，幼苗地上生长高度达 3 cm，幼苗出现木质化，即使水分不足，建成的实生苗已能进行休眠。裸露种子和花萼包被种子地上两子叶高度相近，都约为 0.5 cm 高。绵刺花萼宿存能使根系生长长度达 18 cm，这一长度正是绵刺生境中地表干沙层厚度，使绵刺根系能穿过干沙层利用土壤下层水分，不至于使种子虽萌发，但由于土壤干旱而死亡。无花萼宿存的绵刺种子虽对水分表现出敏感性，并能较快地发芽，但由于较少的雨水，种子虽然萌发形成幼苗，幼苗根系却不能有效地利用土壤下层水分，出现“闪苗”。

上述研究结果与马全林所说不同：①绵刺有实生苗、压枝萌蘖和劈根 3 种繁殖方式，这 3 种方式的发生都比较困难，这是造成绵刺稀有的最主要原因；②在自然状态下，只能找到极少量的实生苗，证明自然状态下实生繁殖发生困难，而在人工播种育苗时种子很容易发芽成苗，说明恶劣的环境条件影响绵刺的实生繁殖；③根据其遭遇严重干旱即“假死”的休眠特性，我们认为气候、土壤干旱和风蚀沙埋极大地影响着绵刺实生繁殖，特别是干旱导致绵刺不能正常生长，使其很难结出成熟饱满的种子，即使有种子，也不一定有保证其发芽和幼苗生长的安全场所，况且绵刺种子种皮较韧，不利于吸水和种子萌发，果实花萼宿存，不易从子叶上脱落，遇有干旱高温天气，极易将种子闷死，上述众多不利因素限制了种子实生繁殖的发生(马全林，2003)。

本节通过绵刺种子库、种子散布和种子更新研究却发现：绵刺在结实繁殖对策方面类似于 r-对策，在生活史完成方面又类似于短命植物，一年有两个繁殖期，从绵刺有性繁殖对策及适应性来看，绵刺对生存环境是适应的，造成目前濒危的原因并不是繁殖方面的不足。

植物多维选择的对策是进化为远距离散布种子，这样种子必定会遇到适宜萌发的生境，良好的散布能力常与种子粒小、生活力持续时间短、固有休眠习性差异等综合特征相伴，进化稳定的散布对策要求一部分能量投入到散布器官中，使大部分种子具有散布器官，增加散布能力，投入的量由遗传特性决定(Cohen，1989)。

绵刺不仅花萼宿存，花萼基部合生形成膨大的花萼筒，这对绵刺适应于风力传播种子具有重要作用，宿存而膨大的花萼在长期进化中，形成了种子传播散布器官。

由绵刺种子更新特性可以得出以下结论：母代对子代基因传递应作如下贡献才能确保基因的遗传过程：

(1) 控制子代生物钟。绵刺种子具有休眠的习性，能确保绵刺下一代能与气候中干、湿季节相适应，躲过不利环境胁迫，保证种子的正常萌发。

(2) 提供子代独立的营养物质，确保子代基因表达时既不依赖环境条件，也不依赖母体。植物种子萌发后，在根系未能利用环境中的营养成分前，母代对子代提供的营养物质必须能满足子代对环境条件的利用能力，绵刺胚乳为子代所提供的营养可使幼苗的根系生长长度达 20 cm 左右才能使幼苗摆脱表层干沙层，利用干沙层以下的土壤水分，确保幼苗成活。

(3)提供对环境的选择性结构——散布器官。植物种子的散布多在母株周围形成种子库，但其成活率几乎为零，所以必须有散布器官才能使种子远离母株，有机会对种子萌发所需的微生境进行筛选，寻找萌发的安全岛。

绵刺在 7 月和 10 月等不同繁殖季节、围栏内和围栏外等不同生境中、单优群落和多优群落等不同生物环境中的繁殖分配是不同的，10 月是绵刺有性繁殖的主要季节，多优群落中绵刺有性繁殖分配高于单优群落繁殖分配，在极度干扰下绵刺以无性繁殖为主，而在环境相对稳定，干扰小的环境中绵刺可同时进行有性繁殖和无性繁殖，绵刺这一繁殖特性与相关研究有所不同。

由于植物体可提供分配的资源有限，因而植物种群在有性生殖和无性生殖之间也存在着分配权衡，并与气候条件和群落特征存在着密切关系(Grime，1979；Farnsworth，1995)。有性繁殖可以增加植物种群的遗传多样性，种子比营养繁殖体更有利于传播和散布，抗扰动能力更强，因而在较为开阔，贫瘠和多变的环境中，有性繁殖往往占据优势(Erikson，1997)。营养繁殖进化程度虽然比有性繁殖低级，但由于“风险分摊”和“生理整合”及“资源共享”作用可提高植株对逆境的忍耐性和竞争力，因而虽然无性繁殖每一后代资源投资相对较高，而且每次产生的无性系分株后代数量较少，但其定居和存活率远高于实生苗(Peterson，1997)，因而在无干扰环境中，植物处于强烈的竞争状态，无性系分株显然比种子形成的幼苗更容易成活(Harper，1977；钟章成，1995)。

绵刺在种间压力高得多优群落中有性繁殖分配也高，而在种间压力低的单优群落中营养繁殖分配高，这与上述结论相符，但绵刺在强干扰下是以营养繁殖为主，甚至无有性繁殖，而在无干扰环境下，绵刺能完成正常的生活史，以有性繁殖分配为主，同时兼有无性繁殖。

绵刺种子产量大，一年中进行两次结实，在繁殖对策中表现为类似 r-对策。

绵刺繁殖器官在适应风力传播过程中，花萼膨大、宿存，进化为种子扩散器。

绵刺土壤种子库丰富，但在母株株丛中没有实生苗，绵刺种子更新生境与母株生长生境相异。

绵刺一年中有两次开花，反映了绵刺祖先生长在温暖潮湿的环境中，一年四季都有开花的可能，这也说明绵刺是起源于古地中海孑遗植物的说法成立，绵刺以秋季结实为主，反映了绵刺长期适应荒漠环境表现与环境协同的结果。

繁殖过程响应于环境胁迫，绵刺繁殖分配以无性繁殖为主。

# 第 7 章　环境胁迫下无性繁殖响应研究

无性系是植物种群生态学研究的热点之一，尤其是克隆生长的生物学意义，已引起了许多种群生物学家的极大兴趣(Jackson，1985)。关于构件植物种群，尤其是无性系植物种群的研究，已成为种群生态学研究的一个前沿课题(刘庆和钟章成，1995)。大部分文献都集中在构件组织和克隆生长的生态学和进化的关系上，如克隆结构的表型可塑性和克隆整合的程度，斑块环境，克隆整合作用对克服不利环境和不可预测环境的适应意义及增强竞争能力的适应意义，克隆植物和非克隆植物在 r-选择和 k-选择上的差异，克隆植物有性生殖与营养繁殖的相对重要性，构件结构与克隆结构对生殖时间分配格局形成的意义，国外科学家认为各学科一些新的理论将在对克隆植物的研究中诞生(钟章成，1991)。

克隆(clone)即“无性繁殖系”是指从一个祖先通过无性繁殖方式产生的后代，是具有相同遗传性状的群体。构件生物(modular organism)是指其体系由一些同型的基本结构单元构成。这类生物的种群数量动态应包含两个水平的数量变化，一类是由合子(zygote)的生死过程所表现的个体数量消长；另一类是构成其个体的构件(分支单元)多少所表现的株型大小的差异。把合子称为基元(genet)，把个体上的结构单元称为构件或组元(module)(Harper，1978)。从合子发育而来的每一个基元(植株)具有不同的基因结构，而在同一植株上的各个组元，以及无性繁殖体均属同一基因型。

克隆植物(clonal plant)是植物界广泛存在的一类植物(Happer，1977；Callaghan，1992；董鸣，1996a)，对这类植物的研究成为当前植物种群生态学研究的热点之一，因其具有许多优点而成为植物种群生态学研究的典型试验材料，在国内外引起了植物种群生态学家的高度重视和极大兴趣。关于植物克隆研究主要有以下几个方面。

(1) 克隆植物的生长格局(刘庆和钟章成，1995；董鸣，1996a)。

(2) 克隆植物的生理整合(王昱生，1994；董鸣，1996b；李思东，1999)。

(3) 克隆植物的生长构型(de Kroom and Knops，1990；Dong and de Kroom，1994；陈尚，1997)。

(4) 克隆植物的觅食行为(de Kroom and Hutchings ，1995；董鸣，1996a)。

(5) 克隆植物的生态对策(董鸣，1996b，Slade and Hutchings，1987；单保庆，2000)。

(6) 克隆植物的繁殖对策(Wikberg，1994；祝宁和臧润国，1993)。

所有这些内容的研究结果，对揭示植物的克隆生长特性及其种群生存的关系都有十分重要的意义。

克隆生长(clonal growth)(有无性繁殖相伴的营养生长过程)赋予克隆植物相当大的水平扩展能力(Cook，1985)，克隆植物由克隆生长形成的克隆分株保持形体相连(physical connection)，从而为分株间的生理整合提供了可能，而生理整合对提高基株的生存力、排斥竞争者、提高分株定居的成活率、克服对异质分布资源在吸收利用的困难、缓冲环境胁迫等方面都有重要作用(Hutchings and Slade，1988；Hutchings et al，1994a；1994b；Alpert，1990；1996；Callaghan，1992；董鸣，1996a)。克隆可塑性(clonal plasticity)被认为是克隆植物的"觅食行为"(foraging behavior in clonal plant) (Hutchings and de Kroom，1994；董鸣，1996a)和"风险分摊"(risk-spreding)(董鸣，1996b)的基础之一。国内外对克隆植物的研究对象多集中于草本，对木本植物的研究仅见于斑苦竹(*Pleioblastus maculata*)(刘庆，1996a)、毛竹(*Phyllostachys spubescens*)(李睿等，1997)、青冈(*Cyclobalahopsis glauca*)(陈小勇，1997)的研究及半灌木羊柴(*Hedysarum laeve*)(董明和张称意，2001)的研究，且集中于根茎型和匍匐型克隆植物的研究，而对具劈根型和压枝克隆性的灌木植物绵刺进行该学科领域的研究尚未见报道。

绵刺在生境中有两种繁殖方式，一是种子发育形成实生苗的有性繁殖方式，二是劈根和枝条形成庞大构件的无性繁殖，与同生的荒漠植物四合木、沙冬青相比，绵刺是较适应的植物。同时具有性繁殖和无性繁殖的物种，能较好地适应变化的环境，并在不同气候条件下无性繁殖和有性繁殖的相对配置是可塑的(Cook，1983)。绵刺克隆生长有两种典型的生长构型，即由劈根形成短的间隔物的密集型克隆生长构型和由枝条自然压条形成长间隔物的游击型克隆生长构型，这与现在克隆植物研究领域的根茎型和匍匐型有明显不同，同时与纤匐枝(如草莓)也有所不同。绵刺克隆生长构型的研究，一方面可说明绵刺克隆生长构型和不同构型下的对资源利用方式，另一方面为克隆种群生态学的完善提供理论依据。

对于荒漠植物绵刺，由于其生存环境中自然资源异质性的广泛存在和干扰的随机发生，其抵御环境胁迫所面临的风险远大于其他植物，怎样实现生存机会，在绵刺进化过程中其机理如何是关于其生态学研究的重要理论问题。

关于克隆植物的克隆生长、克隆格局和生长构型目前研究较多，而关于克隆器官解剖学研究方面不足，特别是关于克隆器官从解剖学方面进行连续切片试验目前尚未报道。通过对绵刺劈根和压条等克隆器官的连续切片分析，可揭示克隆器官的结构起源位点，为绵刺克隆机理的进一步探讨提供依据。

内源激素不仅调节着植物的生长、发育和衰老，复苏和休眠，同时在植物繁殖分配方面可能也存在着调节作用，特别是加长生长的游击型克隆生长构型和分裂为主的密集型克隆生长构型及二者对异质环境的可塑性响应中，生长素和细胞分裂素可能起主导作用。通过对绵刺克隆器官内源激素中生长素和细胞分裂素含量和比例进行分析，来揭示绵刺内源激素对克隆生长构型可塑性的调控方式和环境诱导的作用过程。

沙冬青、四合木、霸王和绵刺都是分布在西鄂尔多斯—东阿拉善的古地中海孑遗植物，在长期自然选择进化中，这些植物能在相同的生境要求中生存，进化出不同的资源生态位。通过上述四种植物根系分布状况和对水分利用能力的研究，揭示绵刺与其他植物在相同生境下的资源利用方式和资源利用格局，从而进一步了解绵刺对环境的适应能力。

资源共享(resource sharing)可以认为是生理整合(physiological integration)的同义语，是指矿质营养物、水分以及碳水化合物通过克隆器官在相连分株间的相互传输。生理整合侧重于基株在克隆生长过程中所形成的源(resource)—汇(bank)之间的物质传输，而资源共享则侧重于相连的分株当它们处于异质性资源时，高资源可用性缀块(high resource patch)中的分株向低资源可用性缀块中的分株传输植物生命活动所需的物质。然而长期存在的异质性资源缀块不仅仅使分株发生资源的共享，而且会导致克隆植物产生觅食行为(foraging behaviour)，乃至克隆生长构型发生变化，从而为整个无性系适合度作出贡献。这种贡献表现如下：

1) 减小水分胁迫，有利于植物对养分的吸收，维持较高的蒸腾速率和同化力，促进生长，提高其竞争力和生产力(Dawson，1993；Caldwell，1998)；

2) 促进养分矿化和养分循环；

3) 降低土壤养分异质性(Richards and Caldwell，1987；Caldwell and Richard，1991)；

4) 促进蒸散，改善无性系生境小气候，有利于水分平衡(Horton，1998；Caldwell，1998)。

绵刺具有压枝形成的游击型克隆生长构型，这种克隆生长构型在水分共享格局中对整个无性系贡献如何，有无与其他克隆植物相异之处还需进一步研究。通过对绵刺水分资源共享可揭示绵刺在资源利用方式上的优势。

风险分摊(risk-spreading)是指同一基株的分株随克隆生长，基株(基因型)的死亡风险(概率)被分摊到各个克隆分株或分株系统，使基株的死亡率降低，从而具有进化上的优势(Cook，1985)。在基株生活史的绝大多数时间内，分株的死亡概率是独立的，这样基株的死亡率就是各分株的死亡率的积，只要分株的死亡率小于 1，那么基株的死亡率就一定小于分株的平均死亡率，分株的死亡率越低或分株数越多，基株的死亡风险就会越低，基株也就越具进化上的优势(董鸣，1996b)。绵刺通过压枝和劈根克隆生长，一方面由于分株数的增加对基株的捕食风险大为降低，另一方面通过间隔物的资源共享，使基株在资源利用方面比非克隆植株更具优势。

劈根分株又叫根裂分株，是绵刺生长到一定年龄，根茎部分由上到下纵向开裂，开裂的地下部分与主根断开后，独立成株，形成分株，这种方式形成的克隆分株称之为劈根克隆分株；枝条克隆分株是指绵刺特有的繁殖枝生长到一定长度，枝条下垂，顶端着地后与地面相摩擦，产生膨大的愈伤组织，沙埋后向上萌蘖大量的萌发枝，向下产生不定根，这些萌发枝和不定根构成一个克隆分株。

游击型克隆植物(guerrilla clonal plant)和密集型克隆植物(phalanx clonal plant)分别是指根茎植物和匍匐茎植物及具短的根、茎的丛生植物。克隆格局的三个参数是间隔物长度(spacer distance)、分枝角度(branch angle)和分枝强度(branch intenisity)。

在内蒙古黄河村围栏内和围栏外绵刺集中分布区各调查30株绵刺，对其劈根数、压枝克隆枝条数、枝条克隆分株数、分株萌枝数、间隔物长、分枝角度进行统计，对围栏内和围栏外间、围栏内克隆构型进行方差分析，并用二元回归分析克隆分株与枝条克隆和劈根克隆的关系，作为克隆格局和生长构型指标；测定株丛体积、地上生物量鲜重、土壤养分及围栏内伴生的四合木、沙冬青和霸王高度和中部粗度、覆沙厚度、抗风力等指标，对围栏内和围栏外、围栏内调查数据进行差异显著性分析，作为不同生境与生物量响应研究内容；测定株丛体积，每株绵刺克隆分株数和地上生物量等参数，作为风险分摊指标，进行方差分析。

取新鲜绵刺克隆枝、非克隆枝、劈根、非劈根等器官，茎的直径为2~4 mm，根的直径为2.5~6 mm，立即用FAA[50%或70%乙醇90 ml，冰醋酸5 ml，福尔马林(37%~40%甲醛)5 ml]固定，软化剂(1/2，90%乙醇和1/2，60%甘油)进行软化3个月，用切片机做横切面连续切片，番红-固绿对染，最后用加拿大树胶封固，用Olympus显微成像系统观察并拍照成像。

称取放叶状态绵刺的根尖、根中部、劈根处，营养枝中部、营养枝顶部、克隆枝萌蘖部和克隆枝顶部100~500 mg；每个样取3个重复，样品放入称重后盛有80%甲醇(3 ml)玻璃瓶中，瓶口密封后放入冰箱，冷藏处理，用于测定其生长素和细胞分裂素。

2001年6月到2003年4月，在内蒙古乌海市黄河村北部，110国道东部的围栏地绵刺群落中选取7~8龄植株的绵刺、四合木、霸王和沙冬青等灌木样株各3株，进行根系挖掘调查，在离样株根颈10 cm处挖$(1\times2)m^2$的土壤剖面，深度为无植株根系分布为止，同时把根系分布层分为0~20 cm、20~40 cm、40~60 cm、60~80 cm、80~160 cm，截断每一层分布的主根和侧根，用筛选法取样，根系样品称鲜重后用烘干法(105℃)烘干，测干重，从而测出各层主根、侧根含水量，不同深度土层采集 3 个重复土壤，用烘干法(105℃)测定土壤水分含量，在群落株间空隙处挖 3 个土壤剖面，深度为 160 cm，按 10 cm、20 cm、30 cm、40 cm、60 cm、80 cm、100 cm、120 cm、140 cm、160 cm 分层，每一层取土样 3 个，测定土壤含水量，作为根系土壤剖面对照。对选定植株测其高度、基径、茎中部直径和当年枝长度。

将选定绵刺植株根下沙土挖开，露出根和茎，用锋利的单面切片刀切断基株劈根主根、一级克隆分株的全部不定根、姐妹克隆分株的全部不定根，为防止品红浸泡液中形成气泡或被沙土阻塞切口处木质部导管，切口切断后用蒸馏水冲洗切口，并立即将基株、一级克隆分株、姐妹克隆分株的根部切口放入盛有 0.05% 酸性品红染液的小瓶中进行喂养，瓶口用橡皮泥密封，并用塑料条包封，以防品红水分蒸发和其他干扰引起品红浓度变化。在 48 h 充分浸染和传输后，对多个处理进行取样。

处理 1：切断基株的全部根，用品红液喂养，取一级克隆分株、二级克隆分株、姐妹克隆分株和三级克隆分株萌枝样 10 g 左右，置于干燥的牛皮纸袋中。

处理 2：切断一级克隆分株全部不定根，用品红液喂养，取基株、二级克隆分株、姐妹克隆分株和三级克隆分株萌枝样 10 g 左右，置于干燥的牛皮纸袋中。

处理 3：切断二级克隆分株全部不定根，用品红液喂养，取基株、一级克隆分株、姐妹克隆分株和三级克隆分株萌枝样 10 g 左右，置于干燥的牛皮纸袋中。

将盛样牛皮纸袋放在背阴干燥处自然阴干 3 个月，在 60℃烘箱烘干 48 h，用植物样本粉碎机对取样进行粉碎，称取粉碎样 0.5 g，按 Hans de Kroom 等的研究方法用高纯度蒸馏水提取、淋洗样品中的品红，用于绵刺品红液的提取效果不明显，而用乙醇作为萃取液效果较好。在广口瓶中以高纯度乙醇浸泡粉碎样 12 h，用滤纸过滤并用高纯度乙醇冲洗，直到粉碎样没有红色，对过滤液定容备用。

用日立公司生产的 U-3400 型(HITACHI spectrophotometer)光谱仪扫描纯品红乙醇溶液和空白绵刺乙醇样，测定其吸收波长，根据这两个数据测定最佳吸光度所对应的光谱区(nm)，然后测定标准浓度品红样品在该光谱区的吸光度峰值，利用这一标准曲线进行各个样品提取液品红含量的测定，将各个样品的提取液的品红含量乘以干重，得出各分株和基株被传输的品红总含量。以品红输入到各个克隆分株的输入率与输入强度来说明共享格局内水分共享率和共享强度。品红输入率计算如下：

$$I_j=(p_i/\sum p_i)\times 100\%$$

式中，$I_j$ 为品红输入到第 $i$ 级分株的输入率；$p_i$ 为第 $i$ 级分株中的品红总量。

$$A_i=(C_i/\sum C_i)\times 100\%$$

式中，$A_i$为品红输入到第 $i$ 级分株的输入强度；$c_i$为第 $i$ 级分株单位干物质中的品红含量。

本项研究基于 Hans de Kroon 等的研究结果——水分的异质性供应是引起相连分株间发生水分大量传输的根本原因。以浸入品红染液后水势提高的根茎切口作为水分的供应者，以其他相连克隆分株作为供应输出水分的接纳者，研究在上述处理所形成的水分异质性供应条件下，相连的绵刺克隆分株间所发生的水分共享。品红染液沿木质部传输给发生共享的各个克隆分株后，水分会因蒸腾作用而散失，品红则留存于植物组织中。该试验研究以所用的低浓度、高水势的品红染液由基株、分株切口传输到各相连克隆分株的格局来揭示绵刺克隆内水分共享的格局，以品红输入到各个克隆分株的输入率与输入强度来说明水分共享格局。

# 7.1　克隆生长格局与克隆生长构型

## 7.1.1　克隆生长格局

绵刺克隆生长格局中劈根角度平均为 15°，间隔物长平均为 15 cm；克隆枝条和基株分枝角度平均为 45°，分株与基株间隔物平均长 40 cm，分株与分株间隔物长平均为 23.45 cm，分株与克隆枝分枝角度平均为 45°。

## 7.1.2　克隆生长构型

绵刺克隆生长构型由两种典型的生长构型组成，劈根形成分枝角度小，间隔物距离短的密集型克隆生长构型或合轴型克隆生长构型，枝条形成分枝角度大，间隔物距离长的游击型克隆生长构型或单轴型克隆生长构型。

利用 $t$-检验(pooled $t$-test)作围栏内、围栏外绵刺克隆劈根数、克隆枝条数差异分析，其结果如表 7-1 所示。

**表 7-1　绵刺克隆生长构型方差分析**

| 名称 | 围栏内劈根平均数/(个/株) | 围栏外劈根平均数/(个/株) | 围栏内克隆枝平均数/(个/株) | 围栏外克隆枝平均数/(个/株) | 围栏内劈根平均数/(个/株) | 围栏内克隆枝平均数/(个/株) |
|---|---|---|---|---|---|---|
| 平均数 | 4 | 22. 7 | 2.0330 | 0 | 4 | 2.0330 |
| $F$ 值 | $F$=23.38，$F_{29,29,0.05}$=1.171 | | | | $F$=2.556，$F_{29,29,0.05}$=1.171 | |
| 方差齐性 | 方差差异显著 | | 方差差异显著 | | 方差差异显著 | |
| $t$ 值 | $t$=0.8576，$t_{29,0.05}$=1.699 | | | | $t$=0.8576，$t_{29.\ 0.05}$=1.699 | |
| 平均值差异 | 均数差异显著 | | 均数差异显著 | | 均数差异显著 | |

$n$=30；$\alpha$=0.05。

克隆分株数与劈根数和枝条克隆分株数的二元回归方程为

$$y=-1.0428+1.2561x_1+0.8747x_2$$

式中，$y$ 为总的克隆分株数；$x_1$ 为劈根克隆分株数；$x_2$ 为枝条克隆分株数。

由表 7-1 和回归方程可知，围栏内和围栏外两种克隆生长构型差异显著，围栏内两种克隆生长构型差异显著，围栏外是劈根构成的密集型克隆生长构型，围栏内两种克隆生长构型都有，但以劈根形成的密集型克隆生长构型为主。

### 7.1.3　营养枝和克隆枝分异

以绵刺营养枝中最高枝的克隆分株数为因变量 $y$，最高枝高度为自变量 $x$，进行回归分析，如图 7-1 所示。

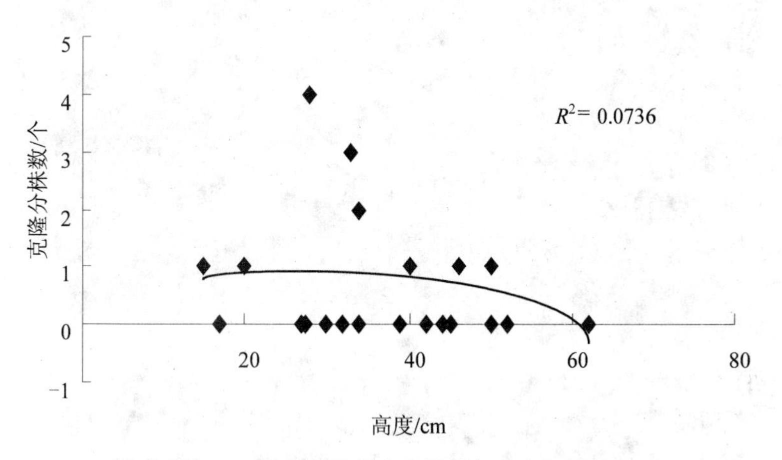


图 7-1　绵刺营养枝克隆性数与高度相关图

从图 7-1 中可知，绵刺枝条克隆性与营养枝高度无关，所以绵刺压枝形成的克隆性不是环境影响的结果，而是在营养枝生长过程中分异为营养枝和克隆枝。

## 7.2　克隆器官解剖特征

### 7.2.1　营养枝与克隆枝横切面结构比较

图 7-2 可知，克隆枝髓心有一个小突起，并扩展至侧芽(或侧枝)的维管束中，侧芽形成了自己的髓心，但仍与主枝相连。

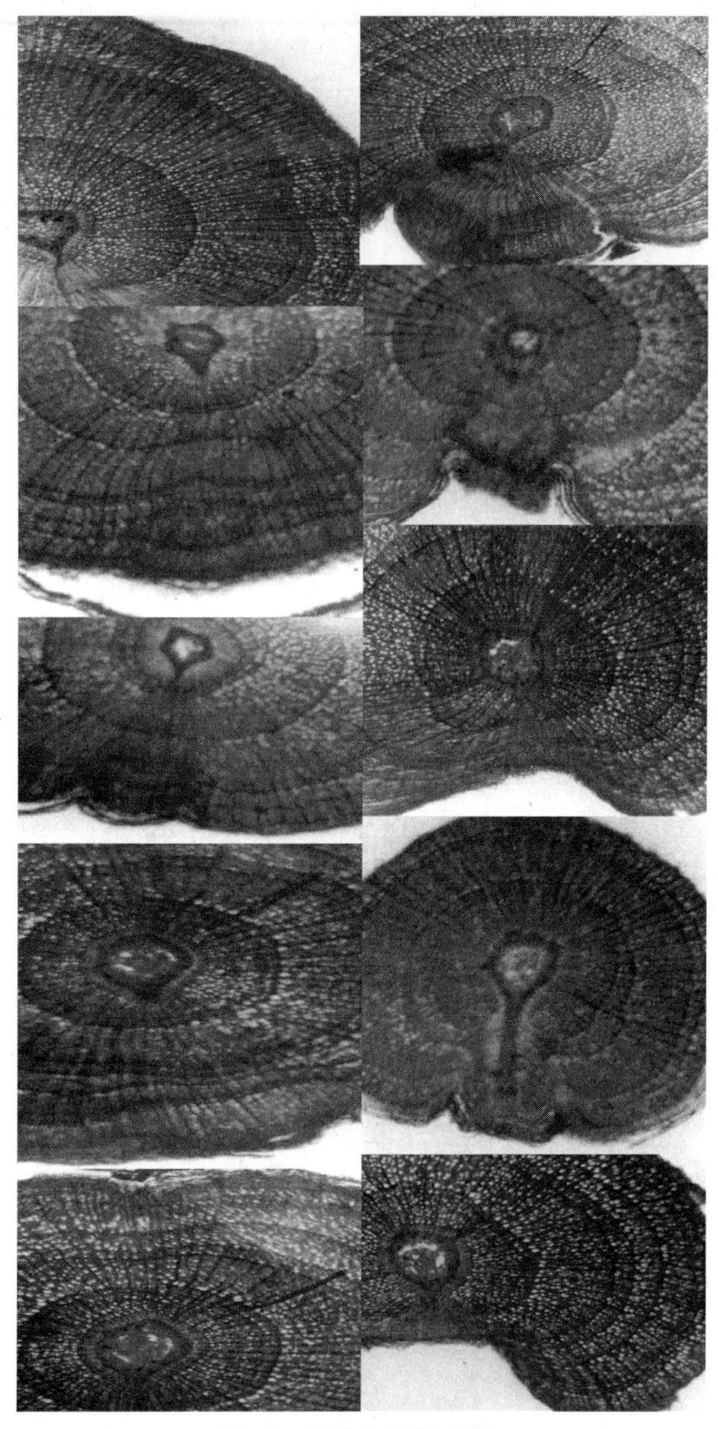

图 7-2　压枝克隆性解剖图

无论营养枝还是克隆枝，在枝迹处都有射线加宽、木薄壁细胞及韧皮薄壁细胞增多现象，营养枝或克隆枝其枝迹处含有的薄壁细胞较枝条的其他维管组织更多，但对营养枝和克隆枝的进一步比较发现，由于克隆枝侧芽的萌发，枝迹生长、加宽，放射薄壁细胞进一步加宽、增多，克隆枝的枝迹处含有的射线薄壁细胞较营养枝更多。

分布不匀的生长轮(或年轮)，在一些区域生长轮较宽，导管或管胞的口径较大，而在另外一些区域，生长轮或年轮密集，导管和管胞口径较小，在枝迹处也存在着生长轮，且与其他区域数目相同，但枝迹处的生长轮又明显不同于其他区域，从髓心的突起开始，生长轮也自内而外随着突起，最终在枝条上形成突起，这种突起在克隆枝上更明显。

无论营养枝还是克隆枝，在横切面的比较中很少发现圆盘状的生长轮，在其周边有凹陷与突起，营养枝虽有这些现象，外观却近似圆盘状，而克隆枝则呈梅花状，这种梅花状结构也是枝裂的基础，枝裂结果为克隆分株发育成独立分株提供了可能。

克隆枝有许多不定根，起源于克隆枝上有许多明显的已分化的和一些类似不定根原基的薄壁细胞群，这些薄壁细胞群发生于形成层附近的木质部中，在枝迹处存在更多的不定根和类似不定根原基的薄壁细胞群；在一些薄壁细胞中存在着多个不定根原基的类似物，两行明显的薄壁细胞群，它们是由多条射线薄壁细胞经过分裂，使射线加宽，连成一片。

### 7.2.2　劈根与普根横切面结构比较

图 7-3 可知，普根近圆形，而劈根上有凹陷，凹陷处次生木质部导管口径变小，数量减少，并大量地产生木纤维，但比正常活动的木纤维少，同时射线薄壁细胞也明显减少，甚至消失，随着凹陷的加深，这种现象逐渐增多，直到扩展到髓心。

劈根是明显根的结构，其木质部为外始式，根为二元型。绵刺生长到一定时期，劈根部位出现形成层活动不活跃，射线薄壁细胞越来越少，次生木质部导管管径越来越小，数量减少，并大量地产生木纤维，但比正常活动的木纤维少，由此形成缩缢，在根的外部形成凹陷，根沿顺时针扭转，凹陷部位在扭转中开裂，形成劈根，劈根与主根断开后形成分株。

图 7-3　劈根解剖图

# 7.3　克隆器官内源激素分析

表 7-2 可知，根尖和茎尖两个器官顶端生长素最高，生长素的合成部位是根，含量达 86.5 μg/100 g，通过极性运输到达枝顶，含量达 125 μg/100 g，而在克隆器官劈根和压枝处生长素含量最少，只有顶端的 1/5~1/4，克隆器官劈根和压枝受损处虽然在所有器官比较中细胞分裂素含量不是最高，但 IAA/iPA 却是最小的，说明在克隆器官中细胞分裂素在克隆生长构型和克隆格局中占有重要地位，而生长素作用却不明显。

**表 7-2　不同克隆器官内源激素中生长素和细胞分裂素含量及其比例**

| 器官位置 | 激素含量 | | |
|---|---|---|---|
| | IAA 含量/(μg/100 g) | iPA 含量/(μg/100 g) | IAA/iPA |
| 根尖 | 86.5 | 110.1 | 0.7856 |
| 根中部 | 45.0 | 51.3 | 0.8772 |
| 劈根处 | 17.9 | 58.3 | 0.3070 |
| 间隔物 | 80.1 | 105.9 | 0.7564 |
| 枝受损克隆处 | 25.7 | 151.0 | 0.1702 |
| 萌蘖枝中部 | 26.9 | 47.2 | 0.5699 |
| 萌蘖枝顶部 | 125.0 | 152.8 | 0.8181 |

# 7.4　克隆生长构型与资源异质性响应

## 7.4.1　不同生境与地上生物量响应

$\overline{x_1}$ (围栏内植株体积)=(80 580.8±32.33)cm$^3$；

$\overline{x_2}$ (围栏外植株体积)=(6032.6±28.59)cm$^3$，$n$=30；

$F$=123，$F_{1,29,0.05}$=4.171；$t$=7.214×10$^{-5}$，$t_{0.05}$=1.699。

方差齐性检验不显著，平均数差异显著性检验显著。

$\overline{b_1}$ (围栏内地上生物量鲜重)=(4108±20.13)g；

$\overline{b_2}$ (围栏外地上生物量鲜重)=(1465±12.94)g；

$F$=7.2838，$F_{1,29,0.05}$=4.171；$t$=2.895，$t_{0.05}$=1.699

方差齐性检验表明差异显著，平均数差异显著性检验表明显著。

在围栏内和围栏外绵刺株冠和生物量存在着显著差异，反映了绵刺生存环境中干扰程度的不同。在围栏外，由于放牧和践踏的频繁发生，绵刺地上无枝条，地下根部裸露，形成“秃桩”，而在围栏内，绵刺受随机干扰小，地上有覆沙层，株丛产生明显的灌丛堆效应，在株丛内形成水分较充足、营养较丰富的小环境，植株生物量明显高于围栏外。

## 7.4.2　不同生境土壤养分差异比较

由表 7-3 可知，围栏内、围栏外土壤养分差异显著，养分差异对绵刺生物量影响差异显著。

**表 7-3　围栏内、外土壤养分对比**

| 样点 | 土壤成分 | | | | | |
|---|---|---|---|---|---|---|
| | 有机质/(g/kg) | 有效氮/(mg/kg) | 速效磷/(mg/kg) | 速效钾/(mg/kg) | pH | 覆沙厚度/cm |
| 围栏内 | 9.74 | 55.99 | 12.00 | 173.50 | 8.47 | 30.69 |
| 围栏外 | 3.26 | 8.17 | <4 | 40.40 | 8.73 | 2.81 |
| 显著性 | 6.48* | 47.82* | >8 | 133.10* | 0.74 | 27.88* |

*围栏内与围栏外 $P<0.05$ 差异性显著。

## 7.4.3　覆沙厚度与克隆生长构型响应

以绵刺基株劈根数为因变量，基株覆沙厚度为自变量做回归分析；以一级克隆分株与基株的间隔物长为因变量，基株覆沙厚度为自变量做回归分析；以一级克隆分株萌蘖枝数量和萌蘖枝最高枝为因变量，一级克隆分株覆沙厚度为自变量分别做回归分析；以所有压枝的克隆分株数为因变量，基株与各分株覆沙厚度和为自变量做回归分析；以基株与各分株的覆沙厚度和为自变量，整个无性系冠幅为因变量做回归分析，其结果如图 7-4~图 7-9 所示。

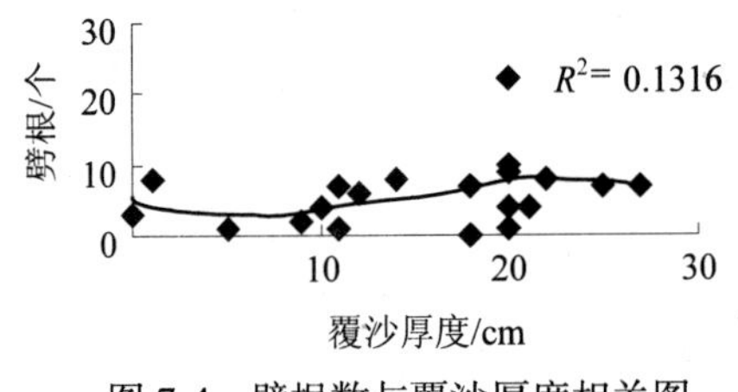


图 7-4　劈根数与覆沙厚度相关图

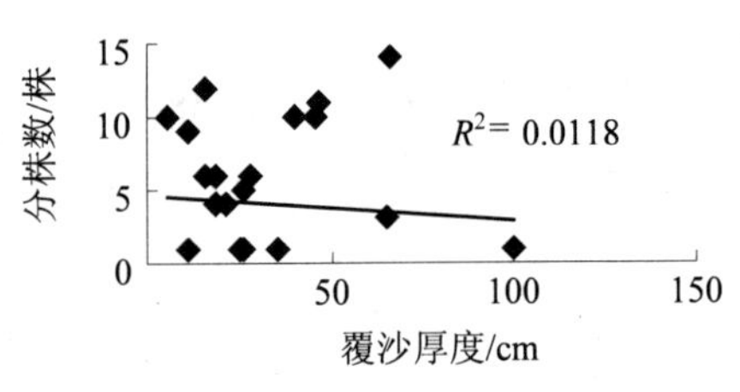


图 7-5　分株数与覆沙厚度相关图

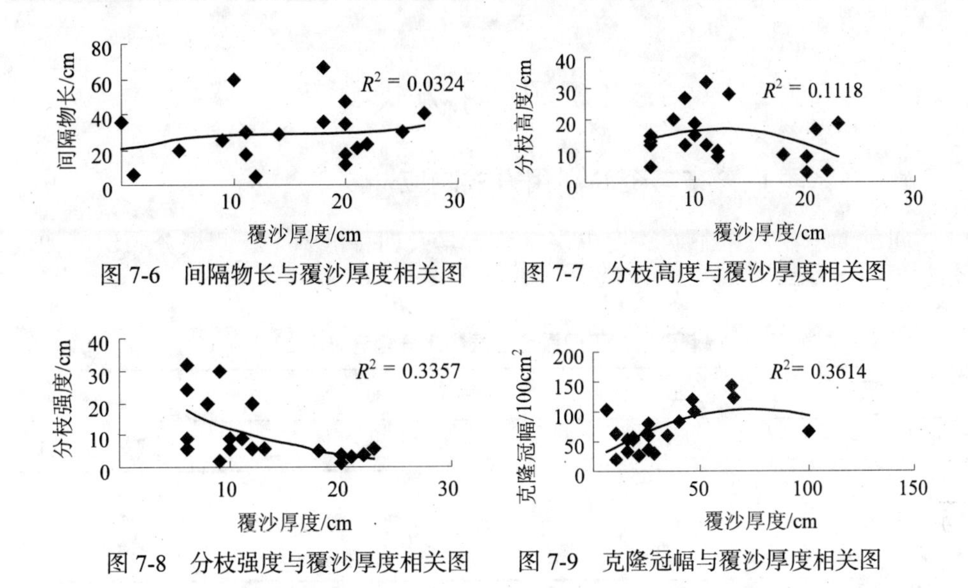


图 7-6　间隔物长与覆沙厚度相关图　　图 7-7　分枝高度与覆沙厚度相关图

图 7-8　分枝强度与覆沙厚度相关图　　图 7-9　克隆冠幅与覆沙厚度相关图

绵刺生境中覆沙厚度(0~60 cm)对克隆生长相关特性中的冠幅、分株数、分株高度、分枝强度、间隔物长和劈根数都有影响。

密集型克隆分株数(基株劈根数)与覆沙厚度呈负相关。在围栏外，覆沙厚度只有 1~2 cm，绵刺克隆生长构型只有密集型，且地表根部裸露高达 12 cm，虽然有大量劈根存在，但由于无覆沙，很大一部分绵刺劈根折裂；在围栏内，随覆沙厚度增大，劈根数下降，压条数增多，密集型克隆生长构型有减弱的趋势，游击型克隆生长构型有增强的趋势。

分株强度与覆沙厚度呈正相关。覆沙可为分株提供异质性资源，促进细胞分裂，特别是覆沙中含有大量的 $K^+$，被绵刺吸收后，激活侧生分生组织的活动，促进压条形成的游击型克隆生长构型发展。

间隔物与覆沙厚度不相关，说明间隔物是受基因调控的，而不是环境因素影响的结果，这也反映了绵刺枝条中营养枝和克隆枝的形成是由基因控制的，只有克隆枝才表现繁殖特性，这种分异的格局是由基因决定的。

绵刺分枝高度和无性系冠幅与覆沙厚度呈正相关。在 0~60 cm 深的覆沙范围内，覆沙厚度越深，其蕴含的水分和养分就越多，表现为植物生长就越旺盛，株丛的体积和高度就越大。

克隆分株数与覆沙厚度不相关，反映了分株数是由克隆枝决定的，而克隆枝是由基因决定的。所以间隔物长和分株数是受基因控制的，是营养枝的专性分异的结果，不受环境的影响。

# 7.5 资源利用方式响应

## 7.5.1 根系垂直分布与资源利用方式响应

四种灌木生境中不同深度土层水分含量及四种灌木主、侧根分布深度如表7-4，表7-5所示。

**表 7-4 绵刺群落内不同深度土层中水分含量对比**(2001 年 6 月)

| 土层深度/cm | 10 | 20 | 30 | 40 | 60 | 80 | 100 | 120 | 140 | 160 |
|---|---|---|---|---|---|---|---|---|---|---|
| 含水量/% | 3.2 | 5.2 | 3.8 | 5.8 | 4.6 | 4.4 | 5.1 | 6.2 | 7.0 | 9.3 |

**表 7-5 四种灌木主、侧根分布深度表**(株龄为 7~8 年)

| 根系深度 | 物种 | | | |
|---|---|---|---|---|
| | 绵刺 | 四合木 | 霸王 | 沙冬青 |
| 主根深度/cm | 0~50 | 0~38 | 0~75 | 0~160 |
| 侧根深度/cm | 5~30 | 8~70 | 10~95 | 20~120 |

表 7-4 可知，在对照土壤剖面中，随土层深度增加，土壤含水量呈增加趋势，在深度为 20 cm 和 40 cm 处土壤含水量较高，但在 100 cm 以下为最高。

图 7-10 可知，土壤剖面由上到下含水量第一峰值相对应的土层深度处于绵刺、四合木和霸王侧根分布范围内，第二峰值相对应的土层深度处于四合木、霸王、沙冬青侧根分布范围内，而即将出现的第三个峰值的相对应深度为霸王、沙冬青

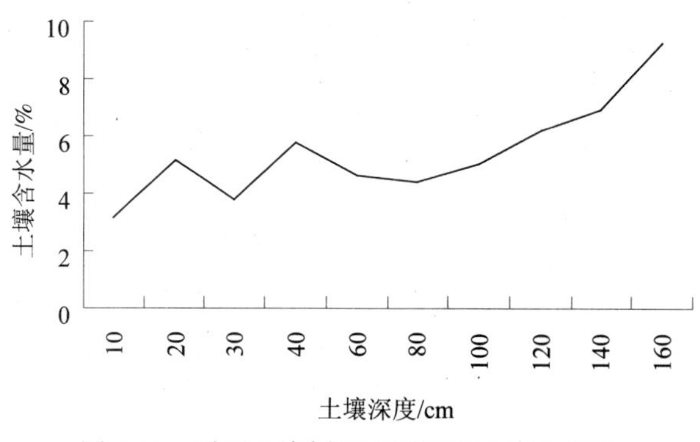


图 7-10 对照土壤剖面不同深度土壤含水量

侧根分布范围，四种灌木主、侧根分布深度不同，分别利用不同深度土壤中的水分，并随土层中含水量峰值的深度不同，根系分布受很大影响，呈现明显的梯度变化。

在同一土壤剖面中四种灌木根系各占据不同土层，并吸收利用适宜自身根系生长所需的土壤水分。

### 7.5.2　根系水平分布与资源利用方式响应

由表7-6可知，绵刺侧根活动范围较其他三种灌木都大，这是由于绵刺克隆型生长构型是一个连续的整体，这就相对地扩大了根的范围，拓展其觅食范围，实现对异质水分资源的充分利用。绵刺具有两级克隆分枝，其基株的根幅为(136×136)cm$^2$，一级克隆分株的根幅为(66×66)cm$^2$，二级克隆分株的根幅为(52×52)cm$^2$，而整个株丛的根幅范围是(212×212)cm$^2$。

**表7-6　四种灌木侧根水平分布范围**(2001年6月8日)

| | 绵刺 | | | 四合木 | 霸王 | 沙冬青 |
|---|---|---|---|---|---|---|
| | 基株 | 一级分株 | 二级分株 | | | |
| 侧根水平范围/cm | 0~68 | 0~33 | 0~26 | 0~85 | 0~95 | 0~98 |

各株以根颈为中心对半径进行测量。

### 7.5.3　土壤水分、养分与根系形态特征、生物量响应

由表7-7可知，四种灌木侧根的含水量都大于主根含水量，与土壤含水量相吻合，即随土壤含水量的增加，侧根含水量也相应提高，在土壤含水量较低土层，侧根分布随之减少。侧根对水分和养分的吸收功能较主根强，且分枝多，但木质化程度低。

**表7-7　四种灌木主、侧根生物量鲜重及总含水量**(株龄7~8年)　(单位：g)

| 物种 | 部位 | 土层深度 | | | | | | | | | | | | | | |
|---|---|---|---|---|---|---|---|---|---|---|---|---|---|---|---|---|
| | | 0~20 cm | | | 20~40 cm | | | 40~60 cm | | | 60~80 cm | | | 80~160 cm | | |
| | | 鲜重/g | 干重/g | 含水量/% | 鲜重/g | 干重/g | 含水量/% | 鲜重/g | 干重/g | 含水量/% | 鲜重/g | 干重/g | 含水量/% | 鲜重/g | 干重/g | 含水量/% |
| 绵刺 | 侧根 | 198.6 | 122.1 | 35.6 | 103.0 | 74.3 | 27.9 | 62.1 | 47.5 | 23.5 | — | — | — | — | — | — |
| | 主根 | 134.9 | 94.0 | 30.3 | 217.2 | 160.7 | 26.0 | 96.4 | 74.4 | 22.8 | — | — | — | — | — | — |
| | 侧/主 | | 1.30 | | | 0.46 | | | 0.64 | | | — | | | — | |

续表

| 物种 | 部位 | 土层深度 | | | | | | | | | | | | | | |
|---|---|---|---|---|---|---|---|---|---|---|---|---|---|---|---|---|
| | | 0~20 cm | | | 20~40 cm | | | 40~60 cm | | | 60~80 cm | | | 80~160 cm | | |
| | | 鲜重/g | 干重/g | 含水量/% | 鲜重/g | 干重/g | 含水量/% | 鲜重/g | 干重/g | 含水量/% | 鲜重/g | 干重/g | 含水量/% | 鲜重/g | 干重/g | 含水量/% |
| 四合木 | 侧根 | 116.3 | 75.7 | 34.9 | 307 | 179.6 | 41.5 | 225.6 | 139.6 | 38.1 | 131.5 | 92.4 | 29.7 | — | — | — |
| | 主根 | 216.1 | 148.0 | 31.5 | 242.7 | 88.6 | 36.5 | — | — | — | — | — | — | — | — | — |
| | 侧/主 | | 0.51 | | | 2.03 | | | — | | | — | | | — | |
| 霸王 | 侧根 | 121.0 | 84.9 | 29.8 | 206.0 | 135.5 | 34.2 | 294.5 | 178.2 | 39.5 | 256.7 | 161.7 | 37.0 | 105.4 | 73.3 | 30.3 |
| | 主根 | 184.1 | 127.0 | 31.0 | 315.5 | 211.7 | 32.9 | 221.7 | 143.9 | 35.1 | 124.3 | 88.0 | 29.2 | — | — | — |
| | 侧/主 | | 0.67 | | | 0.64 | | | 1.24 | | | 1.84 | | | — | |
| 沙冬青 | 侧根 | — | — | — | 113.2 | 69.4 | 38.7 | 296.1 | 189.5 | 36.0 | 197.9 | 134.2 | 32.2 | 211.0 | 146.0 | 30.8 |
| | 主根 | 230.4 | 163.1 | 29.2 | 295.6 | 197.8 | 33.1 | 279.3 | 181.0 | 35.2 | 206.1 | 147.4 | 28.5 | 382.8 | 254.2 | 33.6 |
| | 侧/主 | | - | | | 0.35 | | | 1.05 | | | 0.91 | | | 0.57 | |

"—"表示无侧根。

表7-8可知，绵刺侧根集中分布于0~20 cm，四合木侧根集中分布于20~40 cm，霸王侧根集中分布于40~80 cm，而沙冬青在40 cm以下土层中侧根分布较均匀。这四种处于同一生境中的灌木，其侧根的规律性分布使得它们可以有效利用不同深度土层中的水分，不易造成灌木间地下根系对水分的竞争局面，提高对土壤水分的利用率，这也是绵刺群落中多个灌木物种能共存的基本格局。

**表7-8 四种灌木根系各段生物量及其占总生物量的百分比**(株龄7~8年) (单位：g)

| 物种 | 部位 | 0~20 cm | 20~40 cm | 40~60 cm | 60~80 cm | 80~160 cm | 0~160 cm |
|---|---|---|---|---|---|---|---|
| 绵刺 | 侧根 | 122.1 | 74.3 | 47.5 | — | — | 243.9 |
| | | 50.1% | 30.4% | 19.5% | — | — | 100% |
| | 主根 | 94.0 | 160.7 | 74.4 | — | — | 329.1 |
| | | 28.6% | 48.8% | 22.6% | — | — | 100% |

续表

| 物种 | 部位 | 0~20 cm | 20~40 cm | 40~60 cm | 60~80 cm | 80~160 cm | 0~160 cm |
|---|---|---|---|---|---|---|---|
| 四合木 | 侧根 | 75.7 | 179.6 | 139.6 | 131.5 | — | 526.4 |
| | | 14.4% | 34.1% | 26.5% | 25.0% | — | 100% |
| | 主根 | 148.0 | 88.6 | — | — | — | 236.6 |
| | | 62.6% | 37.4% | — | — | — | 100% |
| 霸王 | 侧根 | 84.9 | 135.5 | 178.2 | 161.7 | 73.3 | 633.6 |
| | | 13.4% | 21.4% | 28.1% | 25.5% | 11.6% | 100% |
| | 主根 | 127.0 | 211.7 | 143.9 | 88.0 | — | 570.6 |
| | | 22.3% | 37.1% | 25.2% | 15.4% | — | 100% |
| 沙冬青 | 侧根 | — | 69.4 | 189.5 | 134.2 | 146 | 539.1 |
| | | — | 12.9% | 35.1% | 24.9% | 27.1% | 100% |
| | 主根 | 163.1 | 197.8 | 181.0 | 147.4 | 254.2 | 943.5 |
| | | 17.3% | 21.0% | 19.1% | 15.6% | 27.0% | 100% |

### 7.5.4 环境胁迫与株丛形态响应

由表 7-9 可知，绵刺高度/基径值最大，高度/茎中部直径也最大，说明绵刺茎较均匀，绵刺地上部分枝条柔软，年生长速度快，但植株矮小，枝下垂，呈匍匐型。

**表 7-9 绵刺多优群落中四种灌木地上特征对比**

| 名称 | 高度/cm | 基径/cm | 茎中部直径/cm | 年生长速度/cm | 高度/基径 | 高度/茎中部直径 |
|---|---|---|---|---|---|---|
| 沙冬青 | 132.0±0.02 | 8.1±0.006 | 2.2±0.03 | 20.5±0.2 | 16.3 | 60.0 |
| 四合木 | 61.0±0.05 | 5.3±0.01 | 1.0±0.002 | 4.3±0.03 | 11.5 | 61.0 |
| 霸王 | 112.0±0.01 | 5.5±0.04 | 1.6±0.013 | 8.2±0.05 | 20.4 | 70.0 |
| 绵刺 | 39.0±0.32 | 1.2±0.005 | 0.5±0.006 | 25.0±0.67 | 32.5 | 78.0 |

## 7.6 水 分 共 享

处理 1：基株对三级克隆分株的品红的输入率和输入强度都为零，而对二级克隆分株有品红输入，按间隔物平均长度为 24 cm 计，则绵刺水分传输的最大距离为 3 倍间隔物长，即 72 cm，也就是说绵刺营养枝最高生长高度为 72 cm，这与绵刺调查的结果相吻合，无克隆性的绵刺最高直立枝高度是 71 cm(图 7-1)。基株根切断后，切口浸入品红染液，品红染液沿木质部传输到一级克隆分株 a、姐妹分株 b 及二级分株 a’，因而当基株根切断浸入品红染液，直接导致一级克隆分株的水势升高，负值增大。由此得知，当基株处于“湿”水分供应而其他分株处于“干”水分供应的异质性水分供应状况下，绵刺克隆内基株向下级克隆分株传输水分的共享格局表现出明显的极性运输。

处理 2：切断一级克隆分株的不定根，切口浸入品红染液，品红染液沿木质部传输给基株 O 和二级分株 b，而姐妹克隆分株 a’品红液传递较前者小，且对二级克隆分株的输入率和输入强度明显高于对母株的输入率和输入强度，说明水分传输具极性，即绵刺水分传输是向生长点传输。水势在同一构件系统内存在水势差，在基株、二级分株间有“干”和“湿”的现象存在，而在姐妹分株间无这种水分资源共享。因而实质上相当于二级克隆分株处于“湿”的水分供应使其不定根有“高”的水势值，发生相连克隆分株间的水分共享。所以从处理 2 的试验结果可知，绵刺克隆构件一级克隆分株向基株和二级克隆分株传输水分的共享格局明显，而对姐妹分株无水分传输，具明显的局限性。

处理 3：在二级克隆分株处切断基不定根，浸入品红染液，品红染液沿木质部向一级克隆分株 a 和基株 O 传输而姐妹分株无品红染液出现。绵刺二级克隆分株不定根切断后，浸入品红染液后直接导致其水势升高，处于“湿”的状态，但其水分传输直接与基株和其他通过间隔物相连的一级克隆分株相联系，与姐妹分株无联系，说明其木质部的水分通道构成一个完整的克隆构件系统，具相对独立性。

表 7-10 表明：由基株 O 根切口向一级分株 a，二级分株 b 和姐妹分株 a’传输的输入率均有显著差异，因此可以推断当母株处于“湿”水分供应而其他的克隆分株处于“干”水分供应的异质性水分供应时，在发生水分共享的格局范围内，母株以不同的优先级向其他的克隆分株传输水分，传输强度取决于分株与母株的距离。因此，基株对一级克隆分株 a 的传输率和传输强度最大，而二级克隆分株和姐妹克隆分株次之。

**表 7-10 绵刺游击型克隆生长构型资源共享分配**

| 样品号 | 取样位点 | | | | | |
|---|---|---|---|---|---|---|
| | % | O | a | a’ | b | c |
| 样品 1 | $I_i$ | # | 0.1223 | 0.0374 | 0.0250 | 0 |
| | $A_i$ | # | 0.0611 | 0.0187 | 0.0125 | 0 |
| 样品 2 | $I_i$ | # | 0.6250 | 0.1872 | 0.1279 | 0 |
| | $A_i$ | # | 0.3122 | 0.0936 | 0.0638 | 0 |
| 样品 3 | $I_i$ | 17.38 | # | 0.3618 | 59.6324 | 28.5936 |
| | $A_i$ | 8.69 | # | 0.0256 | 40.7151 | 17.6259 |
| 样品 4 | $I_i$ | 5.3033 | # | 0.0205 | 20.6650 | 9.4407 |
| | $A_i$ | 2.6517 | # | 0.0098 | 10.3325 | 6.3985 |

续表

| 样品号 | 取样位点 | | | | | |
|---|---|---|---|---|---|---|
| | % | O | a | a' | b | c |
| 样品 5 | $I_i$ | 5.7282 | 36.4102 | 0 | # | 80.7935 |
| | $A_i$ | 2.8641 | 18.2051 | 0 | # | 38.8667 |
| 样品 6 | $I_i$ | 2.3168 | 28.0843 | | # | 52.0916 |
| | $A_i$ | 1.1584 | 14.0421 | | # | 30.2380 |

“#”为切口位置；O 为基株；a 为一级克隆分株；a'为姐妹克隆分株；b 为二级克隆分株；c 为三级克隆分株。

品红液由一级克隆分株向二级克隆分株传输的输入率和输入强度差异取决于传输距离，即在同一构件系统中(基株、一级克隆分株、二级克隆分株)其传输的优先级是距离最短的，而在非同一构件系统内(姐妹克隆分株间)无传输作用。

二级克隆分株向一级克隆分株和基株的输入率和输入强度均差异显著，说明绵刺在同一构件系统内，切口分株是“湿”水分供应状态而与其毗邻的其他克隆分株处于“干” 水分供应的异质性水分供应状况时，在水分共享格局的局部范围内具有优先性，优先于距“湿”资源最近距离的分株。

## 7.7 风 险 分 摊

一株植物个体实生苗的死亡则意味着这株植物基因的死亡率是 100%，而一株植物其基因由两个分株携带，则该个体的死亡率是 50%，依此推断，一个个体的分株数越多，则个体的死亡率就越低。

由表 7-11、表 7-12 可知：①围栏内具较大的株冠和枝条克隆性，其拓展的空间比围栏外大 10 倍多，觅食行为较强；②围栏外劈根存在，绵刺死亡风险被大为降低，由 100%降到 4.405%。

绵刺就所处的生境中，其随机风险有病虫害、动物取食、沙埋风蚀等因子。但由于其克隆构件的大量存在，由随机因子干扰引起的风险大为降低。

**表 7-11　绵刺随机风险分摊对照**

| 风险分摊指数 | 生长构型 | | | | |
|---|---|---|---|---|---|
| | 实生苗 | 劈根数 | | 压枝分株数(围栏内) | 克隆分株数之积(围栏内) |
| | | 围栏内 | 围栏外 | | |
| 潜在个体数 | 1 | 4 | 22.7 | 2.0331 | 8.1324 |
| 灭亡率/% | 100 | 25 | 4.405 | 49.15 | 0.1228 |

表 7-12　风险分摊指数

| | 体积均值/cm$^3$ | 地上枝叶鲜重均值/g | 克隆分株数均值/株 | 基株死亡率/% |
|---|---|---|---|---|
| 围栏内 | 80 580 | 4 108 | 6.033 | 16.66 |
| 围栏外 | 6 032 | 1 464 | 22.7 | 4.41 |
| 比值 | 13.4 | 2.806 | 0.266 | 3.78 |
| 显著性 | * | * | * | * |

*为$\alpha$=0.05 的显著性。

绵刺具两种典型的克隆生长构型，由劈根形成的密集型克隆生长构型和由枝条形成的游击型克隆生长构型。

形态上表现的枝条克隆性具专性，反映了克隆是由基因决定的，即由专性的营养枝进行克隆，而其他枝专性营养生长。所以对绵刺克隆基因进行标记将更进一步揭示绵刺在长期进化中对环境的适应性。

绵刺实生苗生长到一定年龄(5~6 年)时(切片统计)直立于地上的克隆枝向下弯曲，在地面与沙粒接触部分受风沙磨损，向下产生不定根，向上产生萌蘖枝，地下不定根和地上萌蘖枝形成一级克隆分株，枝顶端与整个克隆枝呈近 90°角进行向上生长后到一定长度(平均为 24 cm)再下垂，由此可形成 5 或 6 级的游击型克隆分株；绵刺地下根部由于分裂素和生长素分布不匀，形成层生长不对称，根部出现不同的花环状结构，缩缢位置内陷，劈裂在根茎处形成根劈，根劈与母株断裂后形成独立分株，构成绵刺的密集型克隆生长构型。

克隆植物从结构上可分为根茎型(rhizomatic plant)和匍匐型(stoloniferous plant)，根茎型植物具有生长于土壤中的根茎，匍匐型植物具有匍匐枝和平卧于地表生长的匍匐茎(陈尚，1997)。克隆繁殖(clone propagation)也称无性繁殖或营养繁殖(vegetative propagation)，是指无性系植物在基株上形成的块茎、鳞茎、珠芽、地面匍匐茎和地下根茎等，除种子以外的繁殖构件(propagation module)产生新的无性系分株，拓展其无性系的过程(何池全，1999)。从上面两种对克隆植物的定义可以看出，绵刺克隆性为根克隆(劈根分株)和茎克隆(枝条自然压条形成分株)，其所形成的克隆生长构型在拓展空间、扩大种群、觅食行为和风险分摊等方面具有与其他克隆植物不同的独特性。无劈根和枝条克隆的绵刺植株其所占据的空间地上部分为(20×20)cm$^2$，而具有两种克隆生长构型的一株绵刺植株所占据的地上空间为(100×100)cm$^2$，其中，露地劈根为(30×30)cm$^2$，枝条为(50×50)cm$^2$，最大的无性系植株所占据的空间可达(300×300)cm$^2$。绵刺在资源较充足的条件下，随机干扰程度低，表现为枝条形成的游击型克隆生长构型为主，反之，以劈根形成的密集型克隆生长构型为主，这与目前关于克隆生长构型研究有所不同。

通常生境资源丰富，干扰强度低，种子更新收益大，游击型克隆植物表现密集型倾向；相反，生境贫乏，干扰频繁，分株更新收益大些，游击型植物表现得更“游击”(陈尚，1997)。无论从克隆植物的定义还是研究内容，绵刺克隆性都与现有克隆研究成果有所不同。

绵刺枝条白色，密生宿存的老叶柄与长柔毛，枝条上多侧芽和隐芽，节间极短。

绵刺对干旱有特殊的适应性，在极度干旱的季节，生长微弱，甚至处于“假死”状态，但当获得一定水分时，又能恢复正常生长，并可开花结实，这一点在茎的横切面上可以看出，其生长轮呈不均匀生长，在水分充足时期导管口径大，生长轮宽，在缺水的干旱时期，导管的管径小，生长轮密集，因为绵刺有“假死”现象，其生长轮并不能完全反映其生长年数。正因为其生长受水分影响而有两个生长期与春季和秋季降雨相响应，因而在生长轮中出现假年轮，这种假年轮同时也反映了绵刺对气候中降雨气候谱适应的特点。

无论营养枝还是克隆枝其侧芽或侧枝的维管组织与主枝都是相连的，髓心自枝条下部向上有一个伸展过程，即先是稍突起到伸向侧芽或芽枝维管束或中柱中，直到形成侧芽或侧枝各自的髓心；绵刺枝条上侧芽或侧枝的枝迹并非是自形成之时起就不变化的，它随主枝的生长而生长，并留下了生长的痕迹——生长轮；营养枝和克隆枝的横切面周缘都有凹陷或突起，克隆枝甚至出现梅花瓣状，出现这种现象，对于营养枝是因为绵刺多侧芽，节间极短的缘故，而克隆枝是因为侧芽的萌发，压迫主枝的枝隙以及枝迹的突起所导致。

这些特征说明克隆枝上的萌枝或萌芽并不是由不定芽生成的，克隆枝上的萌枝是由原营养枝上的侧芽或隐芽受沙埋，在环境刺激下，内源激素发生变化而产生萌发，绵刺枝条上密生的侧芽或隐芽为这种克隆枝上萌发的发生准备了条件，即每一枝都有克隆的可能，但只有具备专性克隆的枝条——具游走型的繁殖枝上的侧芽或隐芽才有萌发的可能，并同时才能在着地处产生不定根，形成克隆分株，而营养枝上的侧芽或隐芽在营养条件好的情况下进行营养生长，在极端逆境下形成隐芽，这也是营养枝与克隆枝分异的结果。在大多数植物的根和茎中，不定根为内起源，由维管组织及其周围的薄壁细胞发育而来，但是也有许多外起源的，由器官的表皮及其下面的少数几层细胞发育而来的。具体地说不定根可由下列组织产生：表皮与皮层组织；芽和胚轴；茎的中柱鞘；中柱鞘和形成层之间的射线薄壁组织；韧皮部射线薄壁组织；未分化的次生韧皮部和维管束之间的形成层；束间形成层和中柱鞘；束间形成层、中柱鞘和韧皮部；茎的髓；次生木质部。绵刺枝迹处的木薄壁细胞或射线薄壁细胞明显多于其他部位，这样在枝迹处就有强大的薄壁组织，因而就有供分生组织活动所需的养分，同时，一些薄壁细胞也是不定根的原生分生细胞，因此在枝迹处，对于不定根的发生就有明显的优势。形成层附近的木质部薄壁细胞有明显的变化，射线细胞加宽，形成薄壁细胞群，产生不定根，在一些切片中可看到已经分化了的不定根。

克隆植物通过内源激素的变化调节顶端分生组织和侧生分生组织的活动强度，从而控制克隆植物生长构型的可塑性和克隆生长格局中分枝角度、强度和间隔物长。当游击型克隆生长构型占主导地位，则顶端分生组织处于活跃状态，生长素诱导细胞伸长生长，增大节间，提高游击型克隆生长速度，而细胞分裂素促进细胞分裂和侧生分生组织活动，促进侧芽生长，控制萌芽枝数量，即较大的IAA/iPA 能促进顶端分生组织活动，抑制侧生分生组织，从而形成较长的分株间隔物距离，分枝较少；而 IAA/iPA 较小说明侧生分生组织活跃，顶端分生组织受抑制，从而形成多的劈根和萌蘖枝，表现为密集型克隆生长构型(图 7-11)。

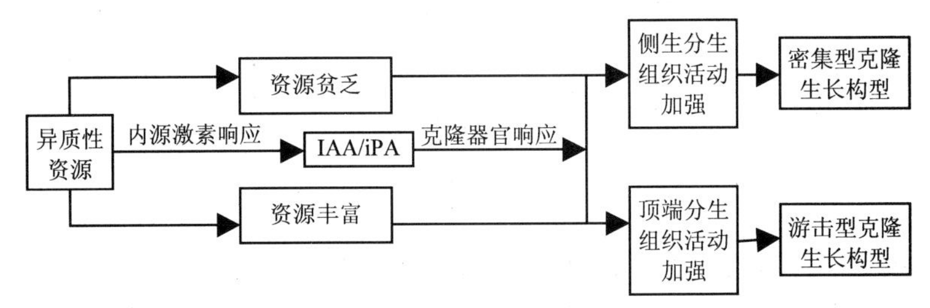


图 7-11　绵刺克隆生长构型与资源利用方式关系图

绵刺压条产生的克隆枝分株的萌蘖枝产生于克隆枝的髓心外的枝迹处，枝迹处是压枝克隆的关键部位，其受损后向上产生萌蘖枝，向下产生不定根。绵刺克隆应是对环境胁迫做出响应，由内源激素对根和茎的内部结构生长和分异进行调控，使克隆器官的木质部、韧皮部和形成层进行不同配置，在根部出现劈根、压枝等游击型克隆生长构型和密集型克隆生长构型。

在劈根处，生长素和细胞分裂素含量比根中部和根尖都低，但 IAA/iPA 值却是最小，反映了在劈根处细胞分裂素作用占主导地位。本研究从生长素和细胞分裂素角度反映了内源激素对克隆器官和生长构型的调节作用，但从内源激素起源、输送和定量的精确调节方面还需进一步研究。

Schmid 研究表明，游击型克隆植物在低密度群落中分枝多，节间短，更多地表现“侵占行为”，称为利用策略，在高密度群落中分枝少，节间长，更多地表现逃避行为，称为“占据策略”(Schmid，1985)。

通常，生境资源丰富，干扰强度低，种子更新的收益大，游击型克隆植物表现密集型的倾向；相反，生境贫乏，干扰频繁，分株更新的收益大些，游击型植物表现得更游击(陈尚，1997)。

绵刺克隆生长构型与对异质性资源的响应与上述两种提法都不同，绵刺在资源贫乏的围栏外，表现为密集型生长构型，而在资源相对丰富的围栏内表现为游击生长构型。

在围栏外，由于随机干扰强烈，资源相对贫乏，绵刺在这种环境下为了获取更多资源，劈根繁殖又与基株相连的克隆性能最大限度地满足生存，即一方面减少被灭绝的可能而进行风险分摊，以低资源刺激使绵刺产生密集型克隆生长构型，表现为更多的密集型特征，绵刺这种资源利用方式称之为“利用策略”；在围栏内由于随机干扰少，资源相对丰富，绵刺被高资源刺激后，地上部分在保证生存的基础上，顶端分生组织活动，其间隔物增长，在围栏内表现为枝条克隆生长，一个克隆枝在调查中发现最多可达 6 级克隆，这些克隆分株和基株一起构成庞大的无性系构件体，从而在地上形成更大的体积，在地下形成庞大的根系吸收面积，使基株通过克隆分株吸收更多的异质性资源，并通过间隔物使异质性资源被共享，表现为觅食行为，因此把绵刺这种资源利用方式称之为“占据策略”。

绵刺克隆分株的间隔物和基株或构件系统保持形体相连。一方面克隆器官有很大的合成储藏功能，围栏内、围栏外绵刺生物量差异显著表明：在围栏外，地上生物量生长表现为枝条的加粗生长和叶片的密集生长，而在围栏内表现为枝条的加长生长和叶片的稀疏生长，从而分别表现为密集型克隆生长构型和游击型克隆生长构型，这两种克隆生长构型都是绵刺基株对异质性资源通过利用策略和占据策略对资源的利用方式，从而克隆生长构型随资源异质性的变异程度而表现出可塑性，在资源供给丰富时，通过基株使资源向地上部分传输，从而形成间隔物长的游击型克隆生长构型，而在资源不足时，利用劈根扩大吸收能力和通过短的间隔物进行养分传输，从而形成密集型克隆生长构型。所以在围栏内绵刺劈根数少于围栏外，而枝条克隆数多于围栏外，这种克隆生长构型随资源异质性而表现出的极大可塑性说明绵刺能通过自身克隆生长对环境差异做出响应，使各分株具有与异质性资源分布相应的分株形态和空间配置格局，避免不利生存环境，增加无性系分株独立生存的概率，提高个体适合度。

荒漠中表层土壤中所含水分均为降水所形成的重量下行水(巴吐宁，1995)。根据土壤水分来源，把土壤水分分为表层土壤重量下行水和土壤深层蓄积水，利用重量下行水生存的植物称之为浅根雨养型植物，利用蓄积水生存的植物称之为深根植物(Beidemam，1953)。绵刺、四合木的根系属于雨养植物根系，只能利用土壤中的雨水来生存，而沙冬青在利用浅层重量下行水的同时还可以利用较深层土壤蓄积水分。当降水量少的时候，沙冬青就利用深层土壤中的水分来继续生长，所以沙冬青不易受到降水干旱的胁迫，绵刺和四合木缺少这一优势，在干旱季节，绵刺和四合木采取特定的生存对策——假死(刘果厚，2001a；高润宏，2001b)度过不良时期。绵刺的典型特征就是基株与分株能够对资源产生共享现象(高润宏，

2001a，2001b)，即幅度在(136×136)$cm^2$范围内的浅层土壤水分由基株吸收，通过共享格局供给分株，而在(136×136)~(212×212)$cm^2$的浅层降雨下渗水分可由分株吸收供给基株，充分利用微小的降雨量，提高对水分的利用效率，维持整个株丛的生命活动，同时使植株适应环境的能力得以增强。

对水分的有效利用增加了光合产物和无机养分的“源”和“库”传输功能(李海涛，1996)。当环境恶化时，绵刺基株与各分株之间的养分和水分可以相互传输，以提高适合度，降低胁迫程度来度过不良时期(高润宏，2001b)。四合木没有克隆性，在水分传输过程中不存在“源”和“库”的作用，又不能利用地下蓄积水，受降雨影响大，相对于沙冬青和绵刺，四合木濒危程度要比前两种植物严重。四合木主根仅分布在 0~30 cm，且较粗壮，从 8~10 cm 主根上分出许多侧根，并随植株年龄的增加根系由主根型向须根型转变。从结构上看，地上部分与地下部分形态相似，根幅是冠幅的 2 倍，根冠生物量比接近 1；绵刺、霸王、沙冬青都属于轴根型植物；绵刺根系发达，深约 40 cm，侧根多在浅层水平扩展，水平根可延伸到 100~150 cm，并且在根颈处的覆沙层可产生不定根，不定根直径为 0.5~1.0 mm，不分枝；霸王根系较发达，在荒漠生境中根系入土层深达 90 cm。在入土 10 cm 左右时开始出现侧根，比较明显的特征是近 80%的侧根与主根呈 90°，走向与地面平行，这种特性有利于吸收大气降水，根系入土深度是地上部分高度的 2 倍，根幅大于冠幅 1.5 倍，显著特征是主根达到 80 cm 时顶端萎蔫，侧根比主根入土深，有较大的活动范围；沙冬青未成熟的植株根系分枝甚少，主根入土深度达 160 cm 以上，侧根与沙面平行向四周生长，根系分布层含水量平均为 4%~12%，在含水量少于 4%时，沙冬青以主根分布为主，侧根数量较少，这一点与陈世璜研究结果相符(陈世璜等，2001)。

绵刺、四合木、霸王和沙冬青侧根的水平横走特性反映了降水对旱生植物影响的深刻性，也反映了沙冬青、绵刺和四合木等古地中海植物在适应干旱过程中的趋同性，表现与真正旱生植物霸王的相似适应方式。

沙冬青、四合木和霸王地上株冠中枝条斜向上，而绵刺地上株冠中枝条下垂，由于绵刺根系侧根发达，因此其运输水分和养分的能力相对于直根系的沙冬青、霸王较弱，但范围比上述两种植物都大。所以沙冬青、霸王枝条能利用主根吸取水分和养分，而绵刺相对弱的根系和相对长的枝条对基株提供水分和养分是一个困难，同时对基株抵抗风力有影响，增加基株死亡的风险，而通过劈根和枝条克隆生长构型，可消除这些不利影响。劈根一方面使绵刺由单一主根支持地上生物部分变为多个劈根对地上生物部分的支持，增强基株在土壤中的稳定性；另一方面通过劈根和水平根的扩展，最大限度地利用土壤表层中的水分和养分。所以绵刺生长受表层 0~50 cm 水、热、养分影响极大，特别在干旱的 6~8 月出现“假死”

现象，而沙冬青、霸王为直根系可以利用较深层的土壤水分，在干旱的 6~8 月不出现“假死”现象，反映了绵刺在资源利用方面的高效性，从而表现对资源响应的敏感性。

绵刺枝条向上生长太高，一方面对根系支持形成压力，对基株消除风力影响不利；另一方面增加基株向营养枝传递水分和养分的传输距离，造成营养枝顶端枯梢。绵刺在长期环境胁迫下，进化出枝条克隆特性，通过枝条的多级克隆，一方面降低枝条高度，减轻对基株的胁迫，增加稳定性，并通过克隆枝不定根进一步消除这种胁迫；另一方面克隆枝利用自身不定根通过获得远离基株的异质性资源，实现克隆分株资源利用的相对独立性，避免造成对基株主根系生境贫瘠资源的过度耗竭，并通过资源共享格局，基株、相邻姐妹克隆分株由于异质性资源的能量差通过间隔物使资源传输，使基株、分株间在资源利用方面表现为共享的互助性格局。由于绵刺克隆分株的存在，在基株和分株间有资源共享格局，因而其灌丛冠幅由未出现克隆的(20×20)cm$^2$ 扩展为由间隔物相连的(240×240)cm$^2$(按调查中发现的最多 6 级克隆，间隔物长为 40 cm)，克隆构件灌丛。而沙冬青、四合木、霸王直根系主根支持向上生长的无克隆现象灌丛其冠幅分别仅为(110×110)cm$^2$、(80×80)cm$^2$、(60×60)cm$^2$，绵刺年生长速度可达 30 cm，而沙冬青、四合木、霸王却不及绵刺，其基株的死亡就意味着该个体的消亡，绵刺却通过克隆继续延续着基株的基因。

通过绵刺水分共享格局处理 1、处理 2、处理 3 分析可推出如下结论：①水分共享具有局部性。只在同一构件系统内有水分传输，出现水分共享，并具有优先性；②基株与分株间，分株间由于资源共享，在理论上可使基株对异质性资源的利用达到无限。尽管具克隆性的绵刺在形体上相连(physical connection)，但水分共享格局具局限性。仅在由基株在内的一个完整构件系统内进行水分传输，出现共享格局，而在另一构件系统姐妹分株中无水分传输，不出现水分共享格局。在构件系统内出现水分共享，品红染液并不是等量地传输给发生共享的各个克隆分株，而是以一定的输入率和输入强度向共享格局内克隆分株传输，呈现以优先级(priority)的方式对其传输分株进行输出。

绵刺无性系资源共享中，水分从母株向一级和二级克隆分株进行极性运输，同时一级克隆分株既有向母株的反极性运输，也有向二级克隆分株的极性运输，但运输的输入率和输入强度是不等量的，母株和各克隆分株在资源传输方面形成一个相当于具接力泵的共享格局，这种共享格局，从理论上讲，由基株和分株所构成的整个无性系其生长领域可达到无限大，一方面各分株通过反极性运输，补充基株资源，另一方面分株通过觅食行为，减少与基株在资源利用的压力，而不会因基株资源供应动力不足而出现枝条枯萎，也不会出现因间隔物太长导致基株生境中资源耗竭，这样多级资源接力泵在同一构件系统内的共享格局能保证整个无性系对所有异质性资源的利用，又不造成资源竞争，从而最大限度上提高个体的适合度(fitness)。

绵刺压条克隆性可得到如下启示：在无性繁殖育苗中，垂直扦插只在插穗底部形成不定根，侧芽形成枝条，而具克隆性的插穗水平放置后，则在每一侧芽处向下形成不定根，向上形成枝条，剪断间隔物后，每一侧芽形成一个克隆分株，基于此提出一个育苗技术改进。

一个育苗技术改进：具克隆性植物嫩枝或老枝插穗扦插位置横向放置，给予培土，枝顶端向上，着土培育的插穗由于克隆性而产生克隆分株，间隔物断开后，可独立成株。这项技术对绵刺、胡杨和沙棘等相对于插穗直立扦插成活率和分株数量都有提高。

可以说评价一个物种在进化中的过程中是否具优势不外乎有两个标准，一个看其能否适应其生存的环境，另一个是其基因能否最大限度地被遗传和保留。

由风险分摊分析可知，绵刺基株是由一个以上形体彼此相连，具潜在独立性的分株组成，其生活史的绝大多数时间内，分株死亡率是独立的，那么基株的死亡风险被转移到各独立的分株单元，这相对于非克隆植物在基因保存方面更具优势，正是这个意义，风险分摊形象地刻画了绵刺基株死亡风险在克隆生长过程中，以不同方式的克隆可塑性，转化到分株中，进行风险化解，降低基因损失的概率，提高适合度。

绵刺克隆性及其克隆可塑性表明其所具有的觅食行为，风险分摊以及资源共享等特性对个体适应环境具有极强的适应性，并通过克隆构型的可塑性对资源异质性做出响应。个体死亡率由 100%降到 4.405%甚至降到 0.1228%。营养体所携带的基因能被最多地保存，避免了基因的损失，调节其有性繁殖与无性繁殖的生物量投资，在基因保存的前提下，进行有性繁殖，选择适应于变化的环境基因。所以绵刺克隆性不仅表现为对环境的适应生态策略，在绵刺遗传、变异、进化功能中都具有极为重要的意义。

绵刺在分布区内繁殖以无性繁殖为主，环境胁迫越严重，劈根性无性繁殖占主导地位，压枝无性繁殖是由营养枝分异出来的生殖枝，在结构上起源于枝条髓心。

绵刺两种克隆生长构型与现有克隆种群生态学研究材料都不同，从而在克隆生长格局、资源共享、觅食行为方面与现有克隆种群研究领域不同。

绵刺基株通过游击型克隆生长构型，在资源利用、风险分摊和基因传递方面比荒漠非克隆植物具有进化优势，可使基株对资源利用达到无限，而风险降到最低。

# 第 8 章　绵刺种群遗传多样性

## 8.1　绵刺遗传多样性研究的意义及前景

### 8.1.1　绵刺遗传多样性研究的意义

物种或种群的遗传多样性广泛存在于自然界，其大小是长期进化的产物，是其生存(适应)和发展(进化)的前提。由于自然环境的变迁和人类活动的影响，全球环境发生了很大的变化，很多物种将不得不适应这一变化或承受更大的灭绝考验。物种的一种遗传结构只能适应一种环境，很多灭绝或受到威胁的物种在相当程度上是因为它们具有很高的遗传纯合性(Baker，1981)，只有那些对各种环境的忍耐性具有差异的个体相互配置的遗传结构才能适应外界环境的变化。一个种群(或物种)遗传差异越丰富，其适应环境的能力就越强。对遗传多样性的研究既可以揭示物种或种群的起源和进化历史(起源的时间、方式)，也能反映其遗传变异的大小、时空分布以及与环境条件的关系。对濒危物种绵刺形态遗传多样性、种群间及种群内的遗传多样性进行研究，可以从不同角度分析其对环境的适应性和群落数量减少的内在原因，为绵刺的保护对策和措施的制定以及种质资源的开发和利用等具有重要的指导意义。

从遗传多样性和对种群贡献的意义出发，对绵刺进行研究，为克隆植物种群生态学及遗传学的完善提供进一步的理论补充，也为绵刺遗传中心的确定及探索扩大种群方式提供有价值的依据。同时，绵刺也是我国西北荒漠化草原畜牧业发展的宝贵生产资料。由于客观的原因，绵刺种质资源遗传多样性的研究还远远落后于农作物等领域的研究进展。因此，借鉴农作物种质资源遗传多样性研究的成功经验，引入现代生物学分子标记技术，积极开展我国绵刺种质资源遗传多样性的研究，可为科学保护和充分利用我国绵刺种质资源种提供理论依据，对西北地区草产业、畜牧业和大农业的发展都具有十分重要的意义。

### 8.1.2　对绵刺研究的应用价值及前景

目前我国已经十分重视对荒漠植物种质资源保护和开发利用，研究的内容在基础理论方面开始注重在分子水平的微观研究；在应用方面向高繁殖力、高成活率、高产量及提高其分布面积的新方法和有效措施的方向发展。

通过对绵刺资源、生态学调查和遗传多样性的研究，对绵刺种群的脱濒、恢复和发展，营造荒漠类草地的自然景观，防风固沙、控制沙尘暴的形成，提高饲草生物量、发展荒漠类草地畜牧业都具有很高的理论和应用价值。

## 8.2 绵刺种群内及种群间的遗传多样性

对珍稀濒危植物的保护首先必须了解其资源量和遗传结构，而目前濒危植物的就地和迁地保护的取样策略多采用随机取样法。取样的方法各不相同，其代表性如何还有待于研究。因此建立一套有效的遗传多样性检测技术体系和取样方法的评估，为迁地和就地保护的取样策略提出指导性原则刻不容缓。对绵刺遗传多样性研究的目的在于：①探讨绵刺群体的遗传结构对生态适应性作用的机制及其在维持进化过程中的作用；②分析绵刺群体在遗传结构、遗传多样性总水平及其分布格局的变异分化情况以及对生存、繁衍的影响；③探讨绵刺遗传多样性的取样及保育策略，并在此基础上提出绵刺就地和迁地保护的取样和保育策略。

根据遗传多样性研究方法和要求进行试验材料的取样。在 7 月、8 月雨后几天内，绵刺叶片比较幼嫩时采集样品，此时采集的样品提取基因组 DNA 较为容易，质量也较高。根据绵刺种群具体情况确定采集数量，一般为 15~30 株，根据随机取样原则，取样的绵刺株距在 30 m 以上，每株采集约 5 g 叶片和幼嫩枝稍。将所采集的材料装入盛有硅胶的封口袋进行密封干燥保存。具体操作如下：采集约 5 g 新鲜幼嫩枝梢和叶片置于一个可密封的塑料袋中，加入约 50 g 变色硅胶，使材料与硅胶充分而均匀地接触后将塑料袋密封并用油性标记笔做好记录，在装有材料和变色硅胶的密封袋外再加一密封塑料袋，达到双层密封的目的。一般来说，硅胶与材料的比例应为 10∶1(*m*/*m*)，以确保新鲜的叶片在 12 h 之内充分干燥。一旦发现硅胶从深蓝色变成粉红色应及时更换。将干燥的材料带回实验室于室温下保存待用。

绵刺在我国的分布区非常狭小，在我国绵刺的分布区中，本研究选取了 8 个具有代表性的种群进行取样，这 8 个种群分别位于绵刺在我国分布区的东、南、西、北和中部，对我国分布的绵刺种群生态学特性和遗传多样性都具有明确的代表性。分布区北部采样地点为阿拉善盟银根(1 号种群)、南部为泰县上沙窝乡树树滩(2 号种群)、东部为鄂尔多斯市鄂托克旗公其日嘎(3 号种群)、西部为高台县罗城乡黑山地区(4 号种群)；中部巴彦诺日公(5 号种群)，阿拉善盟锡林高勒(6 号种群)、乌海市黄河村(7 号种群)，民勤县西北部花儿园乡的红砂岗(8 号种群)。

1) TEN9 缓冲液配方

| | |
|---|---|
| 100 mmol/L | Tris-HCl |
| 100 mmol/L | NaCl |
| 50 mmol/L | EDTA |
| 2% | SDS |

2) 100 mmol/L Tris-HCl(pH8.0)溶液的配制

在 800 ml 的蒸馏水中加入 121.14 g(或 121.2 g) Tris 碱，待溶液温度降至室温后，用浓 HCl(42 ml)调 pH 至 8.0，然后定容至 1L。

3) 50 mmol/L EDTA(pH8.0)溶液的配制

在 800 ml 的蒸馏水中加入 186.1 g EDTA(二乙胺四乙酸)，用 NaOH 调节 pH 至 8.0，然后定容至 1L。

4) 2%SDS 溶液的配制

1000 ml 的蒸馏水中加入 100 g 电泳级 SDS，加热至 65℃助溶，用浓 HCl 调节溶液 pH 至 7.2。

5) 100×TE 溶液的配制

800 ml 的蒸馏水中加入 121.14 g Tris 碱，37.2 g EDTA $Na_2 \cdot 2H_2O$，用 HCl 调 pH 至 8.0，然后定容至 1L 后灭菌。

6) 3 mol/L NaAc 溶液的配制

600 ml 的蒸馏水中加入 408.24 g $NaAc \cdot 3H_2O$，溶解后用冰醋酸调 pH 至 5.2，加水定容至 1L 后灭菌。

7) RNase 溶液的配制

用 $ddH_2O$ 溶解 RNase 成 10 mg/ml，100℃放置 20 min，–20℃备用。

(1) 取干燥绵刺样品(材料)0.5 g，先剪成 1~2 cm 的小段置于研钵中，加入适量液氮后迅速用力反复研磨成细粉末。

(2) 将样品粉末放入到 2 ml 离心管中，然后加入 TEN9 缓冲液 800μl，上下翻转离心管，使样品粉末与缓冲液充分混合。

(3) 将离心管置于 65℃水浴中 45 min，水浴过程中要不断翻转离心管，混匀样品粉末。

(4) 取出离心管，加入等体积的酚-氯仿混合液，翻转离心管混匀 5 min 后以 10 000 r/min 离心 10 min。

(5) 将上清液移入另一离心管中，同时再加入 2 倍体积的冰冷异丙醇，然后以 13 500 r/min 离心 10 min。

(6) 倒掉上清液，再加入 800 μl 75%的乙醇冲洗离心管中沉淀物，然后以 13 500 r/min 离心 7 min，将乙醇倒出后把离心管放入通风橱内，待乙醇完全蒸发后加入 800μl 1×TE，放入 50℃水浴助溶 15 min。

(7) 在离心管中加入适当量的 RNase 溶液(10 mg/ml)(每一样品约加 3μl)，混匀，37℃保温酶解 1 h。

(8) 每个离心管中加入等体积的酚-氯仿混合液，混匀 5 min 后以 13 000 r/min 离心 7 min。

(9) 将上清液移入另一离心管中，同时加入等体积的氯仿，混匀 5 min 后 10 000 r/min 离心 10 min。

(10) 将上清液移入另一离心管中，并加入 2 倍体积的含有 1/10 体积 3 mol/L 乙酸钠的无水乙醇后以 13 900 r/min 离心 15 min。

(11) 倒掉上清液，在离心管中加入 75%的乙醇洗盐 1 次，以 13 000 r/min 离心 10 min 后放入通风橱内把乙醇充分蒸发后根据所提取 DNA 的量加入适当体积的 1×TE，置于 50℃水浴助溶 15 min。

1) 紫外分光光度计测定

将提取的 DNA 溶液稀释 10 倍，选用光程为 0.5 cm 的石英比色杯，在紫外分光光度计(UV-7540C 型)上测定 $OD_{260}$ 值和 $OD_{280}$ 值，按以下公式计算 DNA 浓度。

$$\text{DNA 样品浓度}(\mu g/\mu l) = OD_{260}/0.02 \cdot L \times \text{稀释倍数}$$

式中，0.02 为 1μg/ml DNA 钠盐的吸光度；$L$ 为比色杯的光径(cm)。

用 $OD_{260}/OD_{280}$ 值对所提 DNA 样品的纯度进行评估：$OD_{260}/OD_{280}<1.8$，表明蛋白质含量较高；$OD_{260}/OD_{280}>1.9$，表明 RNA 含量较高；$OD_{260}/OD_{280}$ 为 1.8~1.9，表明 DNA 较纯(邹喻苹等，2001)。

2) 琼脂糖凝胶电泳检测

取提取的 DNA 样品 5μl，电压 100V，在 1%的琼脂糖凝胶上电泳，用已知浓度的 λ DNA 作为对照，比较样品与 λ DNA 条带的亮度以确定 DNA 的浓度：显带较强、无拖尾的 DNA 样品为合格的 DNA 样品(图 8-1)；样品前沿有弥散物出现，表明样品含有 RNA；点样孔处较亮，表明样品中含有蛋白质。

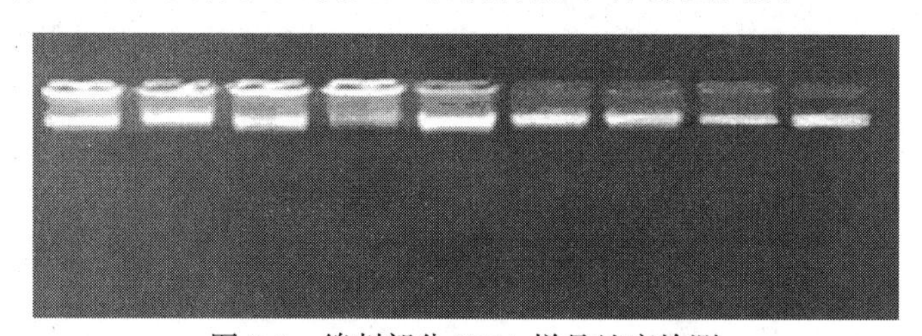

图 8-1　绵刺部分 DNA 样品纯度检测

取一定量的 DNA 样品，加水稀释成 200 ng/μl，作为预扩增反应的模板。

(1) 酶切与连接(restriction and ligation)。接头(adapter)序列如下：

*Eco*R I　adapter　　5′-CTCGTAGACTGCGTACC-3′
　　　　　　　　　　3′-CTGACGCATGGTTAA-5′
*Mse* I　adapter　　5′-GACGATGAGTCCTGAG-3′
　　　　　　　　　　3′-TACTCAGGACTCAT-5′

AFLP 分析酶切为双酶切，即采用稀有碱基切点酶和常见碱基切点酶同时进行酶切。双酶切必须完全彻底，否则会出现胶板的上部扩增带多而密，中下部扩增带稀少的现象。

酶切-连接反应体系：T4 缓冲液(10×):2.0μl

| | |
|---|---|
| *Eco*R I 引物(50 pmol/μl): | 1.0 μl |
| *Mse* I 引物(5 pmol/μl): | 1.0 μl |
| *Mse* I(10U/μl): | 0.3 μl |
| *Eco*R I(20U/μl): | 0.15 μl |
| T4 连接酶(3U/μl): | 0.5 μl |
| dd $H_2O$: | 13.05 μl |
| DNA (200 ng/μl): | 2.0 μl |
| 反应总体积: | 20.0 μl |

在 37℃恒温消化连接≥4h。酶切连接反应结束后，用 1%的琼脂糖凝胶电泳检测产物，在低相对分子质量区域形成密集的带，说明消化充分；有足够的小片段，说明连接效率较好，如图 8-2 所示。

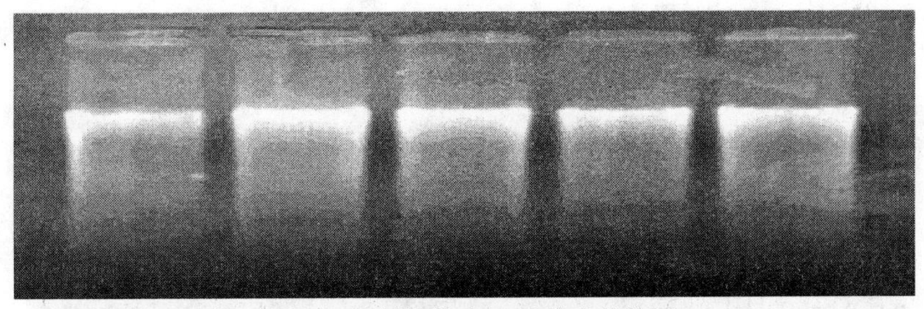

图 8-2　绵刺部分酶切-连接产物检测

(2) 预扩增(pre-amplification)。将酶切连接液稀释 6 倍用作预扩增的模板。预扩增引物包括三个部分：5′端核心序列与接头互补，限制性酶切位点序列，3′端选择性碱基(含 1 个碱基)。

| | | 核心序列 | 酶切位点 | 选择性碱基 |
|---|---|---|---|---|
| $E_{00}$： | *Eco*R I | 5′-GACTGCGTACC | AATTC | N-3′ |
| $M_{00}$： | *Mse* I | 5′-GATGAGTCCTGAG | TAA | N-3′ |

用于PCR反应的DNA聚合酶为美国BBI公司的Taq DNA Polymerase。扩增仪为PC9700型。

| 预扩增反应体系： | 10×PCR缓冲液： | 2.0 μl |
| --- | --- | --- |
| | $MgCl_2$(25 mmol/μl)： | 1.2 μl |
| | $M_{00}$(50 ng/μl)： | 0.6 μl |
| | $E_{00}$(50 ng/μl)： | 0.6 μl |
| | dNTP(25 mmol/μl)： | 0.18 μl |
| | Taq DNA聚合酶(5 U/μl)： | 0.12 μl |
| | $ddH_2O$： | 11.3 μl |
| | DNA模板(连接稀释液)： | 4.0 μl |
| | 总体积： | 20.0 μl |

预扩增循环：

| | | |
| --- | --- | --- |
| Process 1 变性： | 94℃ | 3 min |
| | 94℃ | 30 s |
| Process 2 退火： | 56℃ | 30 s |
| 延伸： | 72℃ | 60 s |
| 进行35个循环 | | |
| Process 3 延伸： | 72℃ | 5 min |
| Process 4 | 4℃ | 保存备用 |

PCR反应结束后，取5 μl预扩增产物加水95 μl稀释，用3%琼脂糖凝胶电泳检测预扩增产物，观察有无弥散物出现，以检查酶切是否完全。在高相对分子质量区未见扩增，说明DNA消化完全；有足够的预扩增产物，说明有好的连接效率，见图8-3。

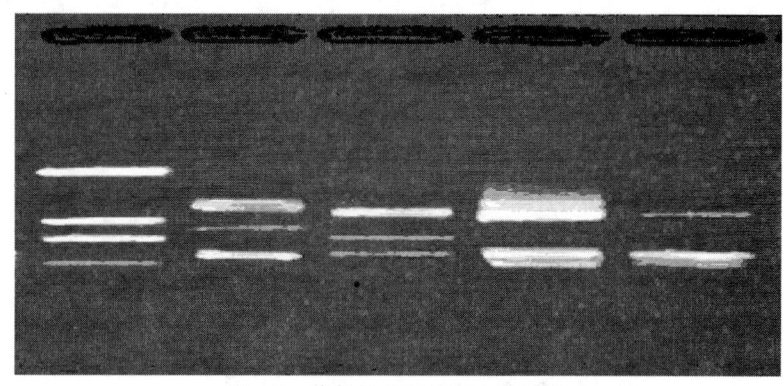

图8-3 绵刺部分预扩增产物检测

合格的预扩增产物在–20℃冰箱中保存，作为选择性扩增的模板。

(3) 选择性扩增(selective amplification)。将预扩增产物稀释 20 倍，作为选择性扩增的模板 DNA，预扩增引物的 3′端加上 3 个锚定碱基作为选择性扩增的引物对预扩增产物进行选择性扩增，最终得到清晰可辨的 AFLP 指纹。选择性扩增的主要影响因素是 Taq 酶的质量。Taq 酶活性强，信号扩增也强，反之则弱。

选择性扩增引物包括三个部分：5′端核心序列与接头互补，限制性酶切位点序列，3′端选择性碱基(含 3 个碱基)。

| | 核心序列 | 酶切位点 | 选择性碱基 |
|---|---|---|---|
| $E_{XXX}$：*Eco*R I | 5′-GACTGCGTACC | AATTC | NNN-3′ |
| $M_{XXX}$：*Mse* I | 5′-GATGAGTCCTGAG | TAA | NNN-3′ |

选 5 份地理差异大、预扩增效果好的 DNA 样品作为模板，用最佳反应体系对由上海博亚公司合成的 6 个 *Eco*R I 和 8 个 *Mse* I 形成的 48 种引物组合进行 PCR 扩增筛选。筛选引物的原则是：①产生的 DNA 条带清晰；②DNA 条带具有稳定的扩增效果；③DNA 条带具有丰富的多态性。结果筛选出 14 种选择性扩增引物，其序列见表 8-1。

**表 8-1　选择性扩增引物及其序列**

| 引物 | 核苷酸序列 | 缩写 |
|---|---|---|
| *Eco*R I – 33 | 5′-GACTGCGTACCAATTCAAG-3′ | E33 |
| *Eco*R I – 34 | 5′-GACTGCGTACCAATTCAAT-3′ | E34 |
| *Eco*R I – 44 | 5′-GACTGCGTACCAATTCATC-3′ | E44 |
| *Eco*R I – 60 | 5′-GACTGCGTACCAATTCCTC-3′ | E60 |
| *Eco*R I – 63 | 5′-GACTGCGTACCAATTCGAA-3′ | E63 |
| *Eco*R I – 65 | 5′-GACTGCGTACCAATTCGAG-3′ | E65 |
| *Mse* I – 31 | 5′-GATGAGTCCTGAGTAAAAA-3′ | M31 |
| *Mse* I – 33 | 5′-GATGAGTCCTGAGTAAAAG-3′ | M33 |
| *Mse* I – 34 | 5′-GATGAGTCCTGAGTAAAAT-3′ | M34 |
| *Mse* I – 44 | 5′-GATGAGTCCTGAGTAAATC-3′ | M44 |
| *Mse* I – 46 | 5′-GATGAGTCCTGAGTAAATT-3′ | M46 |
| *Mse* I – 47 | 5′-GATGAGTCCTGAGTAACAA-3′ | M47 |
| *Mse* I – 60 | 5′-GATGAGTCCTGAGTAACTC-3′ | M60 |
| *Mse* I – 63 | 5′-GATGAGTCCTGAGTAAGAA-3′ | M63 |

选择性扩增反应体系：10×PCR 缓冲液：　2.0 μl

$MgCl_2$(25 mmol/ μl)：　1.28 μl

| | |
|---|---|
| $E_{xxx}$(50 ng/μl)： | 0.8 μl |
| $M_{xxx}$(50 ng/μl)： | 0.8 μl |
| $d_{NTP}$(25 mmol/μl)： | 0.18 μl |
| Taq DNA 聚合酶(2 U/μl)： | 0.3 μl |
| $ddH_2O$： | 10.72 μl |
| 预扩增 DNA 模板： | 4.0 μl |
| 反应总体积： | 20.0 μl |

选择性扩增循环：

| | | | |
|---|---|---|---|
| Process 1 | 变性： | 94℃ | 3 min |
| | | 94℃ | 30 s |
| Process 2 | 退火： | 65℃ | 30 s (−0.7℃/循环) |
| | 延伸： | 72℃ | 60 s |
| | 进行： | 13 个循环 | |
| | | 94℃ | 30 s |
| Process 3 | 退火： | 56℃ | 30 s |
| | 延伸： | 72℃ | 60 s |
| | 进行： | 30 个循环 | |
| Process 4 | 延伸： | 72℃ | 5min |
| Process 5 | | 4℃保存备用 | |

选择性扩增结束后，取 5 μl 选择性扩增产物进行 3%琼脂糖凝胶电泳，观察有无带型或弥散物，若 3%琼脂糖凝胶电泳不能检测到选择性扩增产物，说明产物极少或没有，则没必要进行变性聚丙烯酰胺凝胶电泳；若 3%琼脂糖凝胶电泳检测到的选择性扩增产物为弥散物或一条以上的条带，则可以进一步进行变性聚丙烯酰胺凝胶电泳，以得到丰富的多态性条带，见图 8-4。将有一条以上清晰条带和弥散物较亮的样品在−20℃保存备用。

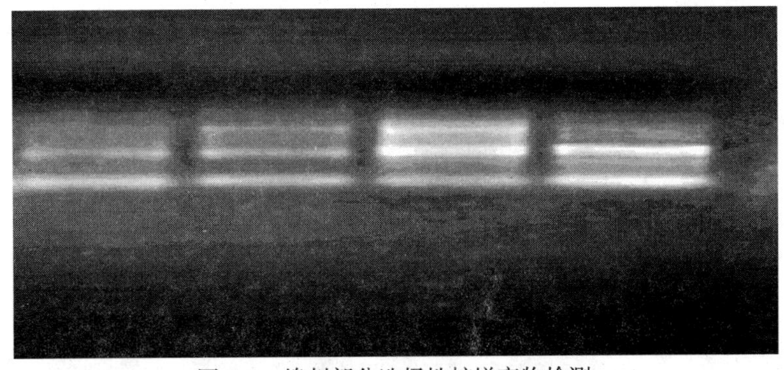

图 8-4　绵刺部分选择性扩增产物检测

(4) 凝胶电泳(gel analysis)。将选择性扩增后的 DNA 在 6%的变性聚丙烯酰胺凝胶上电泳。电泳仪型号为 JY-5000 型，电泳条件是在 85W 恒功率下电泳约 90 min。电泳结束后，将胶板剥离后进行银染。

(5) 银染。

脱色：将带有变性胶的玻璃板平置于合适大小的塑料盒中，倒入 2L 新配制的 10%固定液(200 ml 冰醋酸，1800 ml 水)，将塑料盒置于摇床上轻轻摇动(频率为 80 次/min 左右)20 min 至胶全部脱色。然后用重蒸馏水冲洗胶板 3 次，每次 2 min。

染色：在塑料染盒中加入染色液(硝酸银 2 g，37%甲醛 3 ml，双蒸水 2L。最好现配现用，避光保存)，在摇床上轻轻摇动(频率为 80 次/min 左右)染色 30 min，然后用重蒸水冲洗胶板不超过 5 s。染色液要在使用前 10 min 配制。

显影：把胶板迅速移入 2L 冷却的显影液中，轻轻摇动(频率为 80 次/min 左右)，直至条纹出现。显影液在使用前 5 h 配制(60 g $Na_2CO_3$ 溶解于 2L 水中，冷却至 4℃；使用前 5 min 加入 37%甲醛 3 ml，10mg/ml $Na_2S_2O_3$ 400 ml)。

定影：将胶板转入装有等体积固定液的塑料盒中，轻轻摇动 3~5 min。然后用重蒸馏水冲洗两次，每次 2 min。

成像：将胶板在室温下自然干燥后置于灯箱上用数码相机照相。

(6) 遗传学指标计算。将 AFLP 指纹视为二元性状，即某一条带确定为“有”和“无”两种情况，有带的记为 1，无带的记为 0。只对那些条带清晰，在重复试验中稳定出现的条带进行记录。对获得的各位点、各种群的等位基因组成频率等信息，按王中仁(1996)提出的方法，对 8 个绵刺种群的遗传学指标进行计算。

本研究采用遗传相似度 $I$ 计算种群间的遗传距离 $D$。应用数据统计均使用 PopGen32(version 1.31)软件。采用非加权算术平均数聚类方法(unweighted pair group method arithmetic arerages，UPGMA)对遗传距离矩阵进行聚类分析。

### 8.2.1　AFLP 图谱与遗传多样性

应用筛选出的 8 对引物组合构建了供试绵刺材料基因型的 AFLP 图谱。如图 8-5 和图 8-6 所示为引物组合 E44/M44 和 E44/M63 构建的 AFLP 指纹图谱。

随机选 5 个样品，利用 48 种引物组合进行选择性扩增发现，不同引物组合的扩增产物不仅总带数和多态性带数差异很大，而且扩增片段的范围也有很大的差别。带的清晰程度、亮度也不同。本研究从 48 种引物组合中筛选出了在 8 个绵刺种群中能够稳定扩增、多态性丰富的 8 种引物组合，见表 8-2。

### 8.2.2　多态位点比率与遗传差异

筛选出的 8 种引物组合检测到的总 DNA 片段数、多态性片段数、多态位点比率及 DNA 扩增片段大小等的情况见表 8-3。

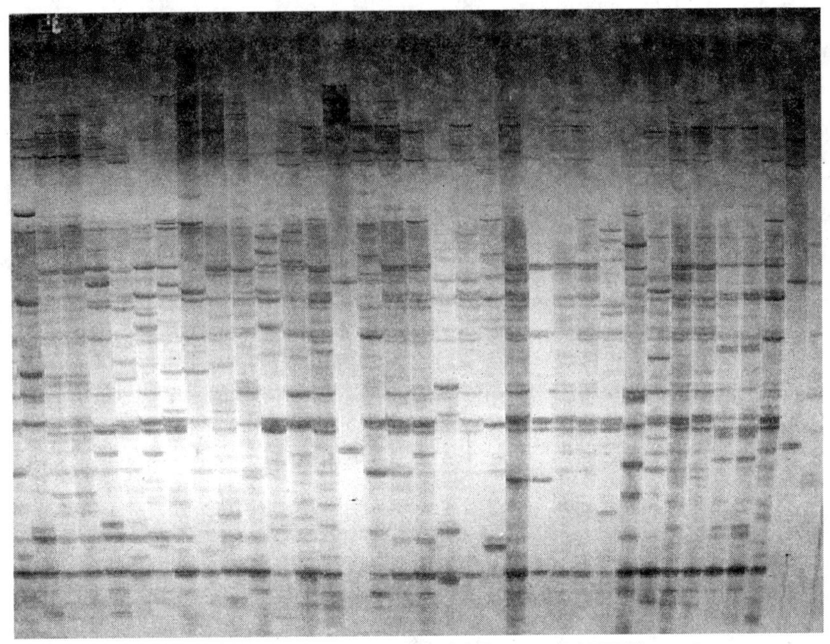

图 8-5　E44/M44 构建的绵刺 AFLP 指纹图谱

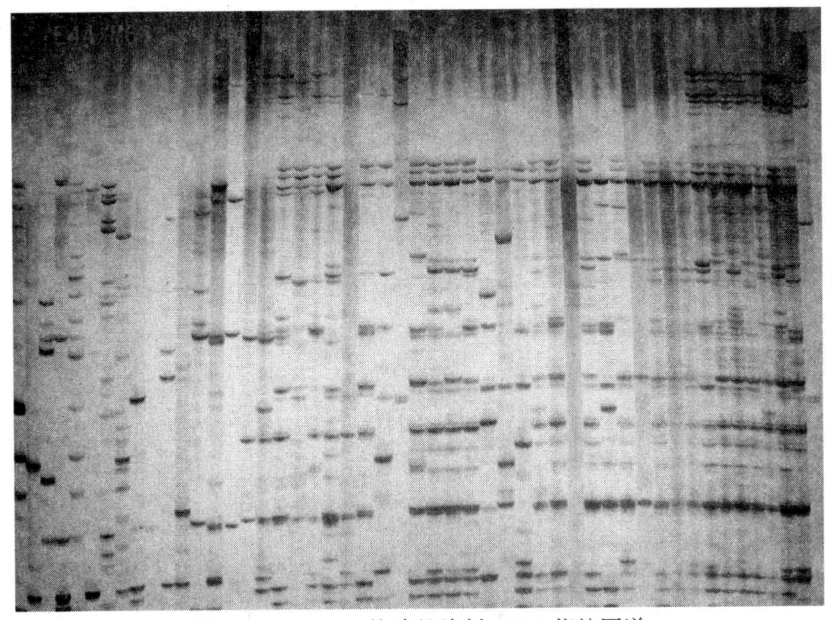

图 8-6　E44/M63 构建的绵刺 AFLP 指纹图谱

表 8-2　筛选出的用于 AFLP 选择性扩增的引物及序列

| 引物组合 | 核苷酸序列 | 引物组合 | 核苷酸序列 |
| --- | --- | --- | --- |
| E34/M60 | 5′-GACTGCGTACCAATTCAAT-3′<br>5′-GATGAGTCCTGAGTAACTC-3′ | E63/M31 | 5′-GACTGCGTACCAATTCGAA-3′<br>5′-GATGAGTCCTGAGTAAAAA-3′ |
| E44/M44 | 5′-GACTGCGTACCAATTCATC-3′<br>5′-GATGAGTCCTGAGTAAATC-3′ | E33/M44 | 5′-GACTGCGTACCAATTCAAG-3′<br>5′-GATGAGTCCTGAGTAAATC-3′ |
| E34/M31 | 5′-GACTGCGTACCAATTCAAT-3′<br>5′-GATGAGTCCTGAGTAAAAA-3′ | E65/M46 | 5′-GACTGCGTACCAATTCGAG-3′<br>5′-GATGAGTCCTGAGTAAATT-3′ |
| E60/M63 | 5′-GACTGCGTACCAATTCCTC-3′<br>5′-GATGAGTCCTGAGTAAGAA-3′ | E44/M63 | 5′-GACTGCGTACCAATTCATC-3′<br>5′-GATGAGTCCTGAGTAAGAA-3′ |

从表 8-3 可以看出，8 对引物组合共检测到 397 个 DNA 片段，其中多态性片段 286 个，每个引物组合平均检测到多态性片段 35.75 个，平均多态性比率为 72.04%，表明 8 种引物组合具有较强的检测绵刺种群间遗传变异的能力。多态性比率超过 80%的引物组合有 E44/M44、E34/M60、E44/M63，其中 E44/M44 检测到的多态性最高，多态性比率为 85.5%。8 种引物组合扩增的 DNA 片段大小为 65~530 bp。以上结果还表明不同绵刺种群基因型之间遗传背景复杂，存在着较为丰富的遗传多样性。

表 8-3　不同引物组合在绵刺种群中的多态位点比率及 DNA 扩增片段大小

| 引物组合 | 总带数 | 多态带数 | 多态性比率/% | DNA 片段大小/bp |
| --- | --- | --- | --- | --- |
| E63/M31 | 30 | 18 | 60.0 | 88~385 |
| E44/M63 | 64 | 52 | 81.3 | 80~428 |
| E34/M60 | 53 | 43 | 81.1 | 65~495 |
| E44/M44 | 76 | 65 | 85.5 | 75~440 |
| E65/M46 | 39 | 25 | 64.1 | 68~485 |
| E60/M63 | 35 | 21 | 60.0 | 82~490 |
| E33/M44 | 43 | 31 | 72.1 | 105~530 |
| E34/M31 | 57 | 41 | 71.9 | 85~525 |
| 总数 | 397 | 296 | 74.56 | 65~530 |

## 8.2.3　Nei 指数估计的绵刺种群的基因多样性

根据估测等位基因频率计算的 Nei 基因多样性指标和遗传分化指标分别见表 8-4 和表 8-5。

表 8-4 Nei 指数估计的 8 个绵刺种群的基因多样性

| 引物组合 | 1 | 2 | 3 | 4 | 5 | 6 | 7 | 8 |
|---|---|---|---|---|---|---|---|---|
| E63/M31 | 0.0263 | 0.0962 | 0.0799 | 0.0925 | 0.0825 | 0.0962 | 0.0799 | 0.0525 |
| E44/M63 | 0.1049 | 0.1547 | 0.1458 | 0.1623 | 0.1816 | 0.1131 | 0.1429 | 0.1201 |
| E34/M60 | 0.1344 | 0.1499 | 0.1288 | 0.1195 | 0.1252 | 0.1577 | 0.1365 | 0.0877 |
| E44/M44 | 0.1070 | 0.1578 | 0.1387 | 0.1386 | 0.1460 | 0.1327 | 0.1657 | 0.1899 |
| E65/M46 | 0.0817 | 0.1067 | 0.1394 | 0.1221 | 0.1317 | 0.1298 | 0.1047 | 0.1644 |
| E60/M63 | 0.0996 | 0.1629 | 0.1414 | 0.1725 | 0.1693 | 0.1585 | 0.2067 | 0.1575 |
| E33/M44 | 0.0113 | 0.0707 | 0.0323 | 0.0297 | 0.0183 | 0.0759 | 0.0575 | 0.0436 |
| E34/M31 | 0.0500 | 0.0652 | 0.0533 | 0.0652 | 0.0428 | 0.0566 | 0.0481 | 0.0790 |
| 总数 | 0.0845 | 0.1779 | 0.1090 | 0.1181 | 0.1145 | 0.1088 | 0.1144 | 0.1101 |

表 8-5 Nei 指数估计的绵刺种群内、种群间遗传多样性及遗传分化

| 引物组合 | 种群内遗传多样性 | 种内总遗传多样性 | 种群内遗传多样性所占比率/% | 种群间遗传多样性所占比率/% |
|---|---|---|---|---|
| E63/M31 | 0.0758 | 0.1037 | 73.07 | 26.93 |
| E44/M63 | 0.1407 | 0.2100 | 67.00 | 33.00 |
| E34/M60 | 0.1299 | 0.1882 | 69.02 | 30.98 |
| E44/M44 | 0.1471 | 0.2363 | 62.25 | 37.75 |
| E65/M46 | 0.1226 | 0.1816 | 67.51 | 32.49 |
| E60/M63 | 0.1586 | 0.2306 | 68.77 | 31.23 |
| E33/M44 | 0.0424 | 0.0640 | 66.23 | 33.77 |
| E34/M31 | 0.0575 | 0.0810 | 71.03 | 28.97 |
| 平均 | 0.1093 | 0.1619 | 68.11 | 31.89 |

由表 8-4 可以看出，不同引物组合在绵刺各种群中测得的基因多样性指标值不同，其中，E44/M44 在 8 个绵刺种群中检测到的遗传多样性差异最大，在 7 号种群为 0.1657，在 1 号种群为 0.1070，而 E60/M63 检测到的遗传差异性差异最小，在 1 号中群中为 0.0996，在 6 号种群中为 0.1585。8 对引物组合检测到的绵刺各种群遗传多样性由大到小的排列顺序为：2 号种群(0.1779)>4 号种群(0.1181)>5 号种群(0.1145)>7 号种群(0.1144)>8 号种群(0.1101)>3 号种群(0.1090)>6 号种群(0.1088)>1 号种群(0.0845)。

根据 Nei 指数计算的绵刺种群内遗传多样性指标平均值为 0.1093，其中引物组合 E33/M44 检测到的遗传多样性最低，为 0.0424，引物组合 E60/M63 检测到的遗传多样性最高，为 0.1586。种内总遗传多样性指标平均值为 0.1619，各种群间的平均遗传多样性比率(遗传分化)为 31.89%，表明 31.89%的遗传变异存在于种群之间，而 68.11%的遗传变异存在于种群内部，见表 8-5。

## 8.2.4 Shannon 指数估计的绵刺种群遗传多样性

利用 Shannon 指数，根据每个引物在不同种群扩增的 AFLP 表型结果的差异和出现的频率不同，计算绵刺种群内遗传多样性情况见表 8-6。种群间遗传分化情况见表 8-7。

表 8-6　Shannon 指数估计的 8 个绵刺种群的遗传多样性

| 引物组合 | 1 | 2 | 3 | 4 | 5 | 6 | 7 | 8 |
|---|---|---|---|---|---|---|---|---|
| E63/M31 | 0.0386 | 0.1498 | 0.1271 | 0.1407 | 0.1249 | 0.1658 | 0.1532 | 0.0772 |
| E44/M63 | 0.1564 | 0.2341 | 0.2245 | 0.2447 | 0.2799 | 0.1724 | 0.2213 | 0.1777 |
| E34/M60 | 0.2030 | 0.2313 | 0.1940 | 0.1812 | 0.1902 | 0.2454 | 0.2082 | 0.1324 |
| E44/M44 | 0.1640 | 0.2410 | 0.2097 | 0.2142 | 0.2222 | 0.1998 | 0.2536 | 0.2859 |
| E65/M46 | 0.1275 | 0.1624 | 0.2096 | 0.1866 | 0.1973 | 0.1991 | 0.1641 | 0.2445 |
| E60/M63 | 0.1557 | 0.2374 | 0.2140 | 0.2607 | 0.2530 | 0.2413 | 0.3152 | 0.2316 |
| E33/M44 | 0.0158 | 0.1014 | 0.0491 | 0.0428 | 0.0269 | 0.1140 | 0.0871 | 0.0649 |
| E34/M31 | 0.0729 | 0.0920 | 0.0765 | 0.0983 | 0.0597 | 0.0801 | 0.0681 | 0.1123 |
| 总数 | 0.1280 | 0.1754 | 0.1652 | 0.1777 | 0.1734 | 0.1654 | 0.1753 | 0.1633 |

表 8-7　Shannon 指数估计的绵刺种群内、种群间遗传多样性及遗传分化

| 引物组合 | 种群内遗传多样性 | 种内总遗传多样性 | 种群内遗传多样性所占比率/% | 种群间遗传多样性所占比率/% |
|---|---|---|---|---|
| E63/M31 | 0.1222 | 0.1713 | 71.35 | 28.65 |
| E44/M63 | 0.1889 | 0.2777 | 68.02 | 31.98 |
| E34/M60 | 0.1982 | 0.2836 | 69.88 | 30.12 |
| E44/M44 | 0.2238 | 0.3646 | 61.39 | 38.61 |
| E65/M46 | 0.1862 | 0.2725 | 68.34 | 31.66 |
| E60/M63 | 0.2386 | 0.3428 | 69.61 | 30.39 |
| E33/M44 | 0.0628 | 0.0927 | 67.73 | 32.27 |
| E34/M31 | 0.0825 | 0.1176 | 70.17 | 29.83 |
| 平均 | 0.1629 | 0.2404 | 68.31 | 31.69 |

由表 8-6 可以看出，同一引物在不同绵刺种群中估计的遗传多样性指数不同；不同引物在同一种群内所估算的数值也不相同。其中，引物组合 E60/M63 在 7 号种群中估测的数值最高为 0.3152，引物组合 E33/M44 在 1 号种群中估测的数值最低为 0.0158。8 对引物组合获得的信息表明，对所研究的 8 个绵刺种群，遗传多样性由高到低是 4 号种群(0.1777)>2 号种群(0.1754)>7 号种群(0.1753)>5 号种群

(0.1734)>6 号种群(0.1654)>3 号种群(0.1652)>8 号种群(0.1633)>1 号种群(0.1280)。

引物组合 E60/M63 估算的种群内遗传多样性最高为 0.2386，引物组合 E33/M44 估算的种群内遗传多样性最小为 0.0628，平均是 0.1629；对种内总的遗传多样性的估算，引物组合 E44/M44 估算数值最高为 0.3646，引物组合 E33/M44 估算数值最低为 0.0927，平均是 0.2404；同样由表 8-7 中可以发现，由不同引物估算的种群间遗传分化程度有一定差异，平均来看，有 31.69%的遗传多样性存在于 8 个绵刺种群间。

### 8.2.5 种群遗传相似度、遗传距离分析

遗传相似度(genetic similarity)和遗传距离(genetic distance)是评价种群间、种群内 DNA 变异水平的重要参数。遗传相似度越大，说明种群间亲缘关系越近；遗传距离越大，说明种群间亲缘关系越远。绵刺 8 个种群相互间的遗传距离和遗传相似度见表 8-8。

**表 8-8　绵刺各种群间的 Nei's 遗传相似度**(右上角)**和遗传距离**(左下角)

| 种群 | 1 | 2 | 3 | 4 | 5 | 6 | 7 | 8 |
|---|---|---|---|---|---|---|---|---|
| 1 | **** | 0.8827 | 0.8973 | 0.8726 | 0.8769 | 0.9105 | 0.9233 | 0.8726 |
| 2 | 0.1298 | **** | 0.8801 | 0.8972 | 0.8634 | 0.8912 | 0.8756 | 0.8895 |
| 3 | 0.1223 | 0.1356 | **** | 0.8511 | 0.8307 | 0.8854 | 0.8817 | 0.8648 |
| 4 | 0.1338 | 0.1155 | 0.1689 | **** | 0.8146 | 0.8721 | 0.8742 | 0.9325 |
| 5 | 0.1329 | 0.1420 | 0.1897 | 0.2019 | **** | 0.8663 | 0.8697 | 0.8426 |
| 6 | 0.1086 | 0.1201 | 0.1380 | 0.1358 | 0.1397 | **** | 0.9213 | 0.8673 |
| 7 | 0.0918 | 0.1223 | 0.1159 | 0.1276 | 0.1302 | 0.0809 | **** | 0.8543 |
| 8 | 0.1310 | 0.1173 | 0.1434 | 0.0687 | 0.1627 | 0.1425 | 0.1509 | **** |

由表 8-8 可以看出，各种群间的遗传距离为 0.0687~0.2019，其中 4 号(高台县罗城乡黑山地区)和 8 号(民勤县西北部花儿园乡的红砂岗)这两个种群之间的遗传距离最小，为 0.0687；4 号(高台县罗城乡黑山地区)和 5 号(巴彦诺日公)这两个种群之间的遗传距离最大，为 0.2019。

### 8.2.6 聚类分析

依据 AFLP 遗传距离矩阵，采用 UPGMA 法对 8 个种群进行聚类分析所建立的不同绵刺基因型间的遗传关系如图 8-7 所示。

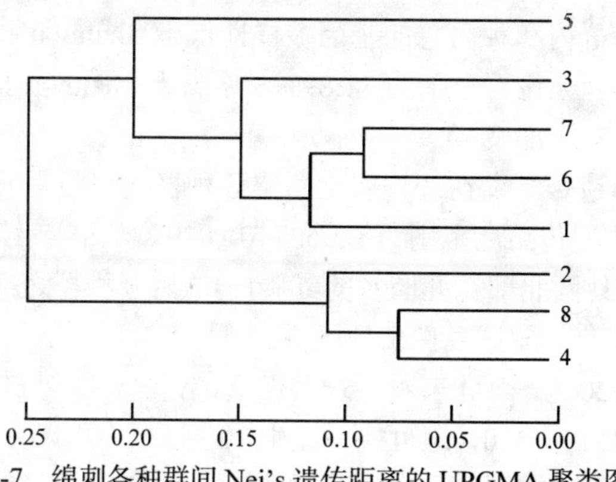


图 8-7　绵刺各种群间 Nei’s 遗传距离的 UPGMA 聚类图

聚类结果表明，巴彦诺日公(5 号)种群显示了与其他种群之间较远的亲缘关系，高台县罗城乡黑山(4 号)种群与民勤县西北部花儿园乡的红砂岗(8 号)种群之间有很近的亲缘关系，两者最先聚合，再和景泰县上沙窝乡树树滩(2 号)相聚合；阿拉善盟锡林高勒(6 号)种群和乌海市黄河村(7 号)种群亲缘关系较近，先聚到一起，然后再和阿拉善盟银根(1 号)种群和鄂尔多斯市鄂托克旗公其日嘎(3 号)种群聚合；最后内蒙古的 5、3、6、7、1 号种群相聚后与甘肃省的 2、8、4 号聚合到一起，表现出明显的地域相关性。

一个物种的进化潜力和抵御不良环境的能力既取决于种内遗传变异的大小，也依赖于种群的遗传结构(邹喻苹等，2001)。绵刺种群的遗传结构是其在长期的演化过程中形成的，并与生活历史特征有密切的联系，它一方面反映了绵刺种群的进化历史，另一方面又决定了绵刺在未来发展中的适应潜力。

多态位点比率和遗传多样性指数是衡量种群遗传多样性的重要指标。本研究利用 8 对 AFLP 引物对我国 8 个种群的绵刺基因组 DNA 进行扩增，得到大小为 65~530 bp 的 397 条清晰显带，其中，286(72.04%)条呈多态性，平均每对 AFLP 引物得到 35.75 条多态性带；8 个种群的平均遗传距离 0.1321，说明不同种群间存在一定遗传分化；采用 Nei 指数估测的绵刺种群内基因多样性的平均变化为 0.0845~0.1779，Shannon 指数估计的遗传多样性指数平均值的变化为 0.1280~0.1777，表明 8 个绵刺种群的内部在 DNA 水平上存在着丰富的遗传多样性。

根据不同引物扩增结果计算出的遗传多样性的绝对数值相差很大，所以物种间及不同引物扩增的结果间进行比较的价值不大。而利用遗传多样性在种群内、种群间所占比例的相对数值进行遗传分化结果的计算可能更说明问题。根据 Shannon 指数估测的绵刺种内的总的遗传多样性平均为 0.2385，种群间的分化系数是 0.3169，即有 31.69%的遗传变异存在种群间；根据等位基因频率计算的 Nei

基因多样性中，种群内和种内总的基因多样性低于 Shannon 指数估测的遗传多样性数值，种群间基因分化百分率为 31.89%，略高于 Shannon 指数估测的数值，说明绵刺种群间存在较大的变异。

遗传相似度和遗传距离在一程度上衡定了种群间遗传差异程度。本研究发现，绵刺 8 个种群间的遗传距离范围为 0.0687~0.2019，其中 4 号(高台县罗城乡黑山地区)和 8 号(民勤县西北部花儿园乡的红砂岗)这两个种群之间的遗传距离最小，为 0.0687，4 号(高台县罗城乡黑山地区)和 5 号(巴彦诺日公)这两个种群之间的遗传距离最大，为 0.2019。总体来看，5 号(巴彦诺日公)种群与其他种群之间的遗传距离都较大，平均为 0.1570，这可能是在生境选择压力下，在长期的进化过程中，该种群基因组 DNA 的变化使其在遗传上与其他种群产生了较大的差异。在生态调查结果中，该种群分布面积最大，数量特征指标也明显优于其他种群。

对 8 个种群的聚类分析表明，生长于相似生态条件或地理距离较近的绵刺种群具有优先聚类的趋势，其遗传多样性表现出十分明显的地域相关性和遗传类型趋同性，这说明不同的绵刺种群可能有共同的起源，随机遗传漂变和近交衰退不是影响遗传多样性的主要过程。

AFLP 分析结果显示，8 个绵刺种群的遗传多样性水平均较高，而且不同群体之间也存在着一定程度的遗传差异；但是对绵刺资源调查表明，绵刺分布区日趋狭窄，种群数量不断减少，处于严重濒危状态，针对目前的状况对绵刺提出如下保护策略：

(1) 提高全民素质，加强保护意识。对绵刺种群的保护仅依靠少数政府的保护机构是难以实现的，这就需要社会各有关部门和全民共同来参与宣传和实践。普及各类相关法律法规，提高群众的生态保护意识，使他们积极投入到保护珍稀濒危物种的行动中。

(2) 促进绵刺种群的繁衍和自我更新。在绵刺荒漠草地，气候干旱少雨，生态环境恶劣，种群繁衍十分困难，是造成绵刺濒危的直接原因。根据绵刺对水分很强的依赖性、敏感性和水分利用效率高、实生繁殖较快的特性，在绵刺生长季节，特别是结果期，尽可能进行人工增雨：改善生长期的水分条件，促进绵刺种群的繁衍，扩大自然种群。

(3) 加强对绵刺的基础理论和生物技术的研究，利用生物繁殖技术扩大绵刺种群。在绵刺扩繁过程中，人工保护、繁殖的种群数量很有限，不能完整保存绵刺的全部基因，因此，在利用就地和迁地保护的同时，应采用先进的生物繁殖技术，扩大绵刺种群。

(4) 迁地保护。由于绵刺不同种群间出现了一定程度的遗传分化，建议在迁地保护和取样时，不仅要在每个种群中取足够多的个体，而且要在尽可能多的种群中取样，最大限度地保护绵刺的遗传多样性，为进一步的系统演化研究提供参考。

(5) 建立自然保护区。在绵刺分布区，选择绵刺群体遗传多样性丰富、适宜绵刺生长和种群更新的集中分布区(如阿拉善盟巴彦诺日公种群)，建立种质核心区和自然保护区，并对自然群体内的个体进行植株相互移栽以提高群体间的基因交流，可以长久地保存遗传基因。同时，在绵刺荒漠草地，应加强执法力度，强化草场管理，杜绝开荒、樵采等不良行为，建立合理的放牧制度，保证绵刺资源的可持续利用。

# 第 9 章　绵刺种群动态

种群(population)是指在特定空间里能自由交配繁殖后代的同种个体的集合。它既是种系变异的单位，又是适应的单位。繁殖个体只是自然选择的原始单位(Hamilton，1976)，种群才是自然选择的基本单位，物种的变异与适应的进化，是特定的环境中种群质和量对立统一的发展过程(周纪伦，1992)。在特定的种群生存空间内，种群格局、生态位和种间关系反映了种群对资源利用方式和物种与环境、物种与物种间的协同适应关系。所以本研究对绵刺种群格局、种群生态位和种间关系进行研究，揭示绵刺种群维系能力。

种群分布格局(population distribution pattern)是种群个体在水平位置的分布形式或状态，不同种群格局是生物学特性、种间关系及环境条件综合作用的体现，它可以分为三种类型：随机分布格局(random distribution pattern)是个体的分布取决于机会，调查抽样中个体出现的样方概率呈泊松分布(Poisson distribution)的数学模型；均匀分布格局(regula or uniform distribution pattern)是个体分布呈规则等距格局，调查抽样中个体出现的样方概率呈正二项分布(positive binomial distribution)的数学模型；集群分布格局(clumped distribution pattern)是个体呈成群的斑块状集聚，调查抽样中个体出现的样方概率呈负二项分布(negative binomial distribution)的数学模型。

每一物种为了它的种群生存、繁衍，必须有一定的物理环境，由此得到营养物质和能量，并逃避它的天敌，一个物种对所有资源和物理环境的所有需求能否得到满足，决定了它能否生存以及在生存范围中的多度，这些生物需求的所有生存条件称之为生态位 (钱迎倩，1991)。

生态位(niche)分化被认为是物种共存的基础，也是物种进化的动力(Tilman，1982)，所以生态位理论已在种间关系、群落结构、物种多样性、种群进化、群落演替等方面广泛应用，在现代生态学中占有愈来愈重要的地位(刘建国和马世骏，1990)。

种间关联测定在一定程度上衡量了种间的相互关系和植物对环境综合生态因子适应的差异。天然群落中种间联结关系是群落形成和演化的基础，是种群间在生态位资源谱利用和竞争中相互作用的结果。

Diamond(1988)认为有四类因子决定了系统中生态位多样性，即资源数量、资源质量、物种的相互作用和群落动态。

群落内生态位大小和重叠状况的差异，归因于气候稳定性、空间异质性、初级生产力、物种间的竞争、捕食的强度和干扰程度。

绵刺是阿拉善荒漠特有植物，在其他地方引种非常困难，那么影响绵刺分布和生长的主导生态因子是什么，为了揭示这一问题，通过对绵刺分布区内气候中水热因子、土壤水分和养分、群落内物种相关组成研究，揭示决定绵刺生态位环境要素，从生态位幅度探索绵刺濒危的原因。

通过最小取样法，以(4×4)m$^2$为样方分别在黄河村围栏内、围栏外，碱柜、巴拉贡和阿拉善左旗等石质坡地、薄层覆沙地生境中共取 30 个样方，通过分布系数和 Morista 指数计算绵刺种群格局(表 9-1)。

**表 9-1　$\chi^2$ 检验 2×2 联列表**

| | | 种 B | | |
|---|---|---|---|---|
| | | 存在 | 不存在 | |
| 种 A | 存在 | $a$(1，1) | $b$(1，0) | $a$+$b$ |
| | 不存在 | $c$(0，1) | $d$(0，0) | $c$+$d$ |
| | | $a$+$c$ | $b$+$d$ | $a$+$b$+$c$+$d$=$N$ |

在绵刺分布区内，以乌海为种源地，对绵刺分布的 22 个生长地点构成 23 个气候要素原始数据，选择气候因素中年均温度、最高温度、最低温度、≥10℃的积温作为影响绵刺生长的温度因子，选择年均降水量、年均蒸发量和相对湿度作为水分因子，选择年均风速、年均沙暴日数作为风因子，选择年均日照百分率作为光因子，用主成分分析法对绵刺生长的适宜分布气候条件进行分析。

以内蒙古的阿拉善左旗、黄河村、巴拉贡、碱柜和甘肃民勤的红砂岗、金昌、景泰为观察样点，对每一地点绵刺的生长状况中高度、年生长速度、冠幅和土壤类型、土壤水分含量、有机质、有效氮、速效磷、速效钾和 pH 进行测定，对上述内容进行生态位适宜度分析。分析方法用唐海萍(2001)的生态位适宜度计算法。

$$\mathrm{NF}=\sum_{i=1}^{n}W_i \cdot x_i/x_{i\mathrm{a}}$$

式中，NF 为生态位适宜度；$n$ 为生态因子个数；$x_i$ 为第 $i$ 因子的实测值；$x_{i\mathrm{a}}$ 为第 $i$ 因子的最适宜值；$W_i$ 为第 $i$ 因子的权重值，权重指标范围最差为 0，最好为 1。

黄河村围栏内和围栏外、碱柜、巴拉贡、阿拉善左旗绵刺分布区内作 22 个样方，统计每一样方中绵刺、沙冬青、四合木、霸王、旱蒿、刺叶柄棘豆、白刺、长叶红砂、珍珠、白沙蒿、油蒿、旱蒿和短脚锦鸡儿等绵刺群落中灌木，利用物种频度、$\chi^2$ 检验、联结指数(IA)和种间相遇率(PC)进行绵刺群落内灌木物种关联性分析。

$$\chi^2=(\mid ad-bc \mid -1/2)^2 N/(a+b)(c+d)(a+c)(b+d);$$

$$\mathrm{IA}=(ad-bc)/(a+b)(b+d),\quad ad\geqslant bc;$$

$$d\geqslant a\ \mathrm{IA}=(ad-bc)/(a+b)(a+c),\quad bc\geqslant ad;$$

$$\mathrm{IA}=(ad-bc)/(d+b)(c+d),\quad bc\geqslant ad,\quad d\leqslant a;$$

$$\mathrm{PC}=a/(a+b+c)。$$

# 第 10 章 种 群 格 局

绵刺种群就个体而言，呈均匀分布，则在取样时空白和密度大的样方出现的频率极少，而接近平均丛数的样地出现的频率最大。说明绵刺在定居过程中对环境选择的专一性，即绵刺只在有水源的径流线、冲积扇和低洼坑才能萌芽、生长、繁殖，形成实生苗；个体的均匀分布说明环境基质的均匀性和群落的单优性，即绵刺扩展的克隆格局和分株对环境要求的一致性，绵刺以基株为中心呈辐射状通过分株进行扩展，扩展过程中，分株间隔物长度基本一致，表现为均匀分布。

在围栏内由于绵刺地上枝条(生物量)所占空间较大，其自疏现象明显，所以相对丛数较少，丛距较大，密度较小，或者说在围栏内其种群扩大以间隔物长的游击克隆生长构型片断化为主。而在围栏外，由于随机干扰强烈，绵刺密集型克隆生长占优势，没有游击型克隆生长，由间隔物短的密集型克隆片断化形成的种群个体丛间距离较短，而数量较多。

绵刺种群的规则分布反映了其生境天然基质是均匀的，即要求分布于砾石质有薄层覆沙的生境中，覆沙过厚，或无覆沙都不利绵刺生存，由此往往形成纯的单建群种绵刺群落，但绵刺种群中两种克隆生长构型是由于生境异质性引起的，这一现象说明在绵刺种群中有异质性资源存在，这种异质性资源是由随机干扰造成。随机干扰包括动物的啃食和践踏，鼠洞，风沙因子等，随机干扰越强烈，这种异质性反应越明显，克隆生长构型差异越大。在围栏外，由于风力大，啃食和践踏程度高，绵刺株丛覆沙少，劈根性表现强烈，由劈根形成的克隆分株越多，就越能充分利用这些随机干扰所形成的异质性资源；而在围栏内，由于随机干扰程度低，枝条下垂后膨大的部分覆沙，产生与母株不同的资源基质，这种随机干扰越强烈，其游击型克隆越明显。总之，随机干扰产生的异质性资源是绵刺两种克隆生长构型的诱导因子。

绵刺在围栏内、围栏外、碱柜、巴拉贡、阿拉善左旗等分布区均呈均匀分布，这是否可说明，这些分布的绵刺是同源群，即由无性繁殖构件形成的，而非种子繁殖的结果。无性繁殖形成的分布格局正是这种格局，种子发育形成的种群其空间格局不是均匀分布，植株的分布是集群的。所以，有必要对绵刺种群进一步做遗传多样性研究，以揭示绵刺种群存活力的大小。

由表 10-1 可知，围栏内、围栏外及其他分布区，绵刺种群格局均为规则分布，表现特征是种群个体呈等距的规则分布，在围栏外和碱柜，这种规则分布更为显著。

表 10-1　绵刺种群个体分布格局

| 样点 | 种群格局特征 | | | | | | |
|---|---|---|---|---|---|---|---|
| | *Cx* | *t* | 格局 | 密度/100 m$^2$ | *I* | *F* | 格局 |
| 围栏内 | 0.693 | 1.01 | 均匀 | 24 | 0.945 | 12.07 | 均匀 |
| 围栏外 | 0.363 | 1.95 | 均匀* | 40 | 0.939 | 12.75 | 均匀 |
| 碱柜 | 0.351 | 2.00 | 均匀* | 36 | 0.933 | 8.28 | 均匀 |
| 巴拉贡 | 0.536 | 1.43 | 均匀 | 44 | 0.958 | 10.42 | 均匀 |
| 阿拉善左旗 | 0.658 | 1.06 | 均匀 | 16 | 0.903 | 11.46 | 均匀 |

*为$\alpha$=0.05 显著性。

均匀分布格局反映了其对环境要求的均质性，及其种子繁殖中对环境要求的一致性。

# 第 11 章　绵刺气候、土壤和种间生态位

## 11.1　气候生态位 (niche of response to climate，NRC)

分析结果如表 11-1 所示。

**表 11-1　23 个地点的第一、第二、第三气候主成分表气候**

| 地点名称 | 主成分值 | | |
|---|---|---|---|
| | $y_1$ | $y_2$ | $y_3$ |
| 1. 海渤湾 | 3.6999 | 0.4836 | 0.0272 |
| 2. 巴彦浩特 | 0.2582 | 0.0496 | −0.5372 |
| 3. 上井子 | 2.4289 | 2.3843 | 1.2776 |
| 4. 达来呼布 | 3.2952 | 3.6212 | 0.8209 |
| 5. 石咀山 | 1.7713 | 0.0426 | −1.2585 |
| 6. 贺兰 | 1.4088 | −1.4338 | −2.3393 |
| 7. 灵武 | 1.8561 | −0.9794 | −2.1271 |
| 8. 盐池 | 1.2483 | −2.9302 | 2.2623 |
| 9. 中卫 | 3.1493 | −3.5662 | 2.1871 |
| 10. 临河 | −0.1406 | 0.4712 | −0.7749 |
| 11. 陕坝 | −0.1816 | 0.3792 | −1.4544 |
| 12. 海流图 | −3.4279 | 1.4230 | 0.5646 |
| 13. 西山咀 | −0.2450 | 0.6634 | −0.4253 |
| 14. 五原 | −1.5673 | 0.7670 | −1.0319 |
| 15. 巴彦高勒 | 1.1040 | 0.5098 | −0.5410 |
| 16. 东胜 | −3.0986 | −0.2971 | 0.9233 |
| 17. 乌兰 | −1.1580 | 0.0317 | 0.0342 |
| 18. 达布察克 | −1.1202 | −0.9365 | 0.5040 |
| 19. 阿勒腾席热 | −1.8210 | −0.2084 | 1.0778 |
| 20. 锡尼 | −1.9210 | 1.3431 | 1.9343 |
| 21. 树林召 | −1.5764 | 0.0885 | −0.0499 |
| 22. 包头 | −1.1683 | 0.1989 | 0.3042 |
| 23. 呼和浩特 | −2.7940 | −2.0062 | −1.3779 |

对第一主成分影响的主要影响因子是温度因子，对第二主成分影响的主要影响因子是日照因子，其次是蒸发和风因子。因此，温度是绵刺在23个地点生长的主导因子，而日照、蒸发和风因子则处于次要地位，降水、湿度和沙暴对绵刺分布影响很小。

由表11-1可知，绵刺适宜生长的地区有：石咀山、上井子、灵武、巴彦高勒、达来呼布、贺兰、中卫、巴彦浩特、临河、盐池、陕坝、西山咀；较适宜生长地点是包头、乌兰、达布察克、五原、树林召、阿勒腾席热、锡尼；较难生长的地点是东胜、呼和浩特和海流图。

## 11.2　土壤生态位(niche of response to soil, NRS)

绵刺土壤各指标权重结果如表11-2。

**表11-2　绵刺土壤生态位因子权重**

| 权重指标 \ 高度/cm | 权重范围 | | | | |
|---|---|---|---|---|---|
| | 0~17.5 | 17.5~35 | 35~52.5 | 52.5~70 | 71 |
| 冠幅/m$^2$ | <0.56 | 0.56~1.12 | 1.12~1.68 | 1.68~2.24 | 2.24~2.8 |
| 生长速度/(cm/a) | 1~6.75 | ~13.5 | ~20.25 | ~27 | 27 |
| 含水量/% | 0~2.5 | ~5 | ~7.5 | ~10 | 12 |
| 有机质/% | 0~2.5 | ~5 | ~7.5 | ~10 | 11 |
| 有效氮/(g/kg) | 0~15 | ~30 | ~45 | ~50 | 60 |
| 速效磷/(mg/kg) | 0~12.5 | ~25 | ~37.5 | ~50 | 51 |
| 速效钾/(mg/kg) | 0~50 | ~100 | ~150 | ~200 | 201 |
| pH | 7~7.475 | ~7.75 | ~8.125 | ~8.5 | 9 |
| | 10~9.625 | ~9.25 | ~8.875 | ~8.5 | 9 |
| 权重值 | 0.2 | 0.4 | 0.6 | 0.8 | 1 |

由表11-3可知，绵刺适宜生长的土壤是围栏内和巴拉贡生境中土壤，其次是红砂岗和阿拉善左旗，在围栏外、碱柜、景泰和金昌等样点中土壤不适宜绵刺生长。通过对绵刺土壤生态位适宜度分析可知，绵刺适宜生长的土壤类型是荒漠灰棕土，或棕荒漠土，土壤基质是砾石洪积物或洪积冲积物，土壤为粗骨性石砾和沙质，黏化现象明显，剖面内有石膏($CaCO_3$)聚积，所以绵刺根在钙积层以上横走，对上述调查点排序可知，天然生长状况最好的是乌海围栏内，其土壤含水量为2%~3%，有机质含量为8~10 g/kg，有效氮60 mg/kg，速效磷12 mg/kg，速效钾173 mg/kg，pH为8~9，生境是荒漠地带的薄层覆沙的砾质戈壁、冲积砾石戈壁，机械组成是黏土砾石、沙粒，而在纯黏土或纯沙粒土壤中绵刺不能生存。

表 11-3　绵刺土壤生态位因子适宜度

| 样点 | 土壤适宜值 | | | | | | | | | | |
|---|---|---|---|---|---|---|---|---|---|---|---|
| | 高度/cm | 生长速度/(cm/a) | 冠幅/cm² | 土壤类型 | 含水量/% | 有机质/% | 氮/% | 磷/% | 钾 | pH | NF |
| 红砂岗 | 8.5 | 2.5 | 34.2×24.9 | 灰棕荒漠土 | 0.816(1)<br>2~3(2) | 0.4850 | 0.0175 | 0.0162 | 179 | 9.08 | 1.88 |
| 金昌 | 6.4 | 3.7 | 17.2×15.6 | 灰棕荒漠土 | —<br>0.8 | 0.6152 | 0.0385 | 0.0300 | 199 | 8.70 | 0.81 |
| 景泰 | 12.9 | 2.4 | 45.7×45.1 | 灰棕荒漠土 | 0.8<br>0.8 | 0.6128 | 0.0138 | 0.0192 | 110 | 9.15 | 1.44 |
| 阿拉善左旗 | 17.1 | 4.2 | 20.1×22.0 | 棕荒漠土 | 0.8592<br>3.331 | 2.48 | 8.66 | 6.1 | 103 | 8.37 | 1.55 |
| 围栏内 | 18.1 | 9.7 | 46.7×46.6 | 淡荒漠土 | 1.2730<br>5.6938 | 9.74 | 55.99 | 12.0 | 173 | 8.47 | 3.48 |
| 围栏外 | 3.1 | 3.2 | 12.6×13.3 | 淡荒漠土 | 0.8127<br>2.3900 | 3.26 | 8.17 | 12.0 | 108 | 8.52 | 1.34 |
| 巴拉贡 | 13.5 | 7.4 | 30.8×33.5 | 淡荒漠土 | 1.5877<br>2.6194 | 6.82 | 25.66 | 44.7 | 102 | 8.59 | 2.49 |
| 碱柜 | 12.8 | 4.5 | 15.7×16.4 | 淡荒漠土 | 1.4478<br>2.5841 | 3.18 | 9.33 | 5.7 | 85.8 | 8.51 | 1.25 |

围栏内和围栏外指内蒙古乌海市黄河村取样点；(1)为休眠状态下土壤含水量，(2)为苏醒状态下土壤含水量。

## 11.3　种间生态位(niche of response to plants, NRP)

由图 11-1 可知，在绵刺群落中，沙冬青、霸王和猫头刺出现的频率最大，其次是四合木、旱蒿、白刺和长叶红砂，而珍珠、短脚锦鸡儿和油蒿出现的频率最小。

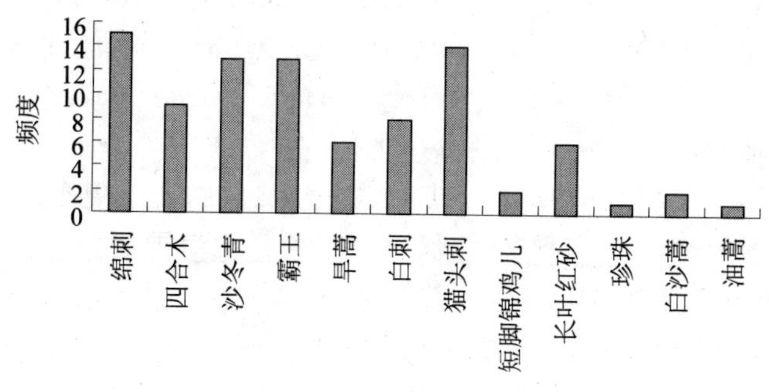


图 11-1　绵刺群落灌木频度图

从表 11-4 可知：绵刺和四合木、绵刺和沙冬青、绵刺和霸王等种对呈正相关的联结关系，反映了它们对生境要求一致性和生态位的重叠性，四合木和绵刺属砾石系列优势种，从而在冲积扇的薄层覆沙的砾石山前形成优势群落。

**表 11-4　绵刺群落灌木关联性结果**

| 种名 | 相关系数 | 绵刺 | 四合木 | 沙冬青 | 霸王 | 旱蒿 | 白刺 | 猫头刺 | 短脚锦鸡儿 | 长叶红砂 |
|---|---|---|---|---|---|---|---|---|---|---|
| 四合木 | PC | 0.3333 | | | | | | | | |
| | IA | −0.0330 | | | | | | | | |
| | $\chi^2$ | 0.0006* | | | | | | | | |
| 沙冬青 | PC | 0.4211 | 0.3750 | | | | | | | |
| | IA | −0.0417 | 0.0888 | | | | | | | |
| | $X^2$ | 0.0038 | 0.0287 | | | | | | | |
| 霸王 | PC | 0.4000 | 0.3750 | 0.5294 | | | | | | |
| | IA | −0.3016 | 0.1852 | 0.2479 | | | | | | |
| | $X^2$ | 0.0511 | 0.0829 | 0.1145 | | | | | | |
| 旱蒿 | PC | 0.2353 | 0.0714 | 0.1176 | 0.2667 | | | | | |
| | IA | −0.0222 | −0.5926 | −0.4359 | 0.0481 | | | | | |
| | $X^2$ | 0.0002 | 0.1711 | 0.1939 | 0.0144 | | | | | |
| 白刺 | PC | 0.3529 | 0.3077 | 0.3125 | 0.2353 | 0.1667 | | | | |
| | IA | 0.0571 | 0.1270 | 0.0330 | −0.1538 | −0.0833 | | | | |
| | $X^2$ | 0.0206 | 0.0343 | 0.0038 | 0.0343 | 0.0017* | | | | |
| 猫头刺 | PC | 0.4737 | 0.3750 | 0.3684 | 0.3684 | 0.2667 | 0.2353 | | | |
| | IA | 0.0222 | 0.0888 | 0.1852 | 0.1852 | 0.1852 | −0.1538 | | | |
| | $X^2$ | 0.0007 | 0.0286 | 0.0286 | 0.0286 | 0.0144 | 0.0343 | | | |
| 短脚锦鸡儿 | PC | 0.0625 | 0.1 | 0.1053 | 0.1538 | 0.1429 | 0.1111 | 0.1538 | | |
| | IA | −0.2667 | 0.0222 | 0.5769 | 0.0692 | 0.8333 | 0.3750 | 0.0629 | | |
| | $X^2$ | 0.0233 | 0.0038 | 0.5313 | 0.1235 | 0.0422 | 0.0112 | 0.1235 | | |
| 长叶红砂 | PC | 0.5714 | 0.2500 | 0.1176 | 0.2667 | 0.3333 | 0.4 | 0.1875 | 0.1429 | |
| | IA | 0.6000 | 0.0833 | −0.4359 | 0.0481 | 0.3125 | 0.3125 | −0.1538 | 0.3125 | |
| | $X^2$ | 0.0002 | 0.0215 | 0.1939 | 0.0144 | 0.1825 | 0.2829 | 0.0215 | 0.0422 | |
| 珍珠 | PC | 0.0667 | 0.1711 | 0.0769 | 0.0769 | 0 | 0.1250 | 0.0769 | 0.5 | 0.1667 |
| | IA | 0.0222 | 0.0688 | 0.0330 | 0.0330 | 1.0 | −0.0833 | 0.0330 | 0.4762 | 0.1270 |
| | $X^2$ | 0.3265 | 0.1172 | 0.0521 | 0.0521 | 0.0248 | 0.1437 | 0.0521 | 0.8595 | 0.2232 |

*代表在 0.05 水平上显著。

绵刺气候生态位分析与目前分布范围相比，基本与分布区域相近，虽然海流图有大量绵刺分布，但总体反映了在绵刺分布的气候特征要素中，温度是一个关键的制约因子，这在绵刺主要几个生长点的观察中得到了验证，如刘果厚(1997)、马全林等(2002)、王继和(2000)分别在内蒙古的乌海、巴拉贡、达来呼布、碱柜和甘肃的酒泉、张掖、金昌、民勤和景泰等地采集到绵刺标本。

物种在一定分布区内生态位大小和资源谱的利用能力，归根到底取决于植物对气候适应能力、对土壤资源利用程度和群落内种间关系的协调状态，物种的生存和适应是与气候、土壤和群落内物种的相互协同的结果。气候要素中的水热因子决定了物种的分布；土壤是与气候相对应而呈地带性分布，依附于土壤的植被其种类组成与一定的地带性土壤相一致；一定生境的植被群落是由共存的物种构成的，这些物种间的种间关系尤其是主要优势种间的亲和性(affinity)关系决定着群落组成结构和群落动态(刘庆，1996b)。

根据绵刺种群分布的气候、土壤特征和种间关系，把绵刺生态位分为气候生态位(climate niche)，土壤生态位(soil niche)和种间生态位(biological niche)。

从绵刺气候生态位、土壤生态位和种间生态位分析中可知，绵刺适宜分布的气候条件中主要影响因子是温度，即温度年均温为 6~12℃，≥10℃的积温为3100~3600℃，其次是降水，降水为 100~120 mm，湿润系数 0.02~0.13；土壤类型为荒漠棕钙土，机械组成由砾石、沙粒和黏土，生境类型是有薄层覆沙沙砾质冲种扇、径流线和山前戈壁；相关的群落物种组成是绵刺-多年生丛生草本(戈壁针茅、三芒草)，绵刺-四合木+多年生草本，绵刺-沙冬青+多年生草本，绵刺-霸王+多年生草本，绵刺-旱蒿+多年生草本，植被表现为草原化绵刺荒漠，极干旱绵刺荒漠，石质绵刺荒漠，沙质绵刺荒漠，沙砾质绵刺荒漠。

土壤元素含量中钾离子对绵刺土壤生态位有重要作用，钾是植物体内多种酶的激活剂，是构成细胞渗透势的主要成分。绵刺生境中土壤钾含量最高，与绵刺生长有显著的相关性，它是否是绵刺生理代谢过程中一种离子调节物质，促进绵刺对适宜环境状态和胁迫环境状态响应的快速转换，使绵刺处于休眠状态或生长状态，这一点需进一步深入研究。

从绵刺对环境变化的响应和适应对策方面来衡量绵刺对环境的适应能力，则绵刺对栖息环境是适应的；从绵刺形态可塑性对环境变化响应分析，则绵刺是适应的物种；从绵刺对环境的生理功能响应分析，则绵刺是适应的物种；从绵刺繁殖对策来分析绵刺的适应能力则绵刺是适应的物种；从绵刺生态资源谱的角度来衡量绵刺的适应能力，则绵刺是狭域种，其气候生态位要求较严格，土壤生态位要求更为苛刻。由此可知，绵刺在分布区内是适应的物种，但对生境要求的严格性决定了其生态位的狭窄性，这是造成绵刺目前濒危的主要原因，随栖息地的干扰程度加重，绵刺不能向新的环境迁移，绵刺种群将进一步衰退，所以对绵刺保护应加强栖息地的保护，减少人为干扰。

绵刺和沙冬青、四合木、霸王等物种生境一致、生态位重叠，物种间在资源利用方式上出现极其明显的差异，在地上和地下充分利用不同资源，以能保证这些多优群落物种的共存现象，且种间存在着特殊的关系。

绵刺种群格局呈均匀分布，一方面是荒漠环境的均质性导致的结果，另一方面是无性繁殖的结果。

从绵刺对生存环境的适应性和繁殖特性讲，绵刺是适应的，而绵刺分布、生长和发育过程对气候、土壤要求较为苛刻，限制了绵刺种群扩大，如果出现人为干扰(如围栏外极度干扰下生长的绵刺)，则绵刺种群将进一步衰退，这是目前绵刺濒危的主要原因。

# 第 12 章　环境胁迫下绵刺群落物种组成和种间关系响应研究

关于绵刺群落物种组成和群落水平结构已有一定的研究(李博，1990；李新荣，1999；王继和，2000)，但关于绵刺群落中种群更新、生物多样性组成与绵刺种群特征、土壤因素、植物化学他感分泌物的相关性研究较少，本研究对上述内容进行分析，以揭示绵刺种群更新和群落演替规律，为绵刺生境保护提供参考依据。

自然界的资源是相对有限的，一种生物最终是否得以生存，取决于它在不良环境条件下的竞争效率(Mann，1983)。

植物竞争有直接竞争和间接竞争两种形式，直接竞争是指植物在资源利用方面，通过强有力的扩展能力，最大限度地利用资源而限制其他植物的生存，间接竞争是指植物间在资源利用方面不存在直接的竞争对抗关系，而是通过其他方式来抑制其他植物的存在，如化学他感物的抑制、共生抑制等，从而加强对资源的利用和竞争能力。化学他感作用又叫异株克生(allelopathy)，是物种竞争的一种手段(Rice，1971)。

植物化感作用是当前化学生态学研究的热点，它是植物通过淋溶、挥发、残体分解和根系分泌(宋军，1990；马茂华，1999；闫飞等，2000)向环境中释放化学物质，而对周围植物产生直接或间接的有害或有利作用(Rice，1971)，有化感作用的植物，其地上部分含有较多的化感物质，且在干旱的条件下发生化感作用的可能性更大(Muller，1966)。

关键种通过他毒和自毒等他感作用(allelopathy)使生态位重叠几乎不可能，植物体通过体外分泌化学物质(alellochemical)，从而对邻近植物产生相生或相克作用，植物间这些复杂的相互关系，影响着植物群落的形成、发展和演替，对群落演替速度和种类发生顺序及稳定群落的物种组成都有重大影响(方绮军，1999；彭惠兰，1997)。

绵刺灌丛内既无绵刺实生苗，也无其他植物种的实生苗，相对于其他生境，绵刺灌丛内由于明显的灌丛堆效应，水分和养分都相对丰富，同时绵刺低矮的株丛也不会对其他植物幼苗产生遮阴作用，那么为了揭示绵刺幼苗和其他植物幼苗在绵刺灌丛内不能定居的原因，本试验拟从他感作用方面进行分析。

在黄河村围栏内、围栏外、阿拉善左旗、碱柜和巴拉贡等绵刺分布区内做(4×4)$m^2$ 的样方 10 个，记录样方内绵刺株数、冠幅、枝条分株数、实生苗数和其他灌木种类和数量。在每个样方中心 30 cm 深处用铝盒取 3 个平行土样作为根系土壤含水量分析样品，铝盒土样用便携式电子天平快速称重，记录后带回实验室用烘箱在 110℃烘干 12 h，然后称重烘干土样，计算土壤含水量：

$$\theta_m = Mw/Ms \times 100\%$$

式中，$\theta_m$ 为土壤含水量；Mw 为土样湿重；Ms 为土样干重。

用香农-维纳指数(Shannon-Weiner index)和皮洛均匀度指数(Pielou evenness index)计算绵刺群落的生物多样性指数和均匀度指数。其中，多样性指数计算公式为

$$H' = -\sum_{i=1}^{S} P_i \lg P_i$$

式中，$H'$为多样性指数；$P_i$ 为种 $i$ 的个体 $n_i$ 在全部个体 $N$ 中的比例；

均匀度指数公式为

$$J = H'/\lg S$$

式中，$J$ 为均匀度指数；$H'$为多样性指数；$S$ 为物种种类数。

$$r = \left(\sum_{1}^{n} x_i y_i - \sum_{1}^{n} x_i \sum_{1}^{n} y_i / n\right) / \left\{\left[\sum_{1}^{n} x_i^2 - \left(\sum_{1}^{n} x_i / n\right)^2\right]\left[\left(\sum_{1}^{n} y_i^2 - \left(\sum_{1}^{n} y_i / n\right)^2\right)\right]\right\}^{1/2}$$

式中，$r$ 为相关系数；$x_i$ 为自变量；$y_i$ 为因变量。

$$t = r\sqrt{n-2} / \sqrt{1-r^2}$$

式中，$r$ 为相关系数；$n$ 为样本含量。

用 Excel 软件计算生物多样性指数的均匀度系数与绵刺冠幅、密度、分株数和实生苗及环境中土壤表层含水量、有机质、有效氮、速效磷、速效钾、覆沙厚度和 pH 间的相关关系。

考虑到地表环境因素对种子萌发和植物定居的重要影响，他感物取样选择地表枯落物、表土和地表根系作为采样对象，对植株枝叶不进行采样。

以绵刺植株为中心，在其冠幅内收集绵刺地表枯落物、表土(0~2 cm)和表土根系，放入经消毒的纸袋中，冰箱中冷冻保存。

称取他感物样品 10 g，放入三角瓶，分别放入 100 ml 和 500 ml 的灭菌蒸馏水，浸泡 12 h，每个样做 3 个重复；将浸泡液过滤，滤液用微孔膜(0.45μm)抽滤装置在无菌操作台上低温(<20℃)过滤，滤液装入到高压灭菌的棕色磨口瓶中，

低温保存。分别以 10%和 2%浓度的他感物提取液和蒸馏水进行对照，对每个试验中绵刺、沙冬青、四合木和霸王做 20 粒种子发芽实验。种子发芽数、发芽时间和幼苗生长与蒸馏水对照差做三因素和两水平的正交方差分析，10%为水平 1，2%为水平 2。

先用蒸馏水培养种子至刚顶出幼芽，然后将其放入以蛭岩为基质的花盆中用他感提取液培养，每天测幼苗的高度，连续观测 20 天，取生长的平均速度(mm/d)作为对比指标。

## 12.1　群落生物多样性

### 12.1.1　种群相关参数分析

由表 12-1 可知，在绵刺种群中，绵刺分株数与密度呈不显著负相关，与冠幅呈极显著正相关，与实生苗呈不显著负相关；实生苗与种群密度呈极显著负相关，与冠幅呈不显著负相关。

**表 12-1　绵刺种群中密度、分株数、冠幅和实生苗相关**

| | 分株数 | 密度 | 冠幅 |
|---|---|---|---|
| 密度 | −0.1431 | | |
| 冠幅 | 0.9305** | −0.0858 | |
| 实生苗数 | −0.1314 | 0.7332** | −0.0672 |

**为在$\alpha$=0.01 下极显著。

### 12.1.2　群落灌木生物多样性与绵刺种群关系

由表 12-2 可知，绵刺群落内灌木多样性与绵刺分株数呈不显著负相关，与密度呈极显著正相关，与绵刺冠幅呈不显著负相关，与绵刺实生苗数呈极显著正相关。

**表 12-2　绵刺群落灌木多样性与绵刺种群密度、分株数、冠幅和实生苗相关关系**

| 样地号 | 分株数/个 | 密度/(株/100 m$^2$) | 冠幅/cm$^2$ | 多样性指数 $H'$ | 均匀度系数 $J$ | 灌木丰富度 $D$ | 实生苗密度/(株/100 m$^2$) |
|---|---|---|---|---|---|---|---|
| 1 | 26 | 40 | 3 600 | 2.375 7 | 0.297 | 8 | 3 |
| 2 | 2 | 50 | 1 225 | 2.478 68 | 0.247 87 | 10 | 8 |
| 3 | 56 | 32 | 8 100 | 2.111 6 | 0.527 9 | 4 | 0 |
| 4 | 82 | 15 | 12 100 | 1.842 1 | 0.263 2 | 7 | 1 |
| 5 | 0 | 12 | 144 | 1.452 8 | 0.726 4 | 2 | 0 |

续表

| 样地号 | 分株数/个 | 密度/(株/100 m²) | 冠幅/cm² | 多样性指数 $H'$ | 均匀度系数 $J$ | 灌木丰富度 $D$ | 实生苗密度/(株/100 m²) |
|---|---|---|---|---|---|---|---|
| 6 | 0 | 14 | 378 | 1.652 4 | 0.541 8 | 3 | 0 |
| 7 | 0 | 34 | 552 | 1.095 8 | 0.547 9 | 2 | 0 |
| 8 | 37 | 21 | 1 089 | 2.023 4 | 0.337 2 | 6 | 1 |
| 9 | 3 | 20 | 784 | 1.625 3 | 0.406 3 | 4 | 0 |
| 10 | 21 | 34 | 1 692 | 1.917 9 | 0.383 5 | 5 | 1 |
| 相关系数 | −0.371 5 | 0.570 7* | −0.245 3 | | | | 0.850 1** |

相关系数指与均匀度指数 $J$ 的相关性；*$\alpha$=0.05 显著；**$\alpha$=0.01 极显著。

### 12.1.3　群落灌木多样性与环境关系

由表 12-3 可知，生物多样性指数与绵刺群落环境要素中的土壤含水量、有机质含量、有效氮、速效磷、速效钾和 pH 等均呈负相关，但不显著。说明环境中物理要素不是绵刺群落生物多样性制约的主要方面，绵刺种群组成特征是绵刺群落生物多样性的主要制约方面。

**表 12-3　绵刺群落灌木多样性与土壤参数相关性**

| 样地号 | 相关参数 | | | | | | | |
|---|---|---|---|---|---|---|---|---|
| | 均匀度系数 | 土壤含水量 | 有机质 | 有效氮 | 速效磷 | 速效钾 | 覆沙厚度 | pH |
| 1 | 0.297 | 5 | 9.71 | 61.25 | 13.72 | 185.71 | 6 | 8.64 |
| 2 | 2.4787 | 2 | 3.25 | 10.11 | 12.08 | 92.38 | 6 | 8.55 |
| 3 | 0.5279 | 4 | 8.13 | 47.83 | 9.85 | 108.94 | 10 | 8.51 |
| 4 | 0.2632 | 6 | 11.2 | 85.74 | 16.38 | 114.83 | 40 | 8.56 |
| 5 | 0.7264 | 1 | 3.87 | 52.46 | 8.57 | 89.15 | 2 | 8.57 |
| 6 | 0.5418 | 2 | 2.74 | 20.12 | 24.09 | 94.73 | 1 | 8.84 |
| 7 | 0.5479 | 2 | 2.52 | 21.99 | 7.82 | 89 | 1 | 8.61 |
| 8 | 0.3372 | 3 | 6.91 | 29.01 | 43.59 | 110.36 | 9.3 | 8.49 |
| 9 | 0.4063 | 2 | 3.46 | 11.35 | 6.81 | 87.52 | 2 | 8.56 |
| 10 | 0.3835 | 3 | 7.39 | 23.36 | 19.69 | 125.68 | 10.3 | 8.6 |
| 相关系数 | | −0.3801 | −0.4346 | −0.4186 | −0.2097 | −0.3263 | −0.2061 | −0.1112 |

# 第13章 种 间 关 系

## 13.1 化学他感作用

### 13.1.1 他感物提取液对种子萌发时间的影响

表 13-1~表 13-3 表明，绵刺他感物提取液对沙冬青种子萌发有促进作用，且以 10%枯落物和 2%土壤表层他感物提取液对沙冬青种子萌发作用显著。

**表 13-1 绵刺提取液对沙冬青种子萌发时间影响的正交设计**

| 试验次数 | A 枯物 | B 根 | A*B | C 表土 | A*C | e1 | e2 | 结果 | 与对照差值 | 备注 |
|---|---|---|---|---|---|---|---|---|---|---|
| 1 | 1 | 1 | 1 | 1 | 1 | 1 | 1 | 26 | −6 | 每一试验重复 3 次，结果取平均值。以相同条件下蒸馏水培养沙冬青发芽需 32 h 为对照 |
| 2 | 1 | 1 | 1 | 2 | 2 | 2 | 2 | 29 | −3 | |
| 3 | 1 | 2 | 2 | 1 | 1 | 2 | 2 | 23 | −9 | |
| 4 | 1 | 2 | 2 | 2 | 2 | 1 | 1 | 31 | −1 | |
| 5 | 2 | 1 | 2 | 1 | 2 | 1 | 2 | 30 | −2 | |
| 6 | 2 | 1 | 2 | 2 | 1 | 2 | 1 | 20 | −12 | |
| 7 | 2 | 2 | 1 | 1 | 2 | 2 | 1 | 28 | −4 | |
| 8 | 2 | 2 | 1 | 2 | 1 | 1 | 2 | 17 | −15 | |
| K1 | 109 | 105 | 100 | 107 | 86 | 104 | 105 | | | |
| K2 | 95 | 99 | 104 | 97 | 118 | 100 | 99 | 204 | −52 | |
| K3 | 19 | 23 | 28 | 21 | 42 | 24 | 23 | | | |
| K4 | 33 | 29 | 24 | 31 | 10 | 28 | 29 | | | |

**表 13-2 绵刺提取液对沙冬青种子萌发时间试验方差**

| 变差来源 | 平方和 | 自由度 | 均方 | *F* 值 |
|---|---|---|---|---|
| A 因素 | 24.5 | 1 | 24.5 | 7.54 |
| B 因素 | 4.5 | 1 | 4.5 | 1.38 |
| C 因素 | 12.5 | 1 | 12.5 | 3.85 |
| AB 交互作用 | 2 | 1 | 2 | 0.62 |
| AC 交互作用 | 128 | 1 | 128 | 39.38* |
| 误差 | 6.5 | 2 | 3.25 | |
| 总和 | | 7 | | |

*$\alpha$=0.05 显著。

**表 13-3　绵刺提取液对沙冬青种子萌发试验最优结果**

| | C1 | C2 | |
|---|---|---|---|
| A1 | 55 | 60 | A1C2 作用最强 |
| A2 | 58 | 51 | |

表 13-4~表 13-6 表明，绵刺他感物提取液对四合木种子萌发有促进作用，且以 10%枯落物和 2%土壤表层他感物提取液对四合木种子萌发作用显著。

**表 13-4　绵刺他感物提取液对四合木种子萌发时间影响正交设计表**

| 试验次数 | A 枯物 | B 根 | A*B | C 表土 | A*C | e1 | e2 | 结果 | 与对照差值 | 备注 |
|---|---|---|---|---|---|---|---|---|---|---|
| 1 | 1 | 1 | 1 | 1 | 1 | 1 | 1 | 27 | −9 | 每一试验重复 3 次，结果取平均值，以相同条件下蒸馏水培养四合木发芽需 36 h 为对照 |
| 2 | 1 | 1 | 1 | 2 | 2 | 2 | 2 | 32 | −4 | |
| 3 | 1 | 2 | 2 | 1 | 1 | 2 | 2 | 23 | −13 | |
| 4 | 1 | 2 | 2 | 2 | 2 | 1 | 1 | 35 | −1 | |
| 5 | 2 | 1 | 2 | 1 | 2 | 1 | 2 | 30 | −6 | |
| 6 | 2 | 1 | 2 | 2 | 1 | 2 | 1 | 21 | −15 | |
| 7 | 2 | 2 | 1 | 1 | 2 | 2 | 1 | 28 | −8 | |
| 8 | 2 | 2 | 1 | 2 | 1 | 1 | 2 | 18 | −18 | |
| K1 | 117 | 110 | 105 | 108 | 89 | 110 | 111 | | | |
| K2 | 97 | 104 | 109 | 106 | 125 | 104 | 103 | 214 | −74 | |
| K3 | 27 | 34 | 39 | 36 | 55 | 34 | 33 | | | |
| K4 | 47 | 40 | 35 | 38 | 19 | 40 | 41 | | | |

**表 13-5　绵刺提取液对四合木种子萌发试验方差**

| 变差来源 | 平方和 | 自由度 | 均方 | *F* 值 |
|---|---|---|---|---|
| A 因素 | 50 | 1 | 50 | 10 |
| B 因素 | 4.5 | 1 | 4.5 | 0.9 |
| C 因素 | 0.5 | 1 | 0.5 | 0.1 |
| AB 交互作用 | 2 | 1 | 2 | 0.4 |
| AC 交互作用 | 162 | 1 | 162 | 32.4* |
| 误差 | 10 | 2 | 5 | |
| 总和 | | 7 | | |

*$\alpha$=0.05 显著。

表 13-6　绵刺提取液对四合木种子萌发试验最优结果

| | C1 | C2 | |
|---|---|---|---|
| A1 | 50 | 67 | A1C2 作用最强 |
| A2 | 58 | 39 | |

表 13-7~表 13-9 表明，绵刺他感物提取液对霸王种子萌发有促进作用，且以 10%枯落物和 2%土壤表层他感物提取液对霸王种子萌发作用显著。

表 13-7　绵刺他感物提取液对霸王种子萌发的影响正交设计

| 试验次数 | A 枯物 | B 根 | A*B | C 表土 | A*C | e1 | e2 | 结果 | 与对照差值 | 备注 |
|---|---|---|---|---|---|---|---|---|---|---|
| 1 | 1 | 1 | 1 | 1 | 1 | 1 | 1 | 19 | –9 | 每一试验重复3次，结果取平均值，以相同条件下蒸馏水培养发芽需 28 h 为对照 |
| 2 | 1 | 1 | 1 | 2 | 2 | 2 | 2 | 23 | –5 | |
| 3 | 1 | 2 | 2 | 1 | 1 | 2 | 2 | 19 | –9 | |
| 4 | 1 | 2 | 2 | 2 | 2 | 1 | 1 | 27 | –1 | |
| 5 | 2 | 1 | 2 | 1 | 2 | 1 | 2 | 26 | –2 | |
| 6 | 2 | 1 | 2 | 2 | 1 | 2 | 1 | 18 | –10 | |
| 7 | 2 | 2 | 1 | 1 | 2 | 2 | 1 | 24 | –4 | |
| 8 | 2 | 2 | 1 | 2 | 1 | 1 | 2 | 19 | –9 | |
| K1 | 88 | 86 | 85 | 88 | 75 | 91 | 88 | | | |
| K2 | 87 | 89 | 90 | 87 | 100 | 84 | 87 | 175 | –49 | |
| K3 | 24 | 26 | 27 | 24 | 37 | 21 | 24 | | | |
| K4 | 25 | 23 | 22 | 25 | 12 | 28 | 25 | | | |

表 13-8　绵刺提取液对霸王种子萌发试验方差

| 变差来源 | 平方和 | 自由度 | 均方 | *F* 值 |
|---|---|---|---|---|
| A 因素 | 0.125 | 1 | 0.125 | 0.04 |
| B 因素 | 1.125 | 1 | 1.125 | 0.36 |
| C 因素 | 0.125 | 1 | 0.125 | 0.04 |
| AB 交互作用 | 3.125 | 1 | 3.125 | 1 |
| AC 交互作用 | 78.125 | 1 | 78.125 | 25* |
| 误差 | 6.25 | 2 | 3.125 | |
| 总和 | | 7 | | |

*$\alpha$=0.05 显著。

**表 13-9　绵刺提取液对霸王种子萌发试验最优结果**

| | C1 | C2 | |
|---|---|---|---|
| A1 | 38 | 50 | A1C2 作用最强 |
| A2 | 50 | 37 | |

表 13-10~表 13-12 表明，绵刺他感物提取液对绵刺种子萌发有抑制作用，且以 10%枯落物和 2%土壤表层他感物提取液对绵刺种子萌发作用显著。

**表 13-10　绵刺他感物提取液对绵刺种子萌发影响的正交设计**

| 试验次数 | A 枯物 | B 根 | A*B | C 表土 | A*C | e1 | e2 | 结果 | 与对照差值 | 备注 |
|---|---|---|---|---|---|---|---|---|---|---|
| 1 | 1 | 1 | 1 | 1 | 1 | 1 | 1 | 58 | 12 | 做试验时将绵刺种子外的花萼去掉，每一试验重复3次，结果取平均值。以相同条件下蒸馏水培养发芽需46 h为对照 |
| 2 | 1 | 1 | 1 | 2 | 2 | 2 | 2 | 54 | 8 | |
| 3 | 1 | 2 | 2 | 1 | 1 | 2 | 2 | 60 | 14 | |
| 4 | 1 | 2 | 2 | 2 | 2 | 1 | 1 | 48 | 2 | |
| 5 | 2 | 1 | 2 | 1 | 2 | 1 | 2 | 56 | 10 | |
| 6 | 2 | 1 | 2 | 2 | 1 | 2 | 1 | 70 | 24 | |
| 7 | 2 | 2 | 1 | 1 | 2 | 2 | 1 | 52 | 6 | |
| 8 | 2 | 2 | 1 | 2 | 1 | 1 | 2 | 72 | 26 | |
| K1 | 220 | 238 | 236 | 226 | 260 | 236 | 228 | 470 | 102 | |
| K2 | 250 | 232 | 234 | 244 | 210 | 234 | 242 | | | |
| K3 | −36 | −54 | −52 | −42 | −76 | −52 | −44 | | | |
| K4 | −66 | −48 | −50 | −60 | −26 | −50 | −58 | | | |

**表 13-11　绵刺提取液对绵刺种子萌发试验方差**

| 变差来源 | 平方和 | 自由度 | 均方 | $F$ 值 |
|---|---|---|---|---|
| A 因素 | 112.5 | 1 | 112.5 | 9 |
| B 因素 | 4.5 | 1 | 4.5 | 0.36 |
| C 因素 | 40.5 | 1 | 40.5 | 3.24 |
| AB 交互作用 | 0.5 | 1 | 0.5 | 0.04 |
| AC 交互作用 | 312.5 | 1 | 312.5 | 25* |
| 误差 | 25 | 2 | 12.5 | |
| 总和 | | 7 | | |

*$\alpha$=0.05 显著。

表 13-12 绵刺提取液对绵刺种子萌发试验最优结果

| | C1 | C2 | |
|---|---|---|---|
| A1 | 118 | 102 | A1C2 作用最强 |
| A2 | 108 | 142 | |

## 13.1.2 他感提取液对种子发芽数的影响

表 13-13~表 13-15 表明，绵刺他感物提取液对沙冬青种子萌发有促进作用。且以 10%枯落物和 2%土壤表层他感物提取液对沙冬青种子萌发作用显著。

表 13-13 绵刺他感物提取液对沙冬青种子发芽数的影响

| 试验次数 | A 枯物 | B 根 | A*B | C 表土 | A*C | e1 | e2 | 结果 | 与对照差值 | 备注 |
|---|---|---|---|---|---|---|---|---|---|---|
| 1 | 1 | 1 | 1 | 1 | 1 | 1 | 1 | 16 | 4 | 每一试验中放 20 粒种子，重复 3 次，结果取平均值。以相同条件下蒸馏水培养发芽数 12 为对照 |
| 2 | 1 | 1 | 1 | 2 | 2 | 2 | 2 | 15 | 3 | |
| 3 | 1 | 2 | 2 | 1 | 1 | 2 | 2 | 17 | 5 | |
| 4 | 1 | 2 | 2 | 2 | 2 | 1 | 1 | 13 | 1 | |
| 5 | 2 | 1 | 2 | 1 | 2 | 1 | 2 | 14 | 2 | |
| 6 | 2 | 1 | 2 | 2 | 1 | 2 | 1 | 18 | 6 | |
| 7 | 2 | 2 | 1 | 1 | 2 | 2 | 1 | 15 | 3 | |
| 8 | 2 | 2 | 1 | 2 | 1 | 1 | 2 | 19 | 7 | |
| K1 | 61 | 63 | 65 | 62 | 70 | 62 | 62 | | | |
| K2 | 66 | 64 | 62 | 65 | 57 | 65 | 65 | 127 | 31 | |
| K3 | −13 | −16 | −17 | −14 | −22 | −14 | −14 | | | |
| K4 | −18 | −15 | −14 | −17 | −9 | −17 | −17 | | | |

表 13-14 绵刺提取液对沙冬青种子萌发试验方差

| 变差来源 | 平方和 | 自由度 | 均方 | *F* 值 |
|---|---|---|---|---|
| A 因素 | 3.125 | 1 | 3.125 | 4 |
| B 因素 | 0.125 | 1 | 0.125 | 0.44 |
| C 因素 | 1.125 | 1 | 1.125 | 0.44 |
| AB 交互作用 | 1.125 | 1 | 1.125 | 1.78 |
| AC 交互作用 | 21.125 | 1 | 21.125 | 18.78* |
| 误差 | 2.25 | 2 | 1.125 | |
| 总和 | | 7 | | |

*$\alpha$=0.05 显著。

表 13-15　绵刺提取液对沙冬青种子萌发试验最优结果

| | C1 | C2 | |
|---|---|---|---|
| A1 | 33 | 28 | A1C2 作用最强 |
| A2 | 29 | 37 | |

表 13-16~表 13-18 表明，绵刺他感物提取液对四合木种子萌发有促进作用，且以 10%枯落物和 2%土壤表层他感物提取液对四合木种子萌发作用显著。

表 13-16　绵刺他感物提取液对四合木种子发芽数的影响

| 试验次数 | A 枯物 | B 根 | A*B | C 表土 | A*C | e1 | e2 | 结果 | 与对照差值 | 备注 |
|---|---|---|---|---|---|---|---|---|---|---|
| 1 | 1 | 1 | 1 | 1 | 1 | 1 | 1 | 13 | 3 | 每一试验中放 20 粒种子，重复 3 次，结果取平均值。以相同条件下蒸馏水培养发芽数 10 h 为对照 |
| 2 | 1 | 1 | 1 | 2 | 2 | 2 | 2 | 11 | 1 | |
| 3 | 1 | 2 | 2 | 1 | 1 | 2 | 2 | 14 | 4 | |
| 4 | 1 | 2 | 2 | 2 | 2 | 1 | 1 | 10 | 0 | |
| 5 | 2 | 1 | 2 | 1 | 2 | 1 | 2 | 11 | 1 | |
| 6 | 2 | 1 | 2 | 2 | 1 | 2 | 1 | 15 | 5 | |
| 7 | 2 | 2 | 1 | 1 | 2 | 2 | 1 | 12 | 2 | |
| 8 | 2 | 2 | 1 | 2 | 1 | 1 | 2 | 17 | 7 | |
| K1 | 48 | 50 | 53 | 50 | 59 | 51 | 50 | 103 | 23 | |
| K2 | 55 | 53 | 50 | 53 | 44 | 52 | 53 | | | |
| K3 | −8 | −10 | −13 | −10 | −19 | −11 | −10 | | | |
| K4 | −15 | −13 | −10 | −13 | −4 | −12 | −13 | | | |

表 13-17　绵刺提取液对四合木种子萌发试验方差

| 变差来源 | 平方和 | 自由度 | 均方 | *F* 值 |
|---|---|---|---|---|
| A 因素 | 6.125 | 1 | 6.125 | 9.8 |
| B 因素 | 1.125 | 1 | 1.125 | 1.8 |
| C 因素 | 1.125 | 1 | 1.125 | 1.8 |
| AB 交互作用 | 1.125 | 1 | 1.125 | 1.8 |
| AC 交互作用 | 28.125 | 1 | 28.125 | 45* |
| 误差 | 1.25 | 2 | 0.625 | |
| 总和 | | 7 | | |

*$\alpha$=0.05 显著。

表 13-18 绵刺提取液对四合木种子萌发试验最优结果

| | C1 | C2 | |
|---|---|---|---|
| A1 | 27 | 21 | A1C2 作用最强 |
| A2 | 22 | 32 | |

表 13-19~表 13-21 表明，绵刺他感物提取液对霸王种子萌发有促进作用，且以 10%枯落物和 2%土壤表层他感物提取液对霸王种子萌发作用显著。

表 13-19 绵刺他感物提取液对霸王种子发芽数的影响

| 试验次数 | A 枯物 | B 根 | A*B | C 表土 | A*C | e1 | e2 | 结果 | 与对照差值 | 备注 |
|---|---|---|---|---|---|---|---|---|---|---|
| 1 | 1 | 1 | 1 | 1 | 1 | 1 | 1 | 15 | 4 | 每一试验中放 20 粒种子，重复 3 次，结果取平均值。以相同条件下蒸馏水培养发芽数11为对照 |
| 2 | 1 | 1 | 1 | 2 | 2 | 2 | 2 | 13 | 2 | |
| 3 | 1 | 2 | 2 | 1 | 1 | 2 | 2 | 16 | 5 | |
| 4 | 1 | 2 | 2 | 2 | 2 | 1 | 1 | 11 | 0 | |
| 5 | 2 | 1 | 2 | 1 | 2 | 1 | 2 | 12 | 1 | |
| 6 | 2 | 1 | 2 | 2 | 1 | 2 | 1 | 17 | 6 | |
| 7 | 2 | 2 | 1 | 1 | 2 | 2 | 1 | 14 | 3 | |
| 8 | 2 | 2 | 1 | 2 | 1 | 1 | 2 | 18 | 7 | |
| K1 | 55 | 57 | 60 | 57 | 66 | 60 | 57 | | | |
| K2 | 61 | 59 | 56 | 59 | 50 | 56 | 59 | 116 | 28 | |
| K3 | −11 | −13 | −16 | −13 | −22 | −16 | −13 | | | |
| K4 | −17 | −15 | −12 | −15 | −6 | −12 | −15 | | | |

表 13-20 绵刺提取液对霸王种子萌发试验方差

| 变差来源 | 平方和 | 自由度 | 均方 | *F* 值 |
|---|---|---|---|---|
| A 因素 | 4.5 | 1 | 4.5 | 3.6 |
| B 因素 | 0.5 | 1 | 0.5 | 0.4 |
| C 因素 | 0.5 | 1 | 0.5 | 0.4 |
| AB 交互作用 | 2 | 1 | 2 | 1.6 |
| AC 交互作用 | 32 | 1 | 32 | 25.6* |
| 误差 | 2.5 | 2 | 1.25 | |
| 总和 | | 7 | | |

*$\alpha$=0.05 显著。

表 13-21　绵刺提取液对霸王种子萌发试验最优结果

| | C1 | C2 | |
|---|---|---|---|
| A1 | 31 | 24 | A1C2 作用最强 |
| A2 | 26 | 35 | |

表 13-22~表 13-24 表明，绵刺他感物提取液对绵刺种子萌发有抑制作用，且以 10%枯落物和 2%土壤表层他感物提取液对绵刺种子萌发作用显著。

表 13-22　绵刺他感物提取液对绵刺种子发芽数的影响

| 试验次数 | A 枯物 | B 根 | A*B | C 表土 | A*C | e1 | e2 | 结果 | 与对照差值 | 备注 |
|---|---|---|---|---|---|---|---|---|---|---|
| 1 | 1 | 1 | 1 | 1 | 1 | 1 | 1 | 2 | –6 | 做试验时将绵刺种子外的花萼去掉,每一试验重复 3 次,结果取平均值。以相同条件下蒸馏水培养发芽数 8 h 为对照 |
| 2 | 1 | 1 | 1 | 2 | 2 | 2 | 2 | 4 | –4 | |
| 3 | 1 | 2 | 2 | 1 | 1 | 2 | 2 | 6 | –2 | |
| 4 | 1 | 2 | 2 | 2 | 2 | 1 | 1 | 7 | –1 | |
| 5 | 2 | 1 | 2 | 1 | 2 | 1 | 2 | 5 | –3 | |
| 6 | 2 | 1 | 2 | 2 | 1 | 2 | 1 | 1 | –7 | |
| 7 | 2 | 2 | 1 | 1 | 2 | 2 | 1 | 6 | –2 | |
| 8 | 2 | 2 | 1 | 2 | 1 | 1 | 2 | 2 | –6 | |
| K1 | 19 | 12 | 14 | 19 | 11 | 16 | 16 | | | |
| K2 | 14 | 21 | 19 | 14 | 22 | 17 | 17 | 33 | –31 | |
| K3 | 13 | 20 | 18 | 13 | 21 | 16 | 16 | | | |
| K4 | 18 | 11 | 13 | 18 | 10 | 15 | 15 | | | |

表 13-23　绵刺提取液对绵刺种子萌发试验方差

| 变差来源 | 平方和 | 自由度 | 均方 | *F* 值 |
|---|---|---|---|---|
| A 因素 | 3.125 | 1 | 3.125 | 25* |
| B 因素 | 10.125 | 1 | 10.125 | 81* |
| C 因素 | 3.125 | 1 | 3.125 | 25* |
| AB 交互作用 | 3.125 | 1 | 3.125 | 25* |
| AC 交互作用 | 15.125 | 1 | 15.125 | 121** |
| 误差 | 0.25 | 2 | 0.125 | |
| 总和 | | 7 | | |

*$\alpha$=0.05 显著，**$\alpha$=0.01 显著。

表 13-24 绵刺提取液对绵刺种子萌发试验最优结果

| | C1 | C2 | |
|---|---|---|---|
| A1 | 8 | 11 | A1C2 作用最强 |
| A2 | 11 | 3 | |

## 13.1.3 他感物对幼苗生长速度的影响

表 13-25~表 13-27 表明，绵刺他感物提取液对沙冬青幼苗生长有抑制作用，且以 10%枯落物和 2%土壤表层他感物提取液对沙冬青幼苗生长抑制作用显著。

表 13-25 绵刺他感物提取液对沙冬青幼苗生长速度的影响

| 试验次数 | A 枯物 | B 根 | A*B | C 表土 | A*C | e1 | e2 | 结果/(mm/d) | 与对照差值 | 备注 |
|---|---|---|---|---|---|---|---|---|---|---|
| 1 | 1 | 1 | 1 | 1 | 1 | 1 | 1 | 2.6 | −0.6 | 每一试验中放 20 粒种子，重复 3 次，结果取平均值。以蒸馏水培养为对照值 3.2 mm/d |
| 2 | 1 | 1 | 1 | 2 | 2 | 2 | 2 | 1.9 | −1.3 | |
| 3 | 1 | 2 | 2 | 1 | 1 | 2 | 2 | 2.3 | −0.9 | |
| 4 | 1 | 2 | 2 | 2 | 2 | 1 | 1 | 1.3 | −1.9 | |
| 5 | 2 | 1 | 2 | 1 | 2 | 1 | 2 | 2.0 | −1.2 | |
| 6 | 2 | 1 | 2 | 2 | 1 | 2 | 1 | 2.5 | −0.7 | |
| 7 | 2 | 2 | 1 | 1 | 2 | 2 | 1 | 2.2 | −1.0 | |
| 8 | 2 | 2 | 1 | 2 | 1 | 1 | 2 | 3.0 | −0.2 | |
| K1 | 8.1 | 9.0 | 9.7 | 9.1 | 10.4 | 8.9 | 8.6 | | | |
| K2 | 9.7 | 8.8 | 8.1 | 8.7 | 7.4 | 8.9 | 9.2 | 17.8 | −7.8 | |
| K3 | 4.7 | 3.8 | 3.1 | 3.7 | 2.4 | 3.8 | 4.2 | | | |
| K4 | 3.1 | 4.0 | 4.7 | 4.1 | 5.4 | 3.8 | 3.6 | | | |

表 13-26 绵刺他感物提取液对沙冬青幼苗生长速度方差表

| 变差来源 | 平方和 | 自由度 | 均方 | $F$值 |
|---|---|---|---|---|
| A 因素 | 0.32 | 1 | 0.32 | 14.22 |
| B 因素 | 0.005 | 1 | 0.005 | 0.22 |
| C 因素 | 0.02 | 1 | 0.02 | 0.89 |
| AB 交互作用 | 0.32 | 1 | 0.32 | 14.22 |
| AC 交互作用 | 1.125 | 1 | 1.125 | 50* |
| 误差 | 0.045 | 2 | 0.0225 | |
| 总和 | | 7 | | |

*$\alpha$=0.05 显著。

**表 13-27　绵刺提取液对沙冬青幼苗生长速度试验最优结果**

| | C1 | C2 | |
|---|---|---|---|
| A1 | 3.9 | 3.2 | A1C2 作用最强 |
| A2 | 4.4 | 5.5 | |

表 13-28~表 13-30 表明，绵刺他感物提取液对四合木幼苗生长有抑制作用，且以 10%枯落物和 2%土壤表层他感物提取液对四合木幼苗生长抑制作用显著。

**表 13-28　绵刺他感物提取液对四合木幼苗生长速度的影响**

| 试验次数 | A 枯物 | B 根 | A*B | C 表土 | A*C | e1 | e2 | 结果/(mm/d) | 与对照差值 | 备注 |
|---|---|---|---|---|---|---|---|---|---|---|
| 1 | 1 | 1 | 1 | 1 | 1 | 1 | 1 | 1.5 | −0.6 | 每一试验中放 20 粒种子，重复 3 次，结果取平均值。以蒸馏水培养为对照值 2.1 mm/d |
| 2 | 1 | 1 | 1 | 2 | 2 | 2 | 2 | 1.3 | −0.8 | |
| 3 | 1 | 2 | 2 | 1 | 1 | 2 | 2 | 1.8 | −0.3 | |
| 4 | 1 | 2 | 2 | 2 | 2 | 1 | 1 | 1.4 | −0.7 | |
| 5 | 2 | 1 | 2 | 1 | 2 | 1 | 2 | 1.3 | −0.8 | |
| 6 | 2 | 1 | 2 | 2 | 1 | 2 | 1 | 1.7 | −0.4 | |
| 7 | 2 | 2 | 1 | 1 | 2 | 2 | 1 | 1.3 | −0.8 | |
| 8 | 2 | 2 | 1 | 2 | 1 | 1 | 2 | 1.9 | −0.2 | |
| K1 | 6.0 | 5.8 | 6.0 | 5.9 | 6.9 | 6.1 | 5.9 | 12.2 | −4.6 | |
| K2 | 6.2 | 6.4 | 6.2 | 6.3 | 5.3 | 6.1 | 6.3 | | | |
| K3 | 2.4 | 2.6 | 2.4 | 2.5 | 1.5 | 2.3 | 2.5 | | | |
| K4 | 2.2 | 2.0 | 2.2 | 2.1 | 3.1 | 2.3 | 2.1 | | | |

**表 13-29　绵刺提取液对四合木幼苗生长影响试验方差**

| 变差来源 | 平方和 | 自由度 | 均方 | *F* 值 |
|---|---|---|---|---|
| A 因素 | 0.005 | 1 | 0.005 | 0.5 |
| B 因素 | 0.045 | 1 | 0.045 | 4.5 |
| C 因素 | 0.02 | 1 | 0.02 | 2 |
| AB 交互作用 | 0.005 | 1 | 0.005 | 0.5 |
| AC 交互作用 | 0.32 | 1 | 0.32 | 32* |
| 误差 | 0.02 | 2 | 0.01 | |
| 总和 | | 7 | | |

*$\alpha$=0.05 显著。

表 13-30 绵刺提取液对四合木幼苗生长试验最优结果

| | C1 | C2 | |
|---|---|---|---|
| A1 | 55 | 60 | A1C2 作用最强 |
| A2 | 58 | 51 | |

表 13-31~表 13-33 表明，绵刺他感物提取液对霸王幼苗生长有抑制作用，且以 10%枯落物和 2%土壤表层他感物提取液对霸王幼苗抑制作用显著。

表 13-31 绵刺他感物提取液对霸王幼苗生长速度的影响

| 试验次数 | A 枯物 | B 根 | A*B | C 表土 | A*C | e1 | e2 | 结果/(mm/d) | 与对照差值 | 备注 |
|---|---|---|---|---|---|---|---|---|---|---|
| 1 | 1 | 1 | 1 | 1 | 1 | 1 | 1 | 2.1 | −0.7 | 每一试验中放 20 粒种子，重复 3 次，结果取平均值。以蒸馏水培养为对照值 2.8 mm/d |
| 2 | 1 | 1 | 1 | 2 | 2 | 2 | 2 | 1.9 | −0.9 | |
| 3 | 1 | 2 | 2 | 1 | 1 | 2 | 2 | 2.2 | −0.6 | |
| 4 | 1 | 2 | 2 | 2 | 2 | 1 | 1 | 1.8 | −1.0 | |
| 5 | 2 | 1 | 2 | 1 | 2 | 1 | 2 | 1.8 | −1.0 | |
| 6 | 2 | 1 | 2 | 2 | 1 | 2 | 1 | 2.4 | −0.4 | |
| 7 | 2 | 2 | 1 | 1 | 2 | 2 | 1 | 2.1 | −0.7 | |
| 8 | 2 | 2 | 1 | 2 | 1 | 1 | 2 | 2.7 | −0.1 | |
| K1 | 8.0 | 8.2 | 8.2 | 8.2 | 9.4 | 8.4 | 8.4 | 17.0 | −5.4 | |
| K2 | 9.0 | 8.8 | 8.8 | 8.8 | 7.6 | 8.6 | 8.6 | | | |
| K3 | 3.2 | 3.0 | 3.0 | 3.0 | 1.8 | 2.8 | 2.8 | | | |
| K4 | 2.2 | 2.4 | 2.4 | 2.4 | 3.6 | 2.6 | 2.6 | | | |

表 13-32 绵刺提取液对霸王幼苗生长试验方差

| 变差来源 | 平方和 | 自由度 | 均方 | *F* 值 |
|---|---|---|---|---|
| A 因素 | 0.125 | 1 | 0.125 | 25* |
| B 因素 | 0.045 | 1 | 0.045 | 9 |
| C 因素 | 0.045 | 1 | 0.045 | 9 |
| AB 交互作用 | 0.045 | 1 | 0.045 | 9 |
| AC 交互作用 | 0.405 | 1 | 0.405 | 81* |
| 误差 | 0.01 | 2 | 0.005 | |
| 总和 | | 7 | | |

* $\alpha$=0.05 显著。

**表 13-33　绵刺提取液对霸王幼苗生长试验最优结果**

| | C1 | C2 | |
|---|---|---|---|
| A1 | 55 | 60 | A1C2 作用最强 |
| A2 | 58 | 51 | |

表 13-34~表 13-36 表明，绵刺他感物提取液对绵刺幼苗生长有抑制作用，且以 10%枯落物和 2%土壤表层他感物提取液对绵刺幼苗生长抑制作用显著。

**表 13-34　绵刺他感提取液对绵刺幼苗生长速度的影响**

| 试验次数 | A 枯物 | B 根 | A*B | C 表土 | A*C | e1 | e2 | 结果/(mm/d) | 与对照差值 | 备注 |
|---|---|---|---|---|---|---|---|---|---|---|
| 1 | 1 | 1 | 1 | 1 | 1 | 1 | 1 | 0.8 | −0.8 | 做试验时将绵刺种子外的花萼去掉，每一试验重复 3 次，结果取平均值。以蒸馏水培养为对照值 1.6 mm/d |
| 2 | 1 | 1 | 1 | 2 | 2 | 2 | 2 | 1.0 | −0.6 | |
| 3 | 1 | 2 | 2 | 1 | 1 | 2 | 2 | 1.4 | −0.2 | |
| 4 | 1 | 2 | 2 | 2 | 2 | 1 | 1 | 1.5 | −0.1 | |
| 5 | 2 | 1 | 2 | 1 | 2 | 1 | 2 | 1.2 | −0.4 | |
| 6 | 2 | 1 | 2 | 2 | 1 | 2 | 1 | 0.7 | −0.9 | |
| 7 | 2 | 2 | 1 | 1 | 2 | 2 | 1 | 1.3 | −0.3 | |
| 8 | 2 | 2 | 1 | 2 | 1 | 1 | 2 | 0.7 | −0.9 | |
| K1 | 4.7 | 3.7 | 3.8 | 4.7 | 3.6 | 4.2 | 4.3 | | | |
| K2 | 3.9 | 4.9 | 4.8 | 3.9 | 5.0 | 4.4 | 4.3 | 8.6 | −4.2 | |
| K3 | 1.7 | 2.7 | 2.6 | 1.7 | 2.8 | 2.2 | 2.1 | | | |
| K4 | 2.5 | 1.5 | 1.6 | 2.5 | 1.4 | 2.0 | 2.1 | | | |

**表 13-35　绵刺提取液对绵刺幼苗生长试验方差**

| 变差来源 | 平方和 | 自由度 | 均方 | $F$ 值 |
|---|---|---|---|---|
| A 因素 | 0.08 | 1 | 0.08 | 32* |
| B 因素 | 0.18 | 1 | 0.18 | 72* |
| C 因素 | 0.08 | 1 | 0.08 | 32* |
| AB 交互作用 | 0.125 | 1 | 0.125 | 50* |
| AC 交互作用 | 0.245 | 1 | 0.245 | 98* |
| 误差 | 0.005 | 2 | 0.0025 | |
| 总和 | | 7 | | |

*为差异显著($\alpha$=0.05)。

表 13-36 绵刺提取液对绵刺幼苗生长试验最优结果

| | C1 | C2 | |
|---|---|---|---|
| A1 | 2.2 | 2.5 | A2C1，A1C2 作用最强 |
| A2 | 2.5 | 1.4 | |

在绵刺群落中，随绵刺无性系增强，种群内自疏作用加强，对其他物种及同种物种个体抑制作用也加强，生物多样性下降，下降并不随群落环境改变而改变，只与绵刺无性系有关，这种抑制作用是群落内物种间对资源直接争夺的结果，还是其他种间间接作用的结果，非常值得研究。

水分和养分两个关键因子并不是绵刺群落中生物多样性的制约因子，那么导致绵刺群落其他物种种类、个体数量减少的原因应是绵刺强烈的他感作用。植物的他感作用对种子发芽及幼苗建成有不同程度的影响(马越强，1998)。绵刺对实生苗和其他物种的抑制作用可认为绵刺无性系灌丛中存在着自毒和他毒作用，对绵刺种子更新有自毒作用、对其他植物的种子更新有他毒作用。所以绵刺植株内种子库虽丰富，但实生苗在绵刺灌丛中都不出现。

由绵刺枯落物、表土和根系提取液处理不同种子和幼苗试验表明，地表环境中枯落物和土壤表层中绵刺他感物提取液具有显著的他感作用，且以二者交叉作用更为显著。本节只对他感作用进行了初步探讨，关于枯落物和土壤中是哪一种化学他感物在起主导作用，其化学成分是什么，有待进一步测定。

绵刺他感物提取物对本身种子萌发有抑制作用，对沙冬青、四合木、霸王种子萌发有促进作用，对自身幼苗和上述三种植物的幼苗生长都有抑制作用，并在不同程度上导致生长不良和死亡。特别对四合木幼苗生长不仅有抑制作用，还导致四合木幼苗死亡。由绵刺和四合木种间的关联性分析中可知，二者呈正相关，生态位重叠程度最大，从而竞争也最为激烈。

绵刺具有劈根和压枝的无性繁殖方式，这种方式随年龄增长而加强，绵刺通过他感作用抑制和排斥同种或异种的同时，却以无性繁殖方式迅速占据母株周围的新生境，与母株形体相连的游击型克隆分株有助于母株增强空间扩展能力，母株和分株间通过资源共享最大限度地利用异质性资源，降低母株的死亡风险，提高整个无性系的存活力，母株和分株形成强大的构件生物体更进一步通过他感作用排斥其他植物定居，导致绵刺群落的纯化，随着这些个体的衰退和死亡，他感抑制作用并未被解除，那么其他物种很难侵入和定居，出现植被不连续的更替，即演替间断。由于演替间断，植物地表环境更加脆弱，一旦干扰加重，地表枯落物消失，则不可避免地出现荒漠化。

绵刺群落生物多样性组成与绵刺种群密度、冠幅和分株相关，而与土壤中含水量、有机质、有效氮、速效磷、速效钾、pH 和覆沙厚度无关。

绵刺他感物提取液对群落内其他灌木种子萌发有促进作用，对自身种子萌发有抑制作用，对其他灌木和自身幼苗的生长都有抑制作用，特别是对四合木和绵刺幼苗的抑制作用最强，导致上述两种植物死亡。

群落内由于他感物的持续作用，在绵刺种群衰退、消亡后，其他植物的种子很难定居，出现演替进程被间断，将出现群落不连续的演替现象。

# 第 14 章　绵刺适应环境的行为性响应

1986 年国际行为生态学联合会宣告成立，并出版了《行为生态学杂志》，标志着行为生态学已成为生态学领域内一个新的热点。对植物而言它主要探讨植物在特定生境中获取必需资源的生态对策、适应机理和进化意义等，对植物行为生态学的研究主要集中在植物觅食行为，1954 年 Bray 首次把“foraging behaviour”一词用于植物。植物相对于动物，其空间移动性较差，但植物无性繁殖通过间隔物的扩展，可获取基株生境以外的异质性资源，相对来说也具有动的特点，表现出对环境适应和资源利用方面具有一定的能动性和主动性，这种能动性和主动性称之为植物的行为活动。在自然界中，许多多年生植物往往是克隆植物，同时具有克隆生长和有性繁殖两个个体增殖模式，传统认为，植物一旦萌发定居后，就不再移动，对生境选择不像动物那么灵活。但事实上，克隆生长能使植物个体通过自身一定的形态可塑性(morphological plasticity)对周围的环境变化产生反应，从而使植物具有相对移动伸展的能力，使之对环境做出选择，即相对具有“动”的能力和过程，这被许多生态学家认为一种类似于动物觅食行为(de Kroom and Hutchings，1995；Sutherland and Vickery，1988；Kelly 1990；Cain，1994)。

绵刺响应于环境胁迫，个体通过克隆性表现为觅食行为、风险分摊、资源共享等特性，种群在分布格局和生态位方面具有选择性，在群落物种组成具关联性，所有这些特性都表明绵刺无论个体、种群还是群落在响应环境胁迫中表现出主动性和能动性，因此把绵刺这种相对“动”的选择适应过程称之为“行为性响应”，具体表现如下。

## 14.1　个体行为响应(individual behavior response)

绵刺个体由基株和分株构成庞大的无性系(clone)通过不同克隆生长构型，在利用异质资源、消除不利因子、降低灭亡风险等方面表现出极强的行为性。

觅食行为(foraging behaviour)：绵刺通过劈根形成密集型克隆生长构型，充分利用基株内资源，表现为利用策略，保证根对土壤资源的有效利用；同时绵刺通过压条形成长的间隔物的游击型克隆生长构型，避开与基株在资源方面的争夺，充分利用基株以外的异质性资源，表现为强的占据策略。绵刺觅食行为特征是通过个体的生长习性随环境中的资源状况的变化而发生相应变化来实现的，在游击型克隆生长构型中其无性生殖生物量和非生殖生物量的方差齐性检验和均数检验都显著，这种生物量的差异反映了其生存环境的异质性。

实现对异质性资源的利用，绵刺通过游击型克隆生长构型，在基株与分株间、分株与分株间形成资源共享格局，使整个无性系对资源的利用能力可达到无限大。所以在母株不能满足分株需求资源的情况下，其产生的枝条克隆被沙埋后每一分株的微环境水分条件和养分均较优越，因而使绵刺能水平扩展。众所周知，植物分布丰度的变化决定个体适合度变化，亦即局部生存环境对植物生活史对策有着直接影响。正是由于绵刺具有克隆性，并具有两种典型的克隆生长构型，通过利用策略和占据策略使绵刺个体植株在空间拓展、资源利用方面表现极强的主动性，能动地利用母株生境以外的异质性资源，这是绵刺不同于其他植物的行为，正是这种行为性使绵刺个体适合度大为提高，从而在物种进化中具有优势。

资源共享(resource sharing)：绵刺具由压条形成的游击型克隆生长构型，由基株和分株构成的无性系中，在水分共享格局中，母株与分株间、相邻分株间通过间隔物都存在着共享现象，这样绵刺整个无性系可利用的资源范围可达到无穷大，同时由于共享格局使基株、分株的死亡概率降低到最低，促进种群的扩大。具克隆性的绵刺在形体上相连但水分共享格局具局限性，仅在由基株在内的一个完整构件系统内进行水分传输，出现共享格局，而在另一构件系统姐妹分株中无水分传输，不出现水分共享格局。在发生构件系统水分共享的格局内，品红染液并不是等量地传输给发生共享的各个克隆分株，而是以一定的输入率和输入强度向共享格局内克隆分株传输，呈现以优先级的方式对其传输分株进行输出。

由基株和分株所构成的整个无性系通过资源共享格局，一方面各分株通过反极性运输，补充基株资源，另一方面分株通过觅食行为，减少与基株在资源利用方面的压力，不会因基株资源供应动力不足而出现枝条枯萎，也不会出现因间隔物太长导致基株生境中资源耗竭，这样多级资源接力泵在同一构件系统内的共享格局能保证整个无性系对所有异质性资源的利用，又不造成资源竞争，从而最大限度上提高了个体的适合度(fitness)。

风险分摊(risk spreading)：绵刺同一基株的各分株常常处于异质性小生境中，随着克隆生长，基株(基因型)的死亡分险(概率)被分摊到各个克隆分株或分株系统。绵刺一个基株由一个以上形体彼此相连，具潜在独立的分株构成，分株其生活史的绝大多数时间内，分株死亡率是独立的，那么分株的死亡率越低或产生的分株越多，基株的死亡率就会越低，基株也就越具有进化的优势，无克隆性单株个体的死亡率是 100%，具密集型克隆构型的绵刺个体死亡率是 4.405%，同时具密集型和游击型的绵刺个体死亡率仅为 0.1228%。正是绵刺具有克隆性，风险分摊形象地刻画了绵刺基株死亡风险在克隆生长过程中，以不同方式的克隆可塑性，转化到分株中，进行风险化解，降低了基因损失的概率。

## 14.2　种群行为响应(population behaviour response)

绵刺幼苗分布格局是集群分布，种群内个体分布格局是均匀分布，这种分布格局一方面保证成活植株在资源利用方面的机会均等性，同时又保证了整个无性系在极端环境胁迫下的稳定性，从而在种群内呈现均匀分布，有利于使无性系植株生境均质化，而增强与其他植物的竞争能力，进一步扩大游击型克隆分株的觅食行为和基株与分株间的共享格局；绵刺实生苗呈集群分布，是与绵刺实生苗所栖息的环境要求所决定的，绵刺基株对绵刺种子萌发生长有抑制作用，使种子在基株内不能形成更新的庇护所，种子远离基株定居，一方面避免与母株在竞争中被淘汰，损失基因，另一方面通过对新生境的选择，更大程度上保证遗传的多样性。

对环境选择的主动性使绵刺种群不仅在个体间相互作用，如个体密度自疏现象具有行为性，同时绵刺种群在对环境适应方面也具有行为性，表现为绵刺对气候生态位、土壤生态位和种间生态位的选择，绵刺只分布在阿拉善荒漠东端的库布齐和乌兰布和沙漠，而在西部的巴旦吉林沙漠却没有分布。

## 14.3　群落种间行为响应(community behaviour response)

绵刺不仅在种群内个体间有行为性，同时绵刺群落内对其他物种的相互作用也具有行为性。绵刺实生苗和其他植物在水分条件较好的径流线更新、定居，在资源利用方面表现为不同层次的利用方式，形成稳定多优群落格局，在多优群落中绵刺种群一方面以集群分布，使无性系生存环境均质化，不利于其他植物的定居，增强竞争能力；另一方面绵刺通过他感作用，抑制关联植物幼苗的成长，并出现演替间断现象。这种结果是植物适应长期极端环境胁迫，在资源利用和占据方式上所表现的自私性行为响应。

# 第 15 章　绵刺适应环境的学术观点

## 15.1　胁迫响应对策观点(stress-response-adaptation opinion)

植物对极端环境胁迫响应行为方式表现为敏感性响应(sensitivity response)和非敏感性响应(bovine response)方式，由此而采取的适应对策为耐性(endurance or toteralation)、抗性(resistance)和避性(evade)对策。对敏感植物而言，其适应方式是抗性和避性对策，对非敏感(迟钝)植物而言其适应方式是耐性对策。通过分析绵刺、沙冬青、四合木、霸王和旱蒿等对水分适应方式得知，绵刺是典型的敏感性植物。

绵刺正是通过敏感性响应方式和躲避性策略最大限度地利用资源，最大限度地适应变化的环境，逆境下绵刺处于休眠状态，只有在环境适宜的条件下才表现生命力，在整个植株的生命过程中相对没有逆境。

## 15.2　繁殖对策观点(reproduction strategy opinion)

绵刺同时具有性繁殖和无性繁殖两种繁殖方式来扩大种群，即种子的实生繁殖和劈根、压条等无性繁殖。无性繁殖随绵刺年龄增长和胁迫加重而增强，从而在一个地区绵刺种群往往是一个无性系种群，在群落建成方面表现为单优群落，在遗传上形成一个遗传个体(genetic individual)或压枝连续体(whole lineage stem)，无性繁殖保证了绵刺大量繁殖和适应所定居的环境，最大限度地保存并传递遗传物质，提高物种延续能力，然而不利条件是所有的后代都是同一基因型，容易受同一种不利因素的影响，当这种不利环境胁迫增强，超过适应能力，则单优群落中绵刺就没有适合的基因型(fitter genotype)与之响应，因此无法主动适应变化了的环境，自然选择在这里失去了意义，出现毁灭性的退化几乎成为一种必然结果。在围栏内绵刺生境资源相对丰富，干扰较少，胁迫较轻，因而既有有性繁殖又有无性繁殖，并表现一定的可塑性，在一定程度上保持了遗传和变异，而在围栏外，由于绵刺的生存环境是处于极端的胁迫下，表现为完全的无性繁殖，种群格局为均匀分布，这种由同一基因构成的无性系种群极有可能被灭绝，所以对绵刺的保护应加强其生境的保护，绵刺需有薄层覆沙的环境，由于人为践踏和放牧使表层覆沙消失，绵刺失去有性繁殖的可能，这是导致绵刺濒危的根本原因。

## 15.3　生物气候响应观点(bio-climate response opinion)

现在还不能断言是否气候对生理作用更强，还是干扰历史对繁殖特性的作用更强。但是从不同时间尺度来讲，气候是最大的干扰因素，植物进化就要对这一干扰做出响应，才能实现真正意义上的进化，对环境饰变响应、稳定干扰响应和趋同性响应都是最终要与气候干扰相一致的。

植物在适应与进化过程中，首先对环境变化做出响应，从而在形态表型出现可塑性，对稳定胁迫环境做出调节响应，随胁迫的持续和稳定，则形成相应的形态结构和功能，这些结构和功能被遗传物质固定下来。逆境信息通过细胞信号传导引起植物生长发育的变化可归纳为两类：一类是通过基因活化和蛋白质合成，甚至基因组变异，此谓长期响应(long term response)，如泌盐器官建成、光形态建成及触性形态建成等；另一类是发生细胞生理反应与基因活化和蛋白合成无直接关系，称之为短期响应(short term response)，如活化酶和细胞运动(缪颖，2001)。个体在稳定环境胁迫下形成的可塑性形态在一定时期内具有向正常形态恢复的滞后性，这种滞后性既不同于环境饰变，又不同于遗传特性，介于生态型和饰变型之间，称之为扰动性响应(王炜，2001)。根据上述观点和绵刺适应环境的进化过程中形成现在的形态特征、生理和繁殖特性，本节认为植物对气候最终适应过程经历以下几个响应过程：

1) 随机性胁迫响应(random modification stress response，RMSR)过程

由于环境因素中某一方面的随机作用加强或减弱，植物对之发生响应，在形态表型上与正常生长状况下相比，产生差异，这种差异不具遗传性，而只是植物对环境变化做出的临时性的响应，这种在形态上对偶然性环境变化的响应称之为随机饰变响应。如营养的多少、水分的亏缺与适宜都能导致绵刺在长枝、短枝长度的变化和叶片形态的变化，随机胁迫解除，响应也随之消失。

2) 扰动性胁迫响应(conservative disturbance stress response，CDSR)过程

植物由于对环境适应的需要，尽可能对环境变化做出响应，特别是长期稳定的环境胁迫塑造，植物对之的响应不断加强，并形成了条件性响应，这种响应随稳定胁迫解除，仍不能迅速恢复正常状态，需要一个时间段来调整后才能恢复正常，这种由稳定胁迫导致的保守性响应称之为扰动性响应。这种扰动性响应是植物对环境胁迫响应而产生的微变结果，这种结果大于环境饰变产生的响应，但仍不具有遗传性。绵刺在过度放牧和践踏的情况下，嫩枝长度和生物量变化就是扰

动性响应下植物体产生微变的结果。

3) 周期性胁迫响应(reasonal affect srtess response，RASR)过程

植物由于气候因素中的季节性变化，植物对之响应而形成的节律性变化称之为周期性或季节性响应。这是环境周期性变化而使植物的生态型被固定下来，并在生物学上留有烙印，是植物响应周期性环境胁迫而发生渐变的结果。如植物趋同性而产生的生态型就是这种响应方式的最好例证。绵刺休眠性是气候因素中水热因子在每年的 7~8 月季节性出现干旱、炎热，绵刺由最初的随机水热饰变的诱变响应，扰动性响应的持续，在生物学方面形成与之相应的周期性休眠，随正常生长一旦遇有这种胁迫则仍能唤醒这种响应，绵刺即便提前打破休眠，在第二年 7~8 月给予高温、干旱，则绵刺仍进入休眠。这一点在同样是干旱植物胡杨生活史节律方面也得到验证：胡杨种子成熟期是 6 月中旬到 8 月下旬，种子活力也在这一时期为最高，即成熟的种子在采摘后第 2 天其萌发率为 94%，第 6 天为 87%，第 11 天为 31%，第 15 天为 18%，第 30 天为 1%。胡杨种子萌发期正是河道泄洪期，胡杨种子萌发一方面需水分，另一方面需洪水冲刷所带来的淤泥，胡杨种子成熟期与上游洪水下泄期的这种周期性响应是保证胡杨种子正常更新的根本条件。

4) 节律性胁迫响应(habitat rhythm stress response，HRSR)过程

由于气候因素的周期性变化，从而在植物栖息地形成相应的土壤和生物节律，植物对气候、土壤和相应的种间关系的响应称之为节律性胁迫响应。这种响应是植物对环境节律性适应在诱变、微变和渐变的基础上突变的结果。绵刺正常的放叶、开花和结实是长期与气候胁迫协同性响应的结果，绵刺出现一年中两次开花和结实，但 6 月明显小于 10 月，6 月开花和结实是周期性响应的结果，而 10 月却是节律性响应的结果。

随机胁迫响应、扰动性响应、周期性胁迫响应和节律性响应是植物对不同胁迫程度适应的结果，把这种胁迫、响应和适应的模式称之为生物气候响应观点。

上述观点可用图 15-1 来表示。

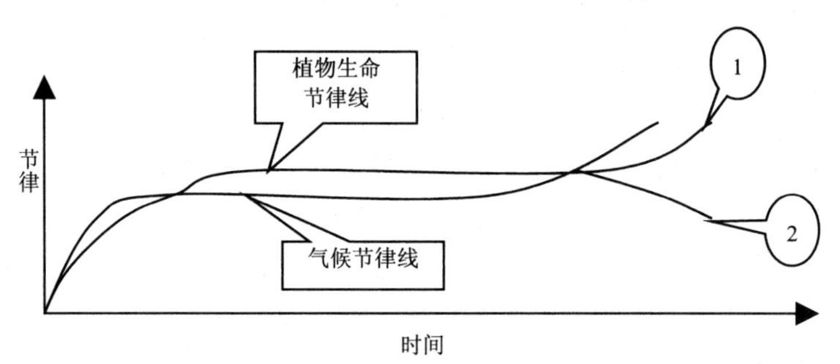


图 15-1　绵刺适应与进化模式

气候的年周期变化在地质历史时期，经历变动期、稳定期和再变动期，如图 15-1 中气候变化节律线所示。植物相对应于气候节律线，也有变动期、稳定期和再变动期，如图 15-1 所示植物生命节律线，由于长期响应气候节律线，其变化相和稳定相滞后于气候节律线中变化相和稳定相，但最终要与气候节律线相一致。在气候再变动期内，若植物生命节律线保持不变或与气候节律线相悖，则该物种将灭亡，反之则继续进化，在图 15-1 中 1 代表植物生命节律线与气候节律线响应一致，植物能继续进化，2 代表植物生命节律线与气候变化节律线响应不一致，植物将死亡。

根据上述观点，绵刺目前形态特征和适应进化过程可用如下四个响应进程来解释：

环境诱变(偶然性)使植物产生饰变性响应，如绵刺叶片形态变化与水分多少的关系。

环境微变(保守性)使植物产生扰动性响应，如绵刺在强度放牧和践踏下嫩枝年生长长度和生物量对之产生的响应。

环境渐变(趋同性)使植物产生周期性响应，如绵刺休眠特性和二次开花中的 6 月开花现象。

环境突变(稳定性)使植物产生节律性响应，如绵刺一年生长发育中春叶，夏花，秋果，冬眠等生物节律。

绵刺是古地中海成分，但现在随环境变迁，在阿拉善荒漠却被保留下来，目前绵刺生存环境与原来古地中海环境相比发生了剧烈的变化，在此气候变迁过程中，绵刺由适应原来温暖湿润的地中海气候开始对变化的气候做出响应，并随气候稳定，绵刺的响应被固定下来，在形态、生理和遗传特性等方面随环境的进一步稳定而被固定下来，表现为生物学特性的节律性趋同适应，这种节律性被刻在遗传物质上，对子代进行传递，从而形成现在特有的生物学特性和生态学特性。

## 15.4　演替间断观点(succession discontinuation opinion)

绵刺植株具有化学他感作用，特别是枯落物和死亡株丛中，这种化感作用更强，化感物能抑制同种个体或异种个体的定居，导致绵刺由于无性繁殖而形成单优群落，群落物种组成简单化，当环境发生变化时，单优群落由于绵刺种群无性系的单一基因型不能适应变化的环境，由于他感物持续作用，其他植物又很难迅速侵入和定居，出现植被不连续更替，即所谓演替间断。

## 15.5 稳定性观点(stability viewpoint)

由于绵刺生存于极端环境胁迫下(干旱、炎热、土壤贫瘠)，植物要生存和进化，对资源利用的有效性就成为衡量一个物种能否成功的标准。植物一方面要主动利用资源，从而使有限资源对本物种利用处于最有利状态，这就要进化出资源利用器官，表现强的利用策略。绵刺游击型克隆所表现的觅食行为，比其他非克隆植物在资源利用方面更具有优势，使其他伴生植物由于资源不力而退出竞争；另一方面，植物通过间接竞争，实现对资源的有效利用，这就要进化出特殊的领域防御器官，表现强的占据策略，如化学他感作用，抑制其他植物对资源领域的进入。

在绵刺单优群落中，一方面利用无性系的优势扩大资源的占有量，限制其他植物的定居，实现资源的有效利用；另一方面通过排放化感物，抑制同种个体或异种个体定居，从而出现同一基因型的单优群落垄断性稳定局面，一旦这种稳定性被破坏，则出现演替间隔，在混生群落中物种间存在直接的资源竞争，同时各物种间也存在着间接的竞争，但由于竞争力相近，所以物种间竞争相当激烈，从而在每一植株冠幅外围形成他感圈，群落格局呈现集群分布，物种占据各自的生态位，并被严格地限制，生态位重叠近乎为零，混生的物种在年龄方面为同龄群，在竞争关系方面表现为相持关系，呈现混生群落的稳定性，这种稳定性被打破，则出现演替间断。

荒漠植物对生态位资源谱利用方式的分异，表现为荒漠植被植物种生态位空间格局呈二维性，而非三维性，即物种间生态位幅度没有重叠现象，不同的生境生长不同的植物，而表现为荒漠植被的稳定性，这种稳定性随某一物种的衰退和演替间断地出现，荒漠植被又表现脆弱性。

由资源利用方式和种间竞争所形成的荒漠群落格局称为稳定性，这种稳定性是相对的，由于群落结构的二维性和种间他感作用的持续存在，随干扰出现，群落出现演替间断，植被表现为脆弱性，这一观点称之为稳定性观点。

# 第 16 章　绵刺保护的结论与建议

## 16.1　绵刺对生存环境是适应的

绵刺在分布区内对环境是适应的，表现在形态结构、生理代谢和繁殖对策及群落稳定性。

绵刺在不同生境中，对环境变化通过形态可塑性，化解环境胁迫，从而表现为随机胁迫响应、扰动性胁迫响应、周期性胁迫响应和节律性响应。

干旱和炎热是荒漠区植物生存和发展的关键制约因子，绵刺在分布区不同生境中，对环境水热变化做出敏感性响应，通过自由水在体内的快速输送，调节离子传递速度，控制内源激素成分和含量，启动保护酶系统活性，使生长状态迅速转换，采取躲避性适应策略适应干旱和炎热，在水分条件适宜情况下，进行高生理代谢，在水分条件不适宜情况下，则快速关闭器官活动，转入休眠状态。

绵刺既有有性繁殖方式，又有无性繁殖方式。有性繁殖特征与旱生性短命和类短命植物相似，繁殖对策表现为 r-对策。种子更新的实生苗在远离母株的生境中出现，种子散布适应风传播动力而进化出散布器官，膨大而宿存的花萼。

极端环境胁迫下，绵刺生境资源被均质化，有性繁殖无法完成，绵刺通过无性繁殖扩大种群，使种群格局表现为均匀分布。由于无性繁殖的存在，绵刺在利用资源、降低死亡风险方面，比荒漠非克隆植物更具有优势。

绵刺生长和繁殖对气候、土壤要求严格，这是限制绵刺分布的主要因素，从而形成阿拉善荒漠特有种。

绵刺群落生物多样性特征与群落内土壤环境要素无关，而与绵刺种群特征中密度、冠幅和分株数有关，特别是绵刺植株分泌的化学他感物，抑制了其他植物种的侵入，且他感作用在绵刺种群衰退后仍起作用，导致群落演替间断。

绵刺相对于真正的荒漠植物，其抗旱性和耐旱性差，采用敏感性响应和躲避性休眠方式是绵刺在极端环境胁迫下生存至今的关键。

## 16.2　绵刺是古地中海孑遗植物

绵刺在适应荒漠环境的进化过程中，由虫媒花向风媒花过渡，繁殖器官中花瓣由吸引昆虫功能转向对种子的保护功能，由于对极端环境的不适应，花瓣退化，花萼进行特化，形成种子散布的附属器官，同时宿存而膨大的花萼还有利于保护繁殖器官免受炎热灼伤和寒冷的冻害，使遗传物质最大限度地被保存，目前绵刺花为三数，花萼宿存、膨大这是进化与适应的结果。

适应温暖潮湿的地中海气候，绵刺在一年中均有开花、结实过程，随海退和干旱出现，绵刺在适应四季分明的荒漠气候过程中，进化为植物生命过程与气候节律相吻合，进行秋季结实。但在 6 月也出现开花和结实现象，这应是原始繁殖习性保留的痕迹。

## 16.3 保护对策

从绵刺对环境变化响应方式和适应对策角度来看，绵刺对生存环境是适应的，但从绵刺生存所需的生态位资源要求来看，绵刺是狭分布种，其对气候和土壤生态位要求极为苛刻，这是它目前濒危的主要原因。目前随环境胁迫的加剧，绵刺有性繁殖被中断，只有劈根无性繁殖方式，这就不可避免地造成绵刺种群是同一基因型，难以适应变化了的环境，对自然选择失去了进化上的意义，最终导致绵刺种群存活力下降。所以，绵刺保护应以保护其栖息地为主，一方面有利于促进种的有性繁殖，提高适合度，另一方面有利于保护其狭窄的生态位资源谱。

# 参 考 文 献


安芷生, 吴锡浩. 1991. 最近130 ka中国的古季风II. 古季风变迁. 中国科学(B辑), (11): 1209~1215

巴·吐宁, 麦来·斯拉木. 1995. 植物根系的生态可塑性. 干旱区资源, 12(1): 24~26

班勇. 1995. 植物生活史对策的进化. 生态学杂志, 14(3): 33~39

蔡玉成. 1988. 几种沙生灌木耐旱生理特性的研究. 中国沙漠, 18(4): 39~45

陈尚. 1997. 克隆植物生长型的研究进展. 生态学杂志, 16(4): 59~63

陈世璜, 张昊, 占布拉等. 2001. 中国北方草地植物根系. 长春:吉林大学出版社

陈小勇. 1997. 青冈种群克隆多样性及其与环境因子的关系. 植物生态学报, 21(4): 342~348

陈玉福. 2000. 毛乌素沙地根茎灌木羊柴的基株特征和不同生境中的分株种群特征. 植物生态学报, 24(1): 40~45

崔凯荣. 2000. 植物激素对体细胞胚胎发生的诱导与调节. 遗传, 22(5): 349~354

崔克明. 2000. 杜仲休眠枝条中多糖颗粒变化的超微结构的研究. 植物学报, 42(8): 788~793

单保庆. 2000. 不同养分条件下和不同生境类型中根茎草本黄帚橐吾的克隆生长. 植物生态学报, 24(1): 46~51

董光荣. 1983. 鄂尔多斯第四世纪古风成沙的发生及其意义. 科学通讯, 16: 31~36

董鸣. 1996a. 资源异质性环境中的植物克隆生长: 觅食行为. 植物学报, 38(10): 828~835

董鸣. 1996b. 异质性生境中的植物克隆生长: 风险分摊. 植物生态学报, 20(6): 543~548

董鸣. 1999. 根茎禾草沙鞭的克隆基株及分株种群特征. 植物生态学报, 23(4): 302~310

董鸣, 张称意. 2001. 第六届克隆植物生态学国际会议概况. 植物学报, 43(4): 438~439

董学军. 1994. 几种沙生植物生理水分生理生态特性的研究.植物生态学报, 18(1): 86~94

杜荣骞. 1985. 生物统计学. 北京:高等教育出版社

方绮军. 1999. 植物间化学他感受作用的研究应用. 云南农业大学学报, 14(2): 206~210

傅立国. 1992. 中国植物红皮书——稀有濒危植物. 北京: 科学出版社

高润宏. 2001. 毛乌素沙地臭柏群落结构及其生物多样性组成研究. 内蒙古农业大学学报, 22(4): 88~92

高润宏. 2005. 绵刺(*Potaninia mongolica*)对环境胁迫响应研究. 北京林业大学博士学位论文

高润宏, 金洪, 张巍等. 2001a. 阿拉善荒漠特有珍稀濒危植物绵刺克隆生长构型研究. 干旱区资源与环境, 15(4): 93~96

高润宏, 金洪, 张巍等. 2001b. 珍稀濒危植物绵刺克隆生长构型与资源利用方式关系的研究. 内蒙古农业大学学报(自然科学版), 22(04):67~70

高润宏，金洪，张永明等.2005.珍稀濒危植物绵刺休眠与环境因子影响研究．内蒙古农业大学学报, 26 (03):7~11

高润宏,王国玲,李俊清等.2007.绵刺繁殖对策与种群更新的生境选择行为研究.干旱地区资源与环境, 21(9)：150~154

高岩，刘果厚. 1999. 渗透胁迫对绵刺嫩枝保护酶活性的影响．干旱区资源与环境, 13(3): 89~94

高岩，刘果厚，王均喜等．1999.渗透胁迫对绵刺嫩枝保护酶活性的影响．干旱区资源与环境, 13(3): 90~93

郭振飞. 1997. 不同耐旱性水稻幼苗对氧化胁迫的反应．植物学报, 29(8): 748~752

何池全. 1999. 湿地克隆植物的繁殖对策与生态适应性．生态学杂志, 18(6): 38~46

何维明，张新时．2001. 水分共享在毛乌素沙地 4 种灌木根系中的存在状况．植物生态学报, 25(5): 630~633

贺晓，刘果厚，吴丽芝．1997. 绵刺营养器官的形态解剖学观察．干旱区资源与环境，11(supp): 80~84

侯艳伟，王迎春，杨持．2004. 绵刺(*Potaninia mongolica*)生长发育过程中抗氧化酶系统的变化. 内蒙古大学学报(自然科学版), 35 (04): 404~407

侯艳伟，王迎春，杨持.2005.绵刺(*Potaninia mongolica*)对干旱生境的适应特征．内蒙古大学学报, 36(3): 355~360

侯艳伟，王迎春，杨持等．2006.绵刺(*Potaninia mongolica*)劈裂生长的形态发生及内部解剖结构特征的研究．中国沙漠, 26 (02):254~258

黄子琛. 1992. 荒漠植物的水分关系与抗旱性．甘肃林业科技, 2: 1~7

季蒙，邵铁军. 2007. 8 种珍稀濒危树种物候特性．内蒙古林业科技, 33(4): 24,25

江洪. 1992. 云杉种群生态学．北京：中国林业出版社

蒋明义. 1996. 渗透胁迫下稻苗中铁催化膜脂过氧化作用．植物生理学报, 22(1): 6~12

金洪，高润宏，庄光辉等. 2003. 阿拉善荒漠绵刺克隆生长格局研究．北京林业大学学报, 25(02): 24~27

孔令韶. 1992. 内蒙古阿拉善脑木洪铜矿区的植物地球化学特征．植物学报, 34(10): 781~789

李博. 1990.内蒙古鄂尔多斯高原自然资源与环境研究．北京:科学出版社

李博，杨持. 1995. 草地生物多样性保护研究．呼和浩特：内蒙古大学出版社

李海涛. 1996. 白皮沙拐枣根系与环境关系的初步研究．新疆农业大学学报, 19(1): 56~61

李吉跃. 1991. 植物耐旱性及其机理．北京林业大学学报, 13(3): 92~97

李晶. 2000. 低温胁迫下红杉幼苗活性氧的产生及保护酶的变化．植物学报, 42(2): 148~152

李丽霞. 2001. 干旱对沙棘休眠、萌芽期内源激素及萌芽特性影响．林业科学, 37(5): 36~40

李睿，钟章成，维尔格．1997. 中国亚热带高达竹类植物毛竹竹笋克隆生长的密度调节．植物生态学报, 21(01): 9~18

李思东. 1999. 白三叶无性系植物种群整合作用格局的研究．植物研究, 19(3): 336~339

李伟. 2002. 淡水湿地种子库研究综述. 生态学报, 22(3): 395~402

李骁, 王迎春, 征荣. 2005. 西鄂尔多斯地区强旱生小灌木水分参数的研究(Ⅰ). 中国沙漠, 25(4): 581~586

李骁, 王迎春, 征荣. 2007. 西鄂尔多斯地区强旱生小灌木的水分参数. 应用生态学报, 18(5): 965~969

李新荣. 1999. 俄罗斯平原针阔混交林群落的灌木层植物种间相关研究. 生态学报, 19(1): 55~60

李岩. 2000. 土壤干旱条件下玉米叶片内源激素含量及光合作用的变化. 植物生理学报, 26(4): 301~305

李扬汉. 1978. 植物学. 上海: 上海科学技术出版社

李玉俊. 1991. 旱生植物半日花水分生理研究. 林业科技通讯, 3: 7, 8

李镇清. 1999. 克隆植物构型及其对资源异质性的响应. 植物学报, 41(8): 893~895

李正理. 1983. 植物解剖学. 北京: 高等教育出版社

李正理. 1987. 植物制片技术. 第二版. 北京: 科学出版社

梁泰. 2005. 甘肃省民勤连古城自然保护区绵刺种群的结构与动态研究. 甘肃林业科技, 30(2):1~9

刘果厚. 1997. 国家重点保护植物绵刺的适应性及其保护研究. 内蒙古林学院学报, 4: 20~25

刘果厚, 贺晓, 吴丽芝. 1997.国家重点保护植物绵刺的适应性及其保护的研究. 内蒙古林学院学报(自然科学版), 19(4): 21~24

刘果厚, 王树森, 任侠. 1999. 三种濒危植物种子萌发期抗盐性、抗旱性研究. 内蒙古林学院学报, 21(1): 32~38

刘果厚, 贺晓, 田靖等. 2000. 绵刺的生物学特性及其保护. 西北植物学报, 20(1): 123~128

刘果厚, 高润宇, 赵培英.2001a. 珍稀濒危植物沙冬青、四合木、绵刺和半日花等四种旱生灌木在环境胁迫下的生存对策分析. 内蒙古农业大学学报(自然科学版), 22(03): 66~69

刘果厚, 高润宏, 赵培英. 2001b. 珍稀濒危植物沙冬青、四合木、绵刺和半日花四种旱生灌木在环境胁迫下的生存对策分析. 内蒙古农业大学学报, 22(3): 66~69

刘济明. 2001. 贵州茂兰喀斯特森林中华蚊母树群落种子库及萌发特征. 生态学报, 21(2): 197~203

刘建国, 马世骏. 1990. 扩展的生态学理论. 北京: 科学出版社

刘建国. 1992. 当代生态学博论. 北京: 中国科学技术出版社

刘捷平. 1991. 植物形态解剖学. 北京: 北京师范学院出版社. 174, 175, 261~265

刘庆, 钟章成. 1995. 无性系植物种群生态学研究进展及有关概念. 生态学杂志, 14(3): 40~45

刘庆. 1996a. 斑苦竹无性系种群克隆生长格局动态的研究. 应用生态学报, 7(3): 240~243

刘庆. 1996b. 岷江上游茂县半干旱河谷灌丛优势种种间关系的研究. 应用与环境生物学报, 2(1): 36~42

刘生龙, 高志海, 王理德. 1994.民勤红沙岗地区绵刺分布和繁殖方式及濒危原因调查. 西北植

物学报, 14(1): 111~115

吕庆. 1996. 干旱及活性氧引起小麦膜脂过氧化与脱酯化. 中国科学(C 辑), 26(1): 26~30

马茂华. 1999. 油蒿(*Arterimisa ordosica*)的化感作用研究. 生态学报, 19(5): 670~675

马全林. 2003. 绵刺的生物、生态学特性. 植物研究, 23(1): 106~111

马全林, 王继和, 张吨明等. 1999. 濒危植物绵刺光合的生理生态学特征. 西北植物学报, 19(06): 165~170

马全林, 王继和, 吴春荣等.2002.甘肃珍稀濒危植物绵刺的调查与保护对策. 植物资源与环境学报,11 (1): 35~39

马全林, 王继和, 金红喜等. 2003. 国家二级保护植物绵刺的生物、生态学特征. 植物研究, 23(1): 107~111

马万里. 2001. 长白山地区胡桃楸种群的种子雨和种子库动态. 北京林业大学学报, 23(3): 70~73

马毓泉. 1989.内蒙古植物志, 第 2 版. 呼和浩特: 内蒙古人民出版社.3: 97~182

马志刚. 1996. 保护生物学. 杭州: 浙江科学技术出版社

潘瑞炽. 1984. 植物生理学. 第二版. 北京: 高等教育出版社

裴喜春. 1997. SAS 及应用. 北京: 中国农业出版社

彭惠兰. 1997. 植物他感作用探讨. 四川师范学院学报, 18(3): 224~227

钱迎倩. 1991. 生物多样性保护原理与方法. 北京: 科学出版社

闰飞. 2000. 植物化感作用(allelopathy)及其作用物的研究方法. 生态学报, 20(4): 693~695

斯琴高娃, 王天玺, 高润宏. 2005. 阿拉善荒漠几种典型灌木种子水分响应与繁殖对策研究. 干旱区资源与环境, 19(07): 215~220

宋朝枢. 1989. 中国珍稀濒危保护植物. 北京: 中国林业出版社

宋明华, 董鸣. 2002. 群落中克隆植物的重要性. 生态学报, 22(11): 1960~1967

苏智先. 1996. 四川大头茶种群生殖生态学研究. 生态学报, 16(5): 517~524

苏智先, 张素兰, 钟章成. 1998. 植物生殖生态学研究进展. 生态学杂志, 17(1): 39~46

汤章成. 1983. 植物对水分胁迫的反应和适应性. 植物生理学通讯, (2): 24~29

唐海萍, 史培军, 李自珍. 2001. 沙波头地区不同配置格局油蒿和柠条水分生态位适宜度分析. 植物生态学报, 25(1): 6~10

唐守正. 1986. 多元统计分析方法. 北京: 中国林业出版社

王爱国. 1989. 丙二醛作为脂质过氧化指标的探讨. 植物生理通讯, (6): 2~7

王宝山. 1998. 生物自由基与植物膜伤害. 植物生理学通讯, (2): 12~16

王荷生. 1994. 中国种子植物特有属的生物多样性和特征. 云南植物研究, 16(3): 209~220

王洪春. 1981. 植物抗旱生理. 植物生理学通讯, (6): 72~75

王继和. 2000. 绵刺生理生态学研究. 中国沙漠, 20(4): 397~403

王继和, 吴春荣, 张吨明等. 2002.甘肃荒漠区濒危植物绵刺生理生态学特性的研究. 中国沙漠, 20(4): 398~403

王理德. 1995. 沙区五种沙生植物水分生理生态特征研究. 甘肃林业科技, 3: 6~9

王理德, 刘生龙, 高志海等. 1995.沙区五种珍稀濒危植物水分生理指标测定及分析. 甘肃林业科技, (03):6~9

王沙生. 1999. 中国种子植物特有属的生物多样性和特征. 云南植物研究, 18(3): 209~220

王树森, 刘果厚, 罗于洋. 1998. 国家重点保护植物绵刺对不同地点气候适宜性的主成分分析. 荒漠化防治理论与实践. 呼和浩特: 内蒙古大学出版社. 228~235

王玮. 2000. 草原群落退化与恢复演替中的植物个体行为分析. 植物生态学报, 24(3): 268~274

王文芝. 1996. 现代实用仪器方法. 北京: 中国林业出版社

王勋陵. 1999. 从旱生植物叶结构探讨其生态适应性的多样性. 生态学报, 19(6):1787~1792

王彦阁, 杨晓晖, 于春堂等. 2007. 西鄂尔多斯高原北缘四合木群落优势灌木种群生态位研究. 植物资源与环境学报, 16(1): 1~5

王艳青, 蒋湘宁. 2001. 盐胁迫对刺槐不同组织及细胞离子吸收和分配的变化. 北京林业大学学报, 23(1): 18~23

王迎春. 2001. 绵刺小孢子发育和雄性配子体形成研究. 内蒙古大学学报, 32(4): 453~456

王迎春. 2002. 绵刺无融合生殖的胚胎学研究. 中国沙漠, 22(3):267~272

王迎春, 秦晓春, 杨持. 2001. 绵刺小孢子发育和雄配子体形成的研究. 内蒙古大学学报(自然科学版), 32(04): 453~457

王迎春, 田虹, 杨持. 2002. 绵刺(*Potaninia mongolica*)无融合生殖的胚胎学研究. 中国沙漠,22 (03):267~272

王迎春, 李骁. 2007. 强旱生小灌木绵刺劈裂生长过程中的水分特征. 植物生态学报, 31(3): 476~483

王昱生.1994. 关于无性系植物种群整合作用(integration)研究的现状及其应用前景. 生态学杂志, 13(2): 57~60

吴丽芝, 刘果厚, 马秀珍. 1998.国家级重点保护植物绵刺、蒙古扁桃叶片结构的观察. 内蒙古农业大学学报(自然科学版), (04): 51~58

吴丽芝. 1999. 我国珍稀濒危植物绵刺叶表面结构的扫描电镜观察. 内蒙古林学院学报, (03):11~15

吴荣生. 1993. 杂交稻旗叶衰老过程中超氧自由基和超氧歧化酶活性的变化. 中国水稻科学, 7(1): 51~54

吴征镒. 1980. 中国植被. 北京: 科学出版社

夏新莉. 2000. 土壤干旱胁迫对樟子松针叶膜脂过氧化, 膜脂成分和乙烯释放影响. 林业科学, 36(3): 8~12

肖春旺. 2001. 不同水分条件对毛乌素沙地油蒿的生长和形态影响. 生态学报, 21(2): 2136~2140

徐东翔. 1986. 阿拉善荒漠地区几种旱生植物水分代谢特性的研究. 内蒙古林学院学报, 1, 28~36

徐汉卿. 1996. 植物学. 北京: 中国农业出版社
许长成. 1996. 抗旱性不同的两个大豆品种对外源 $H_2O_2$ 的响应. 植物生理学报, 22(1): 13~18
闫秀峰. 1999. 干旱胁迫对红杉幼苗保护酶活性及脂质过氧化作用影响. 生态学报, 19(6): 850~854
燕玲. 1998. 国家重点保护植物绵刺、蒙古扁桃叶片结构观察. 内蒙古农业大学学报, (4): 74~78
杨持. 1996. 不同生境条件下羊草构件及羊草种群无性系分化. 内蒙古大学学报, 7(3): 422~426
杨允菲, 张洪军, 张宝田. 1998. 松嫩平原野古草无性系种群的营养繁殖特征. 草业学报 7(1): 1~5
姚育英. 1987.中国沙漠植物志. 北京: 科学出版社. 2117~2155
尹克林. 1997. 中国温带荒漠区植物多样性及保护. 生物多样性, 5(1): 40~48
雍学葵, 张利权. 1992. 海三棱藨草种群的繁殖生态学研究. 华东师范大学学报, 17(4): 94~99
俞德浚. 1985.中国植物志. 北京: 科学出版社. 37: 1~476
张称意. 2001. 羊柴克隆生长与资源共享格局的研究. 植物生态学报, 22(4): 254~259
张金屯. 1998. 植物种群空间分布的点格局分析. 植物生态学报, 22(4): 344~349
张宪政. 1992. 作物生理研究方法. 北京: 中国农业出版社
张新时. 2001. 天山北部山地-绿洲-荒漠复合体生态恢复和持续农业发展模式. 植物学报, 43(12): 1294~1299
张永明, 金洪, 高润宏等. 2005a. 绵刺土壤种子库特征及动态. 草地学报,13(1): 6~8
张永明, 金洪, 高润宏等. 2005b. 几种植物对濒危物种绵刺他感作用的研究. 中国草地, 27(03): 44~48
张永明, 高润宏, 金洪. 2005c. 西鄂尔多斯荒漠四种灌木根系生态特性研究. 内蒙古农业大学学报, 2005, 26(3): 40~43
张正斌. 2000. 植物对环境胁迫整体抗逆性研究若干问题. 西北农学学报, 9(3): 112~116
张志权. 1996. 土壤种子库. 生态学杂志, 15(6): 36~42
张志权. 2001. 土壤种子库与矿业废弃地植被恢复研究. 植物生态学报. 25(3): 306~311
章崇岭. 2000. 干旱胁迫对菜苔叶片保护酶活性和膜脂过氧化的影响. 植物资源与环境学报, 9(4): 23~26
赵一之.1992. 内蒙古珍稀濒危植物图谱. 北京: 中国农业技术出版社
赵一之. 1997.蒙古高原植物的特有属及其基本特征. 内蒙古大学学报,28(4): 547~552
赵一之. 2000. 半日花属一新种. 植物分类学报, 38(3): 294~296
赵一之. 2002. 绵刺属的分布区及其区系地理成分. 西北植物学报, 22(1): 43~45
赵一之, 成文连, 尹俊等. 2003. 用 rDNA 的 ITS 序列探讨绵刺属的系统位置. 植物研究,23(4): 402~406
中国科学院内蒙古宁夏综合考察队. 1985. 内蒙古植被. 北京: 科学出版社.645~670
钟章成. 1995. 植物种群的繁殖对策. 生态学杂志, 14(1): 37~42

钟章成. 1997. 植物生态学研究进展. 重庆: 西南师范大学出版社. 33~39

周纪伦. 1992. 植物种群生态学. 高等教育出版社. 114~346

周瑞莲.1996. 春季高寒草地牧草根中营养物质含量和保护酶活性的变化及生态适应性研究. 生态学报, 16(4): 402~407

周瑞莲. 2001. 科尔沁沙地植物演替的生理机制研究. 干旱区研究, 18(3): 12~19

周宜君. 2001. 沙冬青抗旱、抗寒机理研究进展. 中国沙漠, 21(3): 312~316

朱宗元. 1985.内蒙古植被.北京: 科学出版社.663~670

祝健, 马德滋. 1992.绵刺(*Potaninia mongolica*)营养器官的解剖学研究——I. 叶的发育与结构. 宁夏大学学报(农业科学版), (02): 7~14

祝宁, 藏润国. 1993. 刺五加的种群结构. 应用生态学报, 4(02): 113~119

祝廷成. 1988. 植物生态学. 北京: 高等教育出版社

邹喻苹, 王晓东, 葛须. 2001. 系统与进化植物学中的分子标记. 北京: 科学出版社

Abrahamson W G. 1980. Demography and vegetative reproduction. *In*: Solbrig O T. Demography and Evolution in Plant Populations. Oxford: Blackwell. 89~106

Alpert P. 1990. Water sharing among ramets in a desert population of *Distichlis spicata* (Poaceae) Amer J Bot, 77(12): 1648~1651

Alpert P. 1996. Nuerient sharing in natural clonal fragments of Fragaria chiloensis. J Eco, 84: 395~406

Alradhamson W C T. 1989. Plant-Animal Interaction. New York: McGraw–Hill Book Company

Barkham J P. 1980. Population dynamics of the wild daffodil (*Narcissus pseudonarcissus*) I. Clonal growth, seed reproduction, mortality and the effect of density. J Eco, 68: 607~633

Bell A D. 1984. Dynamic morphology: A contribution to plant population ecology. *In*: Dirzo R, Sarukhan J. Perspectives on Plant Population Ecology. Sinauer: Sunderland. 48~46

Beonstein L. 1981. 植物耐盐的生理基础. 植物生理学通讯, (5): 47~49

Blackman P G. 1985. Cytokinins, abscisic acid and cytokines as possible root to shoot signals in xylem aap of rice plants in drying soil. Aust J Plant Physiol, 20: 109~115

Bonfil C. 1998. The effects of seed size cotyledon reserves and herb ivory on seedling survival and growth in quercus rugosa and latrine (fagaceace). Journal of Ecology, 85(1): 79~87

Borman F H, Linkens G E. 1985. 森林生态系统的格局与过程. 李景文等译. 北京: 科学出版社

Cain M L. 1990. Models of colnal growth in *Solidago altissima*. J Ecol, 78: 27~46

Cain M L. 1994. Consequences of foraging in clonal plant species. Ecology, 75(4): 933~944

Cain M L, Pacala S W, Silander J A. 1991.Stochastic simulation of clonal growth in the tall goldenrod. Solidago altissima Oecologia, 88: 477~485

Caldwell M M, Richards J H. 1991.Hydraulic lift and soil nutrient heterogeneity. Israel Journal of Plant Sciences, 42: 321~320

Caldwell M M, Dawson T E, Richards J H. 1998.Hydraulic life: consequences of water efflux from the roots of plants. Oecologia, 113: 151~161

Chou C H. 1987. The selective allelopathic interaction of a pasture forest intercropping in Taiwan. Plant and soil, 98: 31~41

Coffin D P. 1989. Spatial and temporal variation in the seed bank of semiarid grassland. American Journal of Botany, 76: 53~58

Cohen D. 1989. More on optimal rates dispersal mechanism. Am Nat, 134: 659~663

Cole L. 1954. The population consequences of life history phenomena. Qua Rer Biology, 29: 103~137

Cook R E. 1983. Clonal plant population. Amer Sci, 71: 244~253

Cook R E. 1985a. Growth and development in clonal plant population. *In*: Jackson J B C, Buss L W, Cook R E. Population Biology and Evolution of Clonal Organisms. Newhaven : Yale University Press. 259~296

Cook R E. 1985b. Growth and development in clonal plant population. *In*: Jackson J B C, Buss L W, Cook R E. Population Biology and Evolution of Clonal Organisms. Newhaven: Yale University Press. 259~296

Davies W J. 1991. Root signals and the regulation of growth and development of plants in drying soil. Annu Physiol Plant Mol Biol, 92: 55~76

Dawson T E. 1993. Hydraulic lift and water use by plants: implications for water balance, performance and plant-plant interactions. Oecologia, 95: 565~574

de Kroom H, van Groenendael J.1990.Regulation and function of clonal growth in plants: an evolution .*In*: van Groenendael J H, de Kroon. Clinal Growth in Plants : Regulation and Function. The Hague: SPB Academic Publishing. 177~186

de Kroon H, Feike S. 1991. Resource allocation patterns as a function of clonal morphology : a general model applied to a foraging clonal plant. J Ecol, 79: 519~530

de Kroon H, Hutchings M J. 1995. Morphological plasticity in clonal plant: the foraging concept reconsidered. J Ecol, 83: 143~152

de Kroon H, Knops J. 1990. Habitat exploration through morphological plasticity in two chalk grassland perennials. Oikos, 59: 39~49

de Kroon H. 1990. In Search of a Foraging Plant. Utrecht: Utrecht University

de Kroon J H. 1997. Clonal growth in plants: regulation and function. The Hague: SPB Academic Publishing. 79~94

Dong M, de Kroon H. 1994. Plasticity in morphology and biomass allocation in Cynodon dactylon a grass species forming solons and rhizomes. Oikos, 70: 90~106

Dong M, Pierdominici M G. 1995. Morphology and growth of stolons and rhizomes in three clonal grasses. As affected by different light supply. Vegetatio, 116: 25~32

Dong M. 1993. Morphological plasticity of the clonal herb *Lamiastrum galeobdolon* (L.) Ehrend & Polatschek in response to partial shading. New Phytol, 124: 291~300

Dong M. 1994. Foraging Through Morphological Responses in Clonal Herbs. Utrecht: Utrecht University

Dong M. 1995. Morphological responses to local light conditions in clonal herbs from contrasting habitats. And their modification due to physiological integration. Oecologia, 101: 282~288

Eckert C G, Barrett S C H. 1993. Clonal reproduction and patterns of genotypic diversity in *Decodon verticillatus* (Lythraceae). Am J Bot, 80: 1175~1182

Ellner S. 1987. Competition and dormancy: a reanalysis and review. Am Nat, 130: 798~803

Erikson O. 1997. Clonal life histories and the evolution of seed recruitment. *In*: de Kroon H, Van Groenendael J. The Ecology and Evolution of Clonal Plant. Leiden, the Netherlands: Backhuys Publishers. 211~226

Eriksson O, Jerling L. 1990. Hierarchical selection and risk spreading in clonal plants. *In*: Groenendael J, de Kroon H,. Clonal Growth in Plants : Regulation and Function. Hague: SPB Academic Publishing. 79~94

Eriksson O. 1988. Ramet behaviour and population growth in the clonal herb *Potentilla anserine*. J. Eco, 76: 522~536

Evans J P, Cain M L. 1996. A spatially explicit test of foraging behavior in a clonally plant. Ecology, 76: 1147~1155

Evans J P. 1992. The effect of local resource availability and clonally integration on ramet functional morphology in *Hydrocotyle bonariensis.* Oecologia, 89: 265~272

Fahn A. 1990. 植物解剖学. 吴树明, 刘德仪译. 天津: 南开大学出版社. 265~266

Fahrig L. 1994. The advantage of long-distance clonal spreading in highly disturbed habitats. Evl Ecol, 8: 172~187

Farnsworth E J. 1995. Inter-and intra-generic in growth, reproduction and fitness of nine herbaceous annual species in elevated $CO_2$ environment. Decologia, 104: 454~466

Forman R, Goodron M. 1998. 景观生态学. 北京: 科学出版社: 245~247

Fowler N. 1988. The effects of environmental heterogeneity in space and time on the regulation of populations and communities. *In*: Davy A J, Hutchings M J, Watkingson A R. Plant Population Ecology. Oxford: Blackwell, 36~47

Fridovich I. 1975. The biology of oxygen radical. Science, 201: 875~880

Giannoplitis O N. 1977. Superoxide dismutases. Occurrence in highter plants. Plant Physiol, 59: 309~314

Grime J P, Crick J E. 1986. The ecological signnificance of plasticity. *In*: Jennings D H, Trewavas A J.

Plasticity in Plants. Cambridge: Biologists Limited.5~29

Grime J P. 1979. Plant Strategies and Vegetation Processes. Chichester: John Wiley and Sons

Grobov V I.1982. Key to vascular plants of mongolia. Leningrad: 《NAUA K》 Liningrad Branch. 140~141

Grubov V I, Egrova T V. 1963. Plantae asiae centralis. Leningrad Leningrad Barnch, 1: 19

Haag R W. 1983. Emergence of seedlings of aquatic macrophytes from lake sediments. Canadian of Botany, 61: 148~156

Handel S N. 1985. The intrusion of clonal growth patterns on plant breeding systems. Am Nat, 125: 367~384

Hans de Kroon, Bart Fransen, Jan W A et al. 1996.High levels of inter-ramet water translocation in two rhizomatous *Carex* Species, as quantified by deuterium labeling. Oecologia, 106: 73~84

Harberd D J. 1961. Observations on population structure and longevity in *Festuca rubra*. New Phytol, 60: 184~206

Harberd D J. 1967. Observations on natural clones of *Hotcus mollis*. New Phytol, 66: 401~408

Harper J L. 1977. Population Biology of Plants. London: Academic Press

Hartung W, Witt J. 1968. The influence of soil moisture on the auxin content of *Anastatica hierochuntica* and *Helianthus annuus*. Flora Jena Aba B, 157: 603~614

Hastings A. 1982. Dynamics of a single species in a spatially varying environment: The stabilizing role of high dispersal rates. J Math Biol, 10: 49~55

Hcque E. 1983. Abscisic acid and its beta–D–lucopyranosyl easter in Saplings of scots Pine in relation to water stress. Biochemieund-physiologie-cler-pfla-nzen, 178(4): 287~295

Henckel P A. 1964. Physiology of plants under drought. Ann Rev plant physiol, 15: 363~386

Horton H L, Hart S C. 1998. Hydraulic lift: a potentially important ecosystem process. Trends in Ecology and Evolution, 13: 232~235

Hutchings M J, Bradbury I K. 1986. Ecological perspectives on colonial perennial herbs. Bioscience, 36: 178~182

Hutchings M J, de Kroon J. 1994. Foraging in plants, the role of morphological plasticity in resource acquisition. Advances in Ecological Research , 25: 159~238

Hutchings M J, Mogie M. 1990. The spatial structure of clonal plants: control and consequences. *In*: van Groenendael J, de Kroon H. Clonal Growth in Plants: Regulation and Function. Hague SPB Academic Publishing. 57~76

Hutchings M J, Slade A J. 1988. Morphological plasticity Foraging and integration in clonal perennial herbs. *In*: Davy A J, Hutchings M J, Warkinson A R. Plant Population Ecology. Oxford: Blackwell. 83~119

Itai C. 1968. The role of root cytokines during water and salinity stress. Isral Jbot, 17: 187~195

Jackson J B C, Buss L W, Cook R E. 1985. Population biology and evolution of clonal organisms. Newhaven: Yale Univ Press

Janzen D H. 1971. Escape of Cassia grandis beans from predators in time and space. Ecology, 52: 764~779

Jonsdottir I S, Callaghan T V. 1990. Intraclonal translocation of ammonia and nitrate nitrogen in Torr. ex Schnein using $^{15}$N and nitrate reductase assays. New Phytal, 114: 419~428

Kelly, C K. 1990. Plant foraging:a marginal value mode and coiling response in cuscuses subinclusa. Ecology, 71(5): 1916~1925

Klink hamer PGL. 1987. Life history tactics of annual organisms: the joint effects of dispersal and delayed germination. Thero Popul Biol, 32: 127~156

Kramer P. J. 1983. Water Relations of Plants. New York: Academic Press

Leck M A. 1989. Wetland seed banks. *In*: Leck M A, Tarter V T, Simpson R L. Ecology of Soil Seed Banks. San Diego: Academic Press. 283~305

Levin D A. 1974.Gene flow in seed plants. Evol Biol, 7: 139~220

Levitt J. 1980. Response of plants to Enviromental stress. New York: Academic Press

Lopez F, Serrano J M, Acosta F J. 1994.Parallels between the foraging strategies of ants and plants. TREE, 9: 150~153

Lovell P H, Lovell P J. 1985. The importance of plant form as a determining factor in competition and habitat exploitation. *In*: White J. Studies on Plant Demography. London: Academic Press. 209~221

Lovett Doust J. 1989. Plant reproductive strategies and resoruce allocation. TREE, 4: 230~233

Ma Y Q, Liao L P. 2000. Effect of continuously cultivated land on seedling growth of Chinese-fir Chin. J Ecol, 16(6): 12~16

Ma Y Q. 1998. Effect of vanillin on the growth of Chinese-fir seedings. Journal of Applied Ecology, 9(2): 128~132

Mann J. 1983. 次生代谢作用. 曹日强译. 北京：科学出版社. 283~309

Marshall C. 1990. Source-sink relations of interconnected ramets. *In*: van Groenendael J, de Kroon H. Clonal Growth in Plants: Regulation and Function. Hague: SPB Academic Publishing. 23~41

Masia A. 1994. Hormonal responses to partial drying of the root system of *Helianthus annuus*. J Exp Bot, 45(270): 69~76

Maximov. 1959. 马克西莫夫院士选集(上卷). 北京：科学出版社. 250~268

Minotii G. 1987. The requirement for iron (III) in the initiation of lipid peroxiolation by iron (II) and hydrogen peroide. J Biol Chem, 262: 1098

Mogle M, Hutchings M J. 1990. Phylogeny, ontogeny and clonal growth in vascular plant. *In*: van Groenendael J, de Kroon H.Clonal Growth in Plants: Regulation and Function. Hague: SPB

Academic Publishing, 3~22

Mooney H A.1986. Resource sharing among ramets in the clonal herb. Fragaria Chiloensis Oeclogia, 70: 227~233

Muller C H. 1966. The role of chemical inhibition (allelopah) in vegetation composition. Bulletin of the Torrey Botanical Club, 93(5): 332~351

Noble J C, Marshall C. 1983. The population biology of plants with clonal growth. The nutrient strategy and modular physiology of *Carex arenaria*. J Eco, 71: 865~877

Oborny B. 1994. Geowth rules in clonal plants and predictability of environment: A simulation study. J Ecol, 82: 341~351

Pacala S W. 1986. Neighborhood models of plant population dynamics, 4, single species and multispecies models of annuals with dormant seeds. Am Nat, 128: 859~878

Pavenport T L. 1980. Reduction of auxin transport capacity with age and internal water deficits in cotton petioles. Plant Physical, 65: 1023~1025

Peterson O J. 1997. Clonality in woody plants: a review and comparison with clonal herbs. *In*: de Kroon H, Van Groenendael J. The Ecology and Evolution of Clonal Plants. Leiden: Backhuys Publishers. 263~289

Pickett S T A. 1985. The Ecology of Natural Disturbance and Patch Dynamics. Orlando: Academic Press

Price A H. 1991. Iron-catalysed oxygen radical formation and its possible contribution to drought damage in nine native grasses and three cereals. Plant Cell Environ, 14: 477

Price E A C, Hutchings M L. 1992. The causes and developmental effects of integration and independence between parts of *Glechoma hederacea* clones. Oikos, 63: 376~386

Quartacci M F. 1991. Water stress and free radical mediated changes in sun flower seeding. J Physiol, 139(5): 621~625

Rabinnowitz D. 1981. Burried viable seeds in a North American tall grasses prairie: the resemblance of their abundance and composition to dispersing seeds. Dikes, 36: 191~195

Richards J H, Caldwell M M. 1987. Hydraulic lift: substantial nocturnal water transport between soil layers by *Artemisia tridentate* roots. Oecologia, 73: 486~489

Ridley H N. 1930. The Dispersal of Plants Throughout the World. Ashford: Reeve

Salzman A G. 1985. Habitat selection in a clonal plant. Science, 228: 602~604

Schlichting C D. 1986. The evolution of phenotypic plasticity in plants. Ann Rev Ecol Syst. 17: 667~693

Schmid B, Bazzaz F A. 1992. Growth responses of rhizomatous plants to fertilizer application and interference. Oikos, 65: 13~24

Schmid B. 1985. Clonal growth in grassland perennials: 2 growth form and fine-scale colonizing ability. J. Ecol, 73: 809~813

Schmid B. 1992. Phenotypic variation in plants. Evol Tren Plan. 6: 45~60

Silvertown T W. 1993. Introduction to Plant Population Biology. London: Blackwell Scientific Publications

Sivertown J, Gordon D M. 1989. A framework for plant behavior. Ann Rev Ecol Syst, 20: 349~366

Slade A J, Hutchings M J. 1987. The effects of nutrient availability on foraging in the clonal herb Glechoma hederacea. J Ecol, 75: 95~112

Solbrig O T. 1979. Topic in Plant Population Biology. New York: Columbia University Press

Sutherland W J. 1987. Growth and foraging behavior. Nature, 350: 18~19

Thompson L. Harper J L, 1988. The effect of grasses on the quality of transmitted radiation and its influence on the growth of white clover *Trifolium repens*. Oecologia, 75: 343~347

Tilman D. 1982. Resource competition and community structure. Princeton: Princeton Univ Press

Van der Pijl L. 1972. Principles of dispersal in higher plants. 2nd ed. Berlin:Springer-Verlag

Van Groenendael J, de Kroon H. 1990. Clonal growth in plants: regulation and function. Hague: SPB Academec Publishing. 120~131

Van Kleunen M, Stuefer J F. 1999. Quantifying the effects of reciprocal assimilate and water translocation in a clonal plant by the use of stream-girdling. Oikos, 85: 135~145

Waite S. 1994, Field evidences of plastic growth responses to habitat heterogeneity in clonal herb *Ramuncalus repens.* Ecol Res, 9: 311~316

Wilbur H M. 1976. Life history evolution in seven milk seeds of the genus. Asclepias J Ecol, 64: 223~240

Van Groenendael J, de Kroon H. 1990. Clonal growth in plants: regulation and function. Hague: SPB Academec Publishing. 120~131

Van Kleunen M, Stuefer J F. 1999. Quantifying the effects of reciprocal assimilate and water translocation in a clonal plant by the use of stream-girdling. Oikos, 85: 135~145

Waite S. 1994, Field evidences of plastic growth responses to habitat heterogeneity in clonal herb *Ramuncalus repens.* Ecol Res, 9: 311~316

Wilbur H M. 1976. Life history evolution in seven milk seeds of the genus. Asclepias J Ecol, 64: 223~240